日本近代文学との戦い

後藤明生

柳原出版

一九九六年七月二八日、信濃追分にて（成田孝昭氏撮影）

日本近代文学との戦い——後藤明生遺稿集

目　次

Ⅲ　出会いと伝説

装幀　吉田勇人

Ⅰ　日本近代文学との戦い

私語と格闘

昨年六月のある日、私は某学会で二葉亭四迷について話をした。私はその学会の会員ではない。したがって私の話は、学会発表ではない。私は某学会から、一小説家として講演を依頼されたのである。会場は大阪市郊外の某女子大学だった。「二葉亭四迷とロシア文学」という演題は、いささか大袈裟過ぎるような気もした。これは主催者側から出されたものだった。似たようなというより、同名の研究論文、評論類があったと思う。しかし二葉亭の場合、どこをどう話してもロシア文学とかかわって来るともいえる。そういう意味では自由に話の出来る便利な演題でもあった。

私は二葉亭についてこれまでに幾つかエッセイを書いた。講演したこともある。「『浮雲』から百年」、確かそんな演題ではなかったかと思う。また私は七、八年前から大阪の某私立大学で小説について話をしている。二葉亭の「言文一致」以後の小説である。もちろん『浮雲』の話もしている。新設された文芸学部というところで、これまでの文学部の講義研究とは少し違った形式内容である。例えば卒業論文の代りに小説を書くことも出来る。同じような制度を持つ学部は他の大学にも幾つかある。しかし日本ではまだ数少ない。この制度の問題は、研究論文は骨が折れる。

面倒臭い。だから代りに小説を書くという学生である。彼等は書きたがるが、読みたがらない。読まずに書こうとする。そこで私は「千円札文学論」を学生たちに繰返し吹き込んでいる。すなわち、千円札の表は夏目漱石である。漱石は大文豪である。しかし漱石がいかに大文豪であっても、表側だけでは贋千円札である。電車の切符一枚買うことは出来ない。本物には表と裏が必要である。表と裏が文字通り表裏一体となってはじめて本物の千円札である。小説もこれと同じであって、いま仮に読むことを表とすれば、書くことは裏である。読むだけでは小説にならない。書くだけでは贋物である。読むこと＝表、書くこと＝裏が一体となってはじめて本物の小説といえる。この「千円札文学論」は「『芋粥』問答」にも書いた。ただそのときの表裏は、読むこと＝表、書くこと＝裏ではなく、小説の素材・テーマ＝表、小説の文体・方法＝裏という理屈だったと思う。

　私は学生たちにまず芥川の『芋粥』を読ませる。それからゴーゴリの『外套』を読ませる。それから宇野浩二の『蔵の中』を読ませる。『芋粥』と『蔵の中』には特に何の共通性もない。素材もテーマも文体もぜんぜん違う。ところが二篇の間に『外套』を挟むと、たちまち三篇は三角形となる。「『芋粥』問答」で私はそのことを書いた。「『芋粥』問答」は、ばらばらに読むとばらばらでしかない三篇の小説が、どのように千円札の表裏的関係によって連続しているか。その連続を『芋粥』をテキストにして書いた小説である。私はそれを、「明治・大正文学を読み直す会」で私が『芋粥』について講演するという形で書いた。つまり架空の贋講演会である。私は雑誌に発表された「『芋粥』問答」を学生たちに読ませてレポートを書かせた。すると、「明治・大正文学を読み直す会」には自分たちのような学生も入会出来るのかという質問付きのレポートが出て来た。「明治・大正文学を読み直す会」の次の講演会はいつあるのか、という質問もあった。質問はなくとも、学生たちは「明治・大正文学を読み直す会」という会が実在すると思っているようだった。その会から呼ばれた私が芥川の『芋粥』について、「『芋粥』問答」という演題で講演した。自分たちが読んだ、あるいは読まされたのはその講演の記録である。学生たちはそう思い込んでいるようだった。何人かの学生がちょっと首をかしげていた。果してこれは講演そのものだろうか、という疑問である。しかし大多数の学生には疑問がなかったようである。

受講登録学生の数は約四十人である。そのうち常時出席は二十四、五人。男子十人、女子十四、五人といった割合いである。何年か前、大学生の授業中の私語があちこちで話題になった。ちょうど私が大阪の某私立大学の新設された学部に来た頃だった。全国的な話題だということで、私は新聞社の文化部記者から感想を求められた。確かに私語はうるさかった。しかし感想といわれると、ちょっと困った。新聞記者の好奇心はよくわかる。それは二つの好奇心である。一つは大学生の講義中における私語に対する教員たちの態度である。そのとき教員はどのような顔をするのか。どのような声で、どのような言葉を発するのか。何を感じいかに振舞うかである。そしてもう一つの好奇心は、明らかに小説家としての私に向けられていた。曰く、小説家がなぜそのような教室にわざわざ出かけて行くのか。そのような学生に向って小説家が小説について講義するというのはどういうことでしょうか。新聞記者は私に向ってそういったわけではない。私の想像である。記者の好奇心はまことにもっともである。彼は大学生の私語について随筆かエッセイを書いてもらえないかといった。そして、授業中の私語はいまや全国的な問題であると繰返した。私立も国立も同じである。文科系も理科系も同じである。私はもう少し観察してみたいから、と無難な返事をした。そしてそのままになっている。

学生の私語は相変らずうるさかった。うしろ向きになって喋っている学生がいた。私は腹を立てた。首が熱くなった。続いて顔が熱くなった。しかし私は、首から顔まで熱くなった自分を、そのまま表には出したくなかった。そのまま学生に見せたくなかった。犬に吠えられて駄菓子を落として泣いている子供を親の目で写生する漱石の『写生文』の姿勢を何とか保ちたいと思った。「写生文」「写生文」と私は腹の中で唱えた。「写生文」「写生文」と念仏を唱えた。私は漱石の『写生文』について学生たちに話をすることもあった。『写生文』について学生に話すことは決して容易ではなかった。しかし学生たちの私語に対して「写生文」の姿勢を保つことは更に容易ではなかった。私はなおも「写生文」「写生文」と腹の中で念仏を唱えながら、次のようにいった。私のこの授業は出席は取っていません。試験もしません。すべてレポート制です。したがってお喋りをしたい人はこの教室の外で、自由に、大いにお喋りをして下さい。それからまた「写生文」「写生文」と腹の中で唱えた。学生たちは一人も教室を出て行かなかった。

私は講義中の学生の私語について、何人かの教師にたずねてみた。私鉄の駅を降りて、学生と自転車が入り乱れた細長い商店街を大学の門まで歩く。約二十分である。その途中たまたま道連れになった教師にたずねてみた。年甲斐もなく大声を出してしまいます、という教授もいた。また学生の私語を上まわる大声で喋りまくり、学生の私語を圧倒する、という助教授もいた。前者＝教授と後者＝助教授の「大声」は各々別の意味の大声である。反対にわざと声を小さくするという助教授もいた。それが私語している学生と真面目に聴いている学生の両方に対する「戦略」だという。歩きながらの話なので、それがどういう「戦略」なのか詳しいことはわからなかった。また、その問題にはあえて触れたくない、とはっきり答えた教授もいた。教師の自尊心を自ら傷つけるだけではないか、という意見である。要するに単位が取れなければおしまいですからね、とやや威圧的にいう助教授もいた。苦が笑いを浮かべる教授もいた。まだそんなことを問題にしているんですか、という苦が笑いである。先生はまだシロウトなんですよ、という意味もあるらしかった。実際、講義中の学生の私語は、教授会にはかからなかった。新聞記者によれば、それは全国的話題である。私立、国立、文科系、理科系を超えた問題である。しかし教授会のテーマにはならなかった。確かに私語は腹が立つ。なぜ腹が立つか？　理由はあらためて分析するまでもない。余りにも単純、余りにも明快である。あるいは私語が教授会のテーマにならないのは、他ならぬそのためかも知れない。例えば、私語で腹が立つ。腹が立ったから講義を中止する。中止してさっさと教室から引き揚げる、ということが出来るか出来ないか。もちろん、出来ないから腹が立つのである。しかし一コマ九十分間ずっと私語が続くわけではない。そういう経験はまだなかった。そういう例は他の教師からも、まだ聞いたことがなかった。

ある晩テレビを見ていると、大学生の私語をテーマにした番組になった。新聞記者に私語について質問を受けてから、半年くらい経った頃である。テレビはまったくの偶然だった。何かの番組が終ったあと、たまたまその番組が始った。そしてどこかの大学の教授が話し始めた。私はおどろいて、大急ぎでメモ用紙に番組名と教授の名を書き止めた。ただしそのメモはいま見当らない。紛失したか、何かと何かの間に挟っているか。いずれにせよそれを探し出すことはほとんど不可能に近い。まったく不可能とはいえないだろうが諦めることにする。したがってテレビ局も番組名も教授の名も忘れてしまった。教授は社会学者だったと思うが別の専門だったかも知れない。しかし話の内容はよくおぼえている。教授の話はさまざまな調査に基づいたもので、結論はまことに明快だった。すなわち、いまの学生たちはテレビの画面を見るのと同じ態度で教師の講義を聴いている、というものである。喋っている教師と聴いている学生の関係は、テレビの画面と視聴者の関係に等しい。視聴者はテレビの画面に感動するかも知れない。ショックを受けるかも知れない。興奮するかも知れない。面白がるかも知れない。ためになったと思うかも知れない。しかしその反対かも知れない。もし反対だとすればテレビの前で眠るのも自由である。誰かと喋るのも視聴者の自由である。これが講義中の学生の私語についての結論㈠である。

私はウイスキーの水割りを飲みながらそのテレビを見ていた。これもまったくの偶然である。水割りウイスキーを飲みながらテレビを見ていると、たまたまその番組が始ったのである。これは逆でも構わないことになる。つまり、テレビを見ているうちにウイスキーの水割りを飲みはじめてもよいわけである。飲んでいるうちに眠くなって眠ってしまっても構わない。喋りたくなれば誰と喋っても構わない。そのためにテレビを消す必要もないし、テレビの前から離れる必要もない。テレビをつけたまま眠ることが出来る。テレビを見ながら、テレビを聴きながら喋ることが出来る。これがテレビ画面と視聴者の基本的関係である。同時にこれが、いまの大学において講義をする教師とそれを聴く学生の関係であるという。そのテレビを見ながら私は眠らなかったし、私語もしなかった。たぶん一人で見ていたのだろう。私は結論㈠の明快さに感心した。もちろん某私立大学教授の話が、そっくりこの通りだったかどうかは保証出来ない。半分くらいは私流のいい方になっているかも知れないが私はそう理解したのである。

更に結論㈡は次のようなものだった。まず学生たちは「忙しい」のだという。なぜ忙しいか。アルバイトで忙しい。そして教室における彼等の私語は、忙しい彼等にとって必要不可欠なものである。すなわち大切な「つき合いの挨拶」であり、重要な「情報の交換」なのである。アルバイトは各人さまざまである。時間も場所もばらばらである。したがってお互いに教室でしか会えない。授業が終って教室を出たとたん、彼等はそれぞれのアルバイトの場所へ散り散りにならなければならない。だから教室でしか話が出来ない。教室で話す必要がある。是非とも話さなければならないのである！　この結論㈡も結論㈠と同様、そっくりこの通りだったかどうか保証出来ない。しかしこれにも感心し、おどろいた。結論㈠に勝るとも劣らない興味深い結論である。驚嘆すべき結論というべきかも知れない。実際、講義中の私語とアルバイトとの結びつきは、私の想像を遥かに超えたものだった。それはほとんどシュールレアリズムである。解剖台の上のミシンと蝙蝠傘の偶然の邂逅に近い結びつきである。

　私は学生たちのアルバイトの実態を知らなかった。いまの学生たちがどんなアルバイトをしているのか。どのくらい稼ぐのか。稼いだ金はどんな風に使われるのか。ほとんど知識がなかった。たぶんいまの学生たちのアルバイトの実態は、私の想像を遥かに超えるものだろう。私はそれを是非とも知りたいとは思わなかった。私はただ、講義中の私語と彼等のアルバイトとのシュールレアリズム的結合におどろいたのである。私語の理由もわかった。同時にそれは「私語はこの教室の外で自由に大いにやって下さい」といっても彼等が一人も教室を出て行かなかった理由でもあったのである。しかし、講義中の私語がなくなったわけではない。私語は依然としてうるさかった。教師は依然として腹を立て続けているはずである。私もときどき腹を立てた。

　彼は明日の朝多くの人より一段高い所に立たなければならない憐れな自分の姿を想ひ見た。其憐れな自分の顔を熱心に見詰めたり、または不得意な自分の云ふ事を真面目に筆記したりする青年に対して済まない気がした。自分の虚栄心や自尊心を傷けるのも、それらを超越する事の出来ない彼には、大きな苦痛であつた。

「明日の講義もまた纏まらないのかしら」

斯う思ふと彼は自分の努力が急に厭になつた。愉快に考への筋道が運んだ時、折々何者にか煽動されて起る、「己《おれ》の頭は悪くない」といふ自信も己惚も忽ち消えてしまつた。

これは漱石の『道草』五十一の一節で、大学教師の健三が翌日の講義の準備をする場面である。次は五十二の一節で、健三が大学の教室で講義中の場面である。傍点はどちらも私がつけたものである。

然し其仕事の真際中《まつさいちゆう》に彼は突然細君の病気を想像する事があつた。（略）すると彼はすぐ自分の立つてゐる高い壇から降りて宅《うち》へ帰らなければならないやうな気がした。（略）彼は仰向いて兜の鉢金を伏せたやうな高い丸天井を眺めた。（略）高いものを一層高く見えるやうに工夫した其天井は、小さい彼の心を包むに足りなかつた。最後に彼の眼は自分の下に黒い頭を並べて、神妙に彼の云ふ事を聴いてゐる多くの青年の上に落ちた。さうして復《また》卒然として現実に帰るべく彼等から余儀なくされた。

『道草』は大正四年（一九一五）に書かれた。漱石は四十八歳であるが、作品の時間は健三が「遠い所」から帰って来た年から始っている。漱石がロンドン留学から帰国したのは明治三十六年（一九〇三）で、三十六歳だった。『道草』の時間も健三の三十六歳から始る。『道草』は自伝的要素の強い作品といわれているが、もちろん自伝そのものではない。江藤淳氏の『夏目漱石』巻末年譜によれば、明治三十六年一月に帰国した漱石は、三月から一高と東京帝大の講師になった。明治三十八年に『吾輩は猫である』を「ホトトギス」に書き、三十九年に『坊っちゃん』『草枕』などを発表した。そして明治四十年四月、大学講師を辞めて朝日新聞に入社、六月から初の新聞小説『虞美人草』の連載を開始した。

漱石は大正五年十二月九日、胃潰瘍のため死去し、「朝日」に連載中の『明暗』は絶筆となった。『道草』はその前年の六月三日から九月十四日まで「朝日」に連載された小説であるが、扱われているのは漱石が英国留学から帰国して、一高、東京帝大の講師をしていた時代である。したがって先ほど引用した場面は明治三十六年当時の一高あるいは東京帝大における講義風景である。そして漱石の目によって書かれた当時の「青年」は、私が傍点をつけた通りである。「私語」などまったくない。当時の漱石はまわりから「神経衰弱」といわれたらしい。『道草』にも「彼を知つてゐる多数の人は彼を神経衰弱だと評した」と書かれている。しかしそれは学生の私語とは無縁のものである。そもそも漱石時代の「象牙の塔」といまの大学を比較すること自体、無理というより無謀というべきだろう。比較出来ない二つのものを比較するようなものである。それはよくわかっている。しかし「青年」ということになれば比較出来るだろう。漱石時代の学生も「青年」、いまの学生も「青年」である。

例えば漱石の門下生たちは皆、黒くて四角い、いわゆる「角帽」をかぶり、詰襟の学生服を着ている。文学アルバムなどの写真を見ると、芥川龍之介も久米正雄も小宮豊隆もそうである。いまの学生はジーパンである。大分前、どこかの女子大でジーパンをはいた学生は教室に入れないという教授が話題になった。ジーパンはカウボーイのはくものだ、というのが教授の主張だったようであるが、今は昔、まるで嘘のような話である。いまではジーパンをはかない方が何ものかに反抗しているようなものである。また、いまの学生はピアスをしている。さすがに鼻ピアス族はまだ見当らないが、耳ピアス族は男にもいる。また、いまの学生は講義を聴きながらウーロン茶を飲む。ウーロン茶を飲みながら講義を聴く。最初にウーロン茶の缶に気がついたのはエレベーターの中だった。狭い箱の中だからすぐ目につく。彼等はウーロン茶の缶を片手で胸のあたりに捧げ持っていた。その持ち方が強く印象に残った。それが彼等の持物の中で最も大切なものに見えた。そういう持ち方に見えた。満員の箱の中ではウーロン茶の缶はすぐ鼻の先にあった。それにもやがて慣れた。しかしはじめて講義中にウーロン茶を飲んでいる女子学生を見つけたとき、私はおどろいた。同時に、おどろきを隠そうとした。「写生文」の姿勢を保とうと努めた。腹の中で「写生文」「写生文」と念仏を唱えた。ウーロン茶の缶などまったく目に入らぬという風に振舞おうとした。実際、私は講義を中断しなかった。そのまま続けた。しかし動揺は言葉の抑揚にあらわれた。私はウーロン茶の缶から反射的に目を外らせた。外らせたとき抑揚が変った。抑揚をつけなくてもよいところに抑揚をつけたのである。そのことに気が付いて混乱した。混乱したが話は中断しなかった。中断はしなかったが自分の話の筋道がわからなくなった。わからなくなりながらそれでも喋り続けた。そのため喋っている自分の言葉を聴いているような感じになった。その状態がどのくらい続いたか、はっきりしない。はっきりしないが聴いているうちに話の筋道はつかめて来た。

私は視線をウーロン茶の女子学生に戻した。彼女はウーロン茶の缶を左側に置き、うつ向いて、右手でノートに何か書きつけていた。私は彼女の名前を知らなかった。しかし顔はおぼえていた。つまり彼女は常時出席組である。髪型にも服装にも特に目立つところはなかった。ピアスもしていないようである。ただ口紅の赤が目立った。エレベーターのウーロン茶が教室に出現するのは当然といえば当然かも知れない。私はもう一度ウーロン茶の女子学生に視線を移した。ウーロン茶の缶は彼女の左手に握られていた。そしておもむろに彼女の赤い唇へと運ばれて行った。なるほどテレビだ、と私は思った。彼女は右手の動きを止め、静かにゆっくりとウーロン茶を飲んだ。飲みながら私の講義を聴いていた。聴きながらウーロン茶を飲んでいた。しかし教室の学生たちで、誰一人彼女に注目するものはなかった。

それにしても「二葉亭四迷とロシア文学」がとんでもない話になってしまった。なぜ、こうなったのか。なぜ私はこんなことをえんえんと書いてしまったのか。はじめから計算してやったわけではない。いつの間にかこうなったのである。しかし、かといって偶然だけではない。当然こうなるべくしてこうなった、という他ない。一言でいえば、私は自分の意識に忠実に書いた。するとこういう形になった。いい換えれば、私の講義を聴いているのはこういう学生だということである。私はこういう学生を相手に小説の話をしているということなのである。芥川や宇野やゴーゴリの話をしている。二葉亭や漱石の話をしている。これは最早や格闘である。カルチャーセンターの受講者たちは実におとなしい。お行儀もよろしい。私も昔何年か経験してよく知っている。彼等は文学を信じ、小説を愛している。文学も小説も彼等にとっては疑う余地のない価値あるものである。魅力あるものである。文学や小説を疑うものはカルチャーセンターにはやって来ない。彼等は講義中に私語などしない。ウーロン茶も飲まない。したがって講師は腹を立てない。腹を立てることなく、終始いい気分で喋ることが出来る。受講者たちは文学を信じている。講師は彼等が信仰する文学のシャーマンである。彼等はシャーマンを媒介にして文学の価値、文学の魅力を聴く。そしてあらためて文学を信じ直して満足するのである。シャーマンはときどき、素顔に戻って創作楽屋話や芸談を披露する。受講者=信者たちにとってはこれもまた大きなたのしみである。つまりカルチャーセンターの講義は一方通行である。受講者すなわち信者であるから、彼等は講師=シャーマンを疑わない。質問はするが対立はしない。他者ではない。両者の関係は格闘ではない。

私はシャーマンではない。学生たちは信者ではない。したがって私の講義は学生との格闘である。私語との格闘である。ウーロン茶との格闘である。学生たちは漱石の門下生ではない。二葉亭の門下生でもない。芥川や宇野の門下生でもない。そして最も重大なことは、私自身の門下生でもないことである。ではなぜ小説家である私が、そのような学生を相手に格闘を演じる必要があるのか。大学生の私語について私に意見感想を求めた新聞記者も、おそらくそう考えたに違いない。文芸講演会ならばともかく、専任教員として出かけて行くのはなぜだろうか。新聞記者は口に出してはっきりそうはいわなかったが、それはまことに当然の疑問である。当然過ぎるくらい当然の好奇心である。

私はその好奇心に満ちた疑問に果して答えることが出来るだろうか。答えられるかも知れない。あるいは自分では答えたつもりでも答えにならないかも知れない。とにかく私はシャーマンではない。学生たちは信者ではない。だから、私の講義は学生との格闘であるが、その格闘の前にもう一つ格闘がある。小説家としての格闘である。小説家としての二葉亭との格闘である。漱石との格闘である。芥川、宇野との格闘である。小説家としての小説との格闘である。日本近代文学との格闘である。『浮雲』からはじまった日本近代小説を「千円札文学論」によっていかに読み直すか、という格闘である。「われわれは皆ゴーゴリの『外套』から出て来た」とドストエフスキーはいった。「日本文学の伝統とは、フランス文学であり、ロシア文学だ」と横光利一は『純粋小説論』でいっている。これは重大発言である。このエッセイはこれまでもさんざん物議をかもして来た。もちろん批判は簡単である。というよりも隙だらけである。しかし日本近代文学史を読み直す上で重大な発言である。「日本文学の伝統とは、フランス文学であり、ロシア文学だ」というのは、当り前といえば当り前でもある。この「日本文学」はもちろん日本「近代」文学である。しかしその日本近代文学がフランス文学やロシア文学の「影響」を受けたのではなく、それらはすでに「伝統」なのだといったところが「重大」なのである。ただしこの「伝統」には、「伝統」とは何かという「注」が必要である。誰がどこで、どのように使った「伝統」なのか。横光にはこの「注」がない。だから飛躍だといわれる。一人合点だといわれる。ハッタリだといわれる。しかし『純粋小説論』はそれだけで葬り去られてよいエッセイではない。いずれ「注」をつけて読み直す必要があるが、例えば横光のいう「伝統」を「格闘」と読み換えてみる。「フランス文学」「ロシア文学」を西欧文学と読み換えてみる。すると、日本近代文学は西欧文学との格闘であった、ということになる。するとこれは、日本近代小説は西欧文学との混血＝分裂の産物であるという私の考えとほとんど一致する。いい換えれば、西欧文学をいかに読み、いかに書き変えたか。西欧文学をいかに模倣し、いかに批評したか。それが日本近代文学である。二葉亭四迷は「言文一致」との格闘を『作家苦心談』で次のように語っている。

一体『浮雲』の文章は殆ど人真似なので、先づ第一回は三馬と饗庭さん（竹の舎）のと、八文字屋ものを真似てかいたのですよ。第二回はドストエフスキーと、ガンチヤロツフの筆意を摸して見たのであツて、第三回は全くドストエフスキーを真似たのです。稽古する考で、色々やツて見たんですね。

漱石も格闘した。芥川も宇野も格闘した。自然主義も格闘した。荷風も横光も格闘した。牧野信一も太宰治も坂口安吾も格闘した。そして私は彼等と格闘している。彼等をいかに読みいかに書くか。これが小説家としての私の格闘である。私はその格闘の模様を学生たちに話す。しかし私はシャーマンではない。学生たちは信者ではない。したがって私の講義は学生との格闘となる。つまり講義は二重の格闘である。格闘の格闘である。

私は某学会での講演のことも学生たちに話した。「二葉亭四迷とロシア文学」という演題のことも話した。講演は確か土曜日の午後三時からだった。私は学会から送られて来たプログラムに下車駅などを書き込んだコピーを学生たちに配布して、都合のつくものは出来るだけ聴きに来るように、といった。もちろん何人来るかはわからなかった。私は念のため小型録音器を持参することにした。

二葉亭四迷の罠

講演の当日は雨であった。そろそろ梅雨に入っていたのかも知れない。難波《なんば》駅から私鉄電車に二十分程乗り、某駅で降りた。見知らぬ駅だった。駅前でタクシーに乗った。学会の会場である某女子大学の名を告げると、タクシーは雨の中を走り出した。会場の女子大学は小高い丘の上にあった。タクシーを降りるとすぐ前の建物のドアに貼紙が見えた。案内係らしい人は見当らなかった。ドアを入り、二枚目の貼紙にたどり着き、三枚目にたどり着いた。受付があり、人々が動いていた。受付のテーブルに行って名前を告げると、会員ですか、とたずねられた。受付には若い男女が坐っており、会員名簿らしいものが拡げられていた。あたりを見廻したが知らない顔ばかりだった。案の定、学生も見当らなかった。なにしろ雨の土曜日だった。やはり小型録音器を持って来てよかった、と思った。これは大学のものを借りて来た。もし学生が来なかった場合、録音しておいて、あとで授業の時に聴かせるためである。ポケットに入る大きさで、事務の人に詳しく扱い方を教わって来た。私は受付係に、会員ではなくて講演を頼まれたものであることを告げた。そしてもう一度名前を告げた。暫くして主催者側の教授から別室に案内され、茶菓の接待を受けた。そこへ知合いの某大学教授も現れた。司会を担当してくれるということだった。

私は、小型録音器と小型本二冊を持って演壇に上った。何となく左右に広い教室のように感じた。あるいは半円型で演壇をぐるりと囲むような教室だったのかも知れない。それとも、ただそんな気がしただけだったのか。私が演壇に持って上った小型本の一冊は中村光夫『二葉亭四迷伝』の文庫本である。もう一冊は岩波書店版の二葉亭四迷全集第五巻である。新書判型で目の荒い臙脂色の布貼りの表紙である。二段組み、小型で持ちやすい。布貼だから片手に持ってぱらぱらめくっても、弾力があって、折れ曲らない。大学の授業でもこれを使う。左手に持って右手で白墨を使うので表紙に白墨がつく。白墨で指紋がついていることもある。しかし使っているうちにいつの間にか消えている。指先でこすり落としているのかも知れない。手垢と一緒に目の荒い臙脂色の布貼表紙にしみ込んでしまうのかも知れない。第五巻は「評論・感想・その他」で、評論の部は「小説総論」「カートコフ氏美術俗解」「文学の本色及び平民と文学との関係（ドブロリウボフ）」「昨今のウォッテ」「其後のウォッテ」「露都雑記」「美術の本義（ベーリンスキー）」「米氏文辞の類別（ベーリンスキー）」等々。感想の部は「作家苦心談」「余が言文一致の由来」「余が飜訳の標準」「エスペラントの話」「未亡人と人道問題」「露国文学談片」「私は懐疑派だ」「文壇を警醒す」「『平凡』物語」「酒余茶間」「予が半生の懺悔」「送別会席上の答辞」等々である。このあとに「ロシア事情」の部と「官報局時代の仕事」の部が付いている。

二葉亭四迷は明治四十一年（一九〇八）六月十二日、朝日新聞ペテルブルグ特派員として東京を出発した。いまから約九十年前である。四十五歳だった。そして翌明治四十二年、肺結核のため帰国の途中、五月十日ベンガル湾上で没した。没後間もなく、坪内逍遥／内田魯庵編の『二葉亭四迷――各方面より見たる長谷川辰之助君及其追懐』が出た。明治四十二年八月一日、易風社というところから出ている。岩波書店版全集の年譜では「六月二日午前十一時より染井信照庵にて神式により告別式執行。同日午後一時染井墓地に埋葬」とある。そのときの模様を内田魯庵は『二葉亭四迷の一生』で次のように描いている。

初夏の夕映の照り輝ける中に門生が誠意を籠めて捧げた百日紅樹下に淋しく立てる墓標は池辺三山の奔放淋漓《りんり》たる筆蹟にて墨黒々と麗わしく二葉亭四迷之墓と勒《ろく》せられた。／三山は墓標に揮毫するに方《あた》って幾度も筆を措いて躊躇した。この二葉亭四迷は故人の最も憎める名であった。この名を墓標に勒するは故人の本意でないかも知れぬので、三山は筆を持って暫らく沈吟したが、シカモこの名は日本の文学史に永久に朽ちざる輝きである。二葉亭は果して自ら任ずる如き実行の経綸家であった乎否かは永久の謎としても、自ら屑《いさぎ》よしとしない文学を以てすらもなおかつかくの如く永久朽ちざる事業を残したというは一層故人の材幹と功績の偉なるを伝うるに足るだろう。と、三山は終に意を決して二葉亭四迷と勒した。

講談風の名調子である。私はとつぜん、先日亡くなった内田莉莎子さんを思い出した。食道癌のため東京港区の病院で亡くなったと新聞に出ていた。たぶん虎の門病院ではなかろうかと思った。いまから十年前の十一月、私も虎の門病院で食道癌の手術を受けた。内田莉莎子さんと知り合ったのは、その二、三年前だったと思う。たまたまある文学賞の選考委員として一緒になった。新聞社とか出版社の文学賞ではなく某市教育委員会主催の文学賞で、私は小説部門担当、内田さんは童話部門の担当だった。内田さんが早稲田の露文の先輩であることは知っていた。内田魯庵の孫娘であることも誰かに聞いて知っていた。確か亡くなった露文の横田瑞穂教授からだったと思う。内田さんは伊豆だか伊東だかに住んでいるということだった。同じ文学賞の選考委員といっても毎年顔を合わせるわけではなかった。各々が別々に選考して、教育委員会主催の授賞式には出たり出なかったりだった。食道癌手術後は、会うと病気の話が主だったようである。手術後は煙草をやめた話とか、手術後満一年は酒が飲めなかった話とか、いつの間にかまた飲めるようになった話とかである。内田さんは肝臓のことを気にしているようだった。あるいは彼女自身ではなく、ご主人のことだったかも知れない。私は直接知らないがご主人も露文の先輩だった。内田さんはご主人とほとんど毎晩飲むらしかった。休肝日が必要だなんていわれているが関係なしに飲んでいるということだった。焼酎のお湯割りの話も出たようである。私がたまたま常用していた肝臓薬の話をすると、内田さんは手帖にメモしていた。内田魯庵のことはついに一度も話さなかった。私は大阪に住むようになってからも選考委員は続けていた。何年か前、内田さんのご主人が亡くなったことを知った。そして昨年だったか、某市教育委員会の文学賞担当者からの電話で、内田さんが手術したことを知った。声が出なくなったということだった。内田莉莎子さんの死亡記事を私は大阪で見た。ポーランドの児童文学翻訳者という紹介だったと思う。私は新聞に出ていた喪主宛に弔電を打った。たぶん息子さんではないかと思う。住所は東京になっていた。

私は五月の連休で信濃追分の山小屋に出かけた。そしてこの原稿を書きながら、とつぜん内田莉莎子さんのことを思い出した。私は本棚にあった文芸年鑑を開いてみた。しかし内田莉莎子さんは載っていなかった。おや、と思って確かめると、平成七年版だった。それ以後の新しい版は山小屋にはなかった。私は思いついて、文芸年鑑の「著作権継承者名簿」欄をめくってみた。内田百閒の次に「★内田魯庵（一八六八・四・五〜一九二九・六・二九）内田静」と出ていた。★印は「一般著作権消滅のもの」と凡例に出ていた。住所は静岡県伊東市だった。電話も出ていた。内田莉莎子さんの住所と電話番号ではないかと思った。しかし住所録が手許になくて確かめられなかった。時計を見ると午後四時ちょっと過ぎだった。私は文芸年鑑に記載されている電話番号を、書きかけの原稿用紙の欄外にメモした。そしてそれを見ながらプッシュホン式電話の番号を押した。するとテープに吹き込まれた例の女性のアナウンスが聞こえて来た。あなたがおかけになった電話番号は現在使われておりません。番号をお確かめになってもう一度おかけなおし下さい。私は一旦受話器を置き、もう一度メモした番号を見ながら電話をかけた。結果は同じだった。しかしもし通じていたら何をたずねるつもりだったのだろう？　特別に何もなかった。ただありのままを話すだけだったと思う。魯庵の『二葉亭四迷の一生』を読んでいて、とつぜん内田莉莎子さんのことを思い出したということである。いまのところ魯庵について特別にたずねたいことはなかった。強いていえば、著作権継承者として記載されている内田静という人と内田魯庵および内田莉莎子さんとの関係くらいである。それも先方次第であって、是非とも知りたいというわけではなかった。

翌朝、私は目をさましたあと、いつものように暫く蒲団の上であぐらをかいていた。すると内田莉莎子さんが翻訳した童話のことを思い出した。確か娘が何冊か頂戴していたのではないか。それも夏休みで信濃追分の山小屋に滞在中だったような気がした。蒲団から立ちあがって襖をあけると、リビングルームに娘が立っていた。娘も連休で山小屋に来ていた。今日の午後何時かの汽車で東京へ帰るという。私は蒲団を片付けて雨戸をあけた。それから娘に内田さんの童話のことをたずねると、その本ならば「小屋」にあるという。三、四年前に山小屋を改造したとき、庭先に書庫用の小屋を作った。それを「小屋」と呼んでいた。娘はすぐに「小屋」へ行って内田さんの本を運んで来た。私が内田さんは亡くなったのだというと、娘は「ええっ！」とおどろいていた。娘が持って来たのは次の三冊だった。『ジプシーのむかしばなし(1)／太陽の木の枝』フィツォフスキ再話／内田莉莎子訳（福音館書店／一九六八年五月初版／一九七二年五月第三刷）『ジプシーのむかしばなし(2)／きりの国の王女』（一九六八年十二月初版／一九七三年八月第四刷）『きつねものがたり』ヨゼフ・ラダさく／え　うちだりさこやく（福音館書店／一九六六年六月初版／一九七三年八月第十三刷）。この他にもまだ三冊あるがそれは東京のアパートに置いてある、と娘はいった。では東京へ帰ったらその三冊をＦＡＸで知らせてくれないか、と私はいった。すると、題名と作者と出版社ならわかっていると娘はいった。そして電話の下のメモ用紙を取り出して、次の三冊を書いた。

『すばらしいフェルディナンド』『おきなさいフェルディナンド』『ぞうのドミニク』どれもルドウィク・J・ケルン作、岩波書店刊。私は娘のメモを見ながら、新聞の死亡記事の見出しは「『ぞうのドミニク』の訳者」だったような気がした。この本を頂いたのはいつ頃だったかね、と私はたずねた。高校生の頃じゃあなかったかね。いや、いや、もっと昔ですよ。昔？　じゃあ中学生の頃かね。ほら、と娘は一冊を私の方へ差し出した。それは『太陽の木の枝』で、裏表紙の真中に目と鼻と口のついた太陽の顔の絵が描いてあった。そしてその右側に黒のサインペンで○○小学校三年二組、左側には同じ黒のサインペンで○○○と娘の名前が書いてあった。『きりの国の王女』には名前は書かれてなかった。『きつねものがたり』には裏表紙の見返しに赤のサインペンで二年一組○○○と娘の名前が書いてあった。どちらも娘自身の文字だった。私はちょっと混乱した。高校生のときじゃあなかったのかね、ともう一度たずねた。最初にもらったのはいつだったかはっきりおぼえていないけど、と娘は答えた。お礼状を出しなさいといわれたのでお礼状を書いて出した。そしたらまた送ってもらったのをおぼえている、と娘は答えた。私の混乱は時間的混乱だった。某市教育委員会の文学賞の選考委員になったとき、娘は確か高校生だった。

娘が通っていた高校の国語の教師が文学賞の小説部門に応募したらしいという噂を聞いたような気がする。

そのうち時間が来て娘は帰って行った。私は草道を下って泉洞寺の前まで送って行った。電話で予約したタクシーが来て、家内は娘と一緒に乗り込んだ。私は草道を登って戻って来た。「小屋」のまわりのレンギョウは満開だった。それから私は文芸家協会に電話をかけた。電話に出たのは書記局の女性だった。私は内田魯庵の著作権継承者のことについて、昨日の一件をかいつまんで話した。すると、その方ならば確か小田原の方へ移られたはずです、という返事だった。私はその返事におどろき、かつ感心した。内田魯庵の著作権などといえば少々手間取るのではないかと思ったのである。なにしろすでに消滅した著作権である。それに昨日の電話で聞いたテープに吹き込まれた女性のアナウンスである。しかし話はすぐに通じた。そして平成八年版の文芸年鑑では新しく変った住所、電話番号に訂正されているはずです、ということだった。私はいまこういう事情で手許に平成七年版しかないことを話した。女性書記局員は、ちょっと待って下さいといって、小田原の住所と電話番号を教えてくれた。名儀人は「内田静」で変っていない。ただ「堀内様方」となっているとのことだった。私は内田莉莎子さんが文芸年鑑に載っていなかったことを話し、彼女が文芸家協会の会員でなかったことを念のため確認した。そして内田静という人と内田魯庵との関係をたずねてみた。しかしそれは協会ではわからない、内田静という人が男性であるか女性であるかもわからない、ということだった。私は女性書記局員に礼をのべて電話を切った。

時計を見ると午後一時過ぎだった。私は文芸家協会で教わった電話番号へ電話をかけようか、かけまいか、ちょっと迷った。私は内田魯庵の研究をしているのではなかった。また『二葉亭四迷の一生』に関して特に質問らしきものもなかった。私は娘がもらった『きつねものがたり』『太陽の木の枝』『きりの国の王女』をぱらぱらめくってみた。『きつねものがたり』の挿絵は作者のヨゼフ・ラダ自身のものだった。巻末に「一九二八年、東京に生まれた。早稲田大学露文科卒業。日本児童文学者協会会員」と内田莉莎子さんの紹介が出ていた。主な訳書も紹介されていた。ヨゼフ・ラダはチェコの童話作家、『ジプシーのむかしばなし』(1)(2)のフィツォフスキはポーランドの童話作家である。私は『ジプシーのむかしばなし(1)／太陽の木の枝』の「おはなしのまえのおはなし」を読んでみた。(……)たき火はいきおいよくもえあがり、そのまわりで年とったジプシーたちがむかしばなしをはじめました。わたしはつぎからつぎへとかきつけていきました。(……)そのとき、わたしは、はっとしました。とおい森のカシの木のうしろに、たくさんのはなしをしまっておいたのを、わすれていたのです。(……)カラスはとびたって、はなしをもってきてくれました。紙がわりのシラカバの皮は、もう、ところどころ木くい虫にかじられていました。あるはなしは、おわりのほうがかじられていました。あるはなしは、はじめのほうでした。まん中のなくなっているはなしもありました。(……)

私は文芸家協会で教わった電話番号に電話をかけた。電話はすぐ通じた。電話に出たのは堀内路子さんという人で、内田莉莎子さんの妹さんだった。声は莉莎子さんに似ているのかどうか、よく思い出せなかった。二十分くらい話をうかがった。そして私は凡そ次のようなことを知った。まず著作権継承者の内田静《しず》さんは、内田魯庵の長男の奥さんで現在九十歳であること。まだお元気で毎日本ばかり読んで暮しておられる。ただ耳が遠くなり電話での応対は無理であること。両脚を骨折しているため歩行困難であること。内田莉莎子さんは静さんの長女であり、路子さんは次女であること。魯庵は慶応四年（一八六八）生れで昭和四年（一九二九）に没した。内田莉莎子さんは昭和三年生れであるから、祖父魯庵と一緒に写った写真が残っているが路子さんは祖父を知らないとのことである。静さんのご主人つまり莉莎子さん、路子さんの御父上は五十代で亡くなられたとのこと。大変な酒豪で、食道癌で亡くなられたとのことである。また『ジプシーのむかしばなし』(1)(2)の挿絵を描いている堀内誠一さんは路子さんのご主人だそうである。電話でそう聞きながら本をめくってみると巻末に「一九三二年、東京に生まれた。デパートの装飾、カメラ雑誌、ファッション雑誌の編集を経て、グラフィックデザイナーとして活躍中」と紹介が出ていた。しかし何年か前に亡くなられたとのことである。私が昨日かけた電話は内田莉莎子さんの生前のお住いの電話だった。そこに静さん、莉莎子さんご夫妻と一匹の犬が住んでいたが、まず犬が死に、次にご主人が亡くなり、それから莉莎子さんが亡くなった。亡くなったのは虎の門病院ではなく、東京のご子息宅で急に容態が悪くなり、救急車で赤坂の救急病院に運ばれてそのまま亡くなったとのことである。

私はとつぜん電話した失礼を詫び、お礼をのべて電話を切った。山小屋の二階の私の部屋の正面の窓の向うは、枯木と新緑の風景だった。枯木は栗の木、胡桃、アカシヤである。新緑はカラ松、まゆみである。枯木と新緑の間に白い屋根が見える。その向うに泉洞寺の朱塗りの屋根が見える。夏は窓の向うは一面の藪となり、泉洞寺の屋根は見えなくなる。私は「おはなしのまえのおはなし」の続きを読んだ。（……）しかたがありません。なくなった部分をおもいだして、またかきました。おもいだせないのは、かんがえてかきました。こうして袋いっぱい、ジプシーのおはなしがあつまりました。（……）私は裏表紙に黒のサインペンで書かれた文字を眺めた。○○小学校三年二組○○○○。それは某市教育委員会の文学賞選考委員になるずっと昔のことだった。とすると内田莉莎子さんに会ったのはいつだったのだろう？　しかし私は思い出すことを諦めて、魯庵の『思い出す人々』に戻った。私が先に引用した魯庵の文章は、岩波文庫『新編　思い出す人々』（一九九四年二月）所収の「二葉亭四迷の一生」からである。新仮名づかいになっているのはそのためである。この文庫版には巻末に編者・紅野敏郎氏の詳しい解説がついており、「二葉亭四迷の一生」は「明治四十二年六月記」のものを「大正三年夏補修」したものとなっている。両者を読み較べてみると、かなりの補筆である。

初出のタイトルは「二葉亭の一生／回顧二十年」である。署名は「魯庵生」で、坪内逍遥との共編『二葉亭四迷――各方面より見たる長谷川辰之助君及其追懐』の巻末に載っている。「長谷川君とは二十年来の交際で、近年こそお互に俗事に追はれて余り往来しなかつたが、ある時は殆んど毎日会はない事は無い位で、折に触れては夜通し語り徹かした事もある。且お互に人には打明けられない秘密《ないしよ》の相談も話し合つた関係だから、越方を繰返すと何となく感慨に堪へない。（中略）唯記憶に頼つて書流したれば、仮に故人の生涯を分ちて／(1)青年時代及『浮雲』時代／(2)沈黙時代（官報局時代）／(3)第二期の活動時代（語学校教授時代及満州行）／(4)朝日新聞社時代（露国行）／の四期とし記述したれども、畢竟《ひつきやう》僅に輪廓の一部を描き出したるのみ。其の詳細なる閲歴及び性行人物の月旦に就きては他日或は再び伝ふるの機会ありと信ず」という前書き付きで、約五十ページに及んでいる。二葉亭の葬儀が明治四十二年六月二日、易風社から追悼文集が出たのが八月一日である。その間、僅か二か月である。「粛みて長谷川辰之助君の霊に献ず」と扉に銘されたこの追悼文集は普通の単行本より大型の、いわゆる菊判で「上之部」が二四九ページ、「下之部」が二一五ページの大文集である。目次は「長谷川辰之助君小伝」「終焉紀事附埋葬記」「著書略目」にはじまり「上之部」の執筆者は三十三名。「竹馬の友たりし長谷川君／中村達太郎」以下、東京外語在学時代、官報局時代、満洲・大陸時代、海軍省時代、外語教授時代、朝日新聞時代のすべてを網羅し、二葉亭の墓標に「二葉亭四迷」と墨書した「東京朝日」の主筆の池辺三山も本名の池辺吉太郎の名で「二葉亭主人と朝日新聞」を書いている。上之部の最後は坪内逍遥の「長谷川君の性格」である。下之部は文学文壇関係で、「長谷川辰之助氏／森林太郎」にはじまり、藤村、漱石、花袋、美妙、泡鳴、白鳥、抱月、秋江、露伴その他がずらりと並んでいる。漱石のものは「長谷川君と余」である。そして最後に魯庵の「二葉亭の一生／回顧二十年」である。

岩波文庫『思い出す人々』の解説で紅野敏郎氏は「その追悼文集は追悼文集としては空前にして絶後ともいうべき出来ばえで、幾多の追悼文集のなかの白眉といっても決して過言ではない。魯庵はそこに『二葉亭の一生』を一気にしたためた。魯庵はみずからを『肖像画家』と称しているが、人物スケッチの最大の雄がこれである」と書いている。私も同感である。しかも魯庵の場合、自分の原稿だけではない。二葉亭の葬儀後、僅か二か月で「空前絶後」の追悼文集を編集刊行したのである。その間の魯庵の苦心奮闘ぶりは、徳富蘇峰の「追懐一片」によくあらわれている。蘇峰の追悼文の書き出しは「予は長谷川君追悼録に就いて何を書くべきか。正直に白状すれば、言ふべきこともなく、又《ま》た言はんと欲することも無い。併し左の如き書簡を内田魯庵君より受取りては、沈黙するは誼《ぎ》に於て不可なりと思ふ」である。そしてそのあと、いきなり魯庵の依頼文をそのまま引用している。「拝啓（……）国民之友は故人が屢々飜訳を投寄したる深き縁みも有之候なれば一編御追憶の玉稿を頂戴致し度故人の霊も貴下の御回想を得て満足すべしと存じ候謹みて奉願上候也　草々不一」日付は「十三日（四十二年六月）」となっている。そして更に蘇峰はそのすぐあとに「再伸　締切の期日も逼迫致し居候へは然るべく御配慮煩はし度候也」という魯庵の催促状を引用している。魯庵の「苦心奮闘ぶり」というのはこのことである。二葉亭の『浮雲』第一篇が「坪内雄蔵」の名で金港堂から出版されたのは、明治二十年六月であった。蘇峰編集の「国民之友」に『浮雲』評が載ったのは同年八月十五日発行の第七号で、二葉亭がはじめて蘇峰を訪問したのは、その八日後の八月二十三日である。翌明治二十一年二月、二葉亭は『浮雲』第二篇を同じ金港堂から出版した。「国民之友」に二葉亭がパアヴロフ『学術と美術との差別』の翻訳を発表したのはその年の四月である。続いて七月〜八月にツルゲーネフ『あひゞき』の翻訳を「国民之友」に発表した。

蘇峯の『追懐一片』は、魯庵からの依頼文および催促状を引用したあと、今度は「国民之友」の『浮雲』評を引用している。それは約三行の短いもので「寔《まこと》に簡単なものである」と書いている。そのあと二葉亭のはじめての来訪に触れ、続いて、その日二葉亭が持参した蘇峯宛の書状の全文を公開している。長さはこの菊判追悼文集約三ページ分で、「敬白　長谷川辰之助／徳富先生」となっている。更に、その二日後に届いた二葉亭からの書簡をこれまた全文公開。これは「敬白　長谷川辰之助／徳富先生函丈」まで約二ページである。そして曰く「長谷川君は予に向つてパンを要求したるに、予は石を与へた位ゐのものであらう」。又曰く「長谷川君は『国民之友』の寄書家と為られた。予は当分の間は君と往来した。其れは二十二年の末頃までゝあらう。予は君を神田神保町の宅に訪問して、露国文学の知識を耳より得た。併し君は斯《かか》る咄よりも、動《やゝ》もすれば人生問題などゝ云ふ面倒なことを話した。予も斯る問題を無視する訳ではなかつたが、到底斯る問題は人力にて解釈の出来べきものでは無いと諦めを付け、自ら固く封印して胸底に蔵《おさ》め置きたれば、成るべく之《こ》れには触れぬ積りで居た。斯く君が好んで触るゝ所は、予の成るべく触るゝを好まざる所であつたから、是等の点に於て話の合ふ筈もなかつた。要之《つまり》君が歌へば僕が踊ると云ふやうな訳には参らなかつたのである」。そして最後に曰く「君は最とも他人の追従《つひしやう》軽薄を厭ふ人であると云ふことを知つて居るが為めに、予の語る所も之れに止めて置くのである」

これが魯庵の「苦心奮闘」の結果である。それは思いがけない記録を生むことになった。ご覧の通りの二葉亭と蘇峯の関係の記録である。おそらく魯庵も、このような追悼文は予想しなかっただろう。蘇峯の文章は痛烈である。辛辣である。これほど冷たい追悼文も珍しいだろう。しかし冷たいと同時に熱いともいえる。蘇峯は二葉亭の「人生問題」にうんざりしていた。そこへ魯庵の催促状が届いた。それでついムキになった。熱くなって癇癪を起こした文章である。蘇峯をうんざりさせ、ついに癇癪を起こさせた二葉亭の「人生問題」とは如何なるものか。それは一言でいえば「文学以外」の問題である。逍遥／魯庵共編の追悼文集でいえば、例えば「憂国の志士としての長谷川君／日向利兵衛」「文壇以外の長谷川君／鈴木於菟平」「失敗したる経世家としての長谷川君／山下房太郎」「対露西亜の長谷川君／大庭柯公」「北京警務学堂に於ける長谷川君――警世家としての同人の半面／阿部精一」等々に描かれた二葉亭像である。また同時にそれは二葉亭のいわゆる「文学嫌い」の問題である。

二葉亭四迷は自分は「文士」ではないと死ぬまでいい続けた。『作家苦心談』でもいっている。『私は懐疑派だ』でもいっている。『予が半生の懺悔』でもいっている。最後は『送別会席上の答辞』である。明治四十一年六月六日、朝日新聞ペテルブルグ特派員としてロシアに出かける二葉亭四迷の壮行会が、上野精養軒でおこなわれた。坪内逍遥、内田魯庵、田山花袋、長谷川天渓が発起人となっておこなわれた会で、出席者は逍遥、魯庵、花袋、天渓の他、広津柳浪、島村抱月、小杉天外、徳田秋声、正宗白鳥、岩野泡鳴、小山内薫、小栗風葉、後藤宙外、近松秋江、等々総勢三十五名である。博文館社員で、『予が半生の懺悔』などの談話筆記者でもあった前田晁の『二葉亭主人の送別会』によると、二葉亭は最初は「僕は文士ぢやないんだからな」という理由で、この壮行会に反対している。しかし、逍遥が発起人ときいて仕方なく承諾したことになっている。岩波版九巻本の新書判型全集第五巻には、この会における二葉亭の挨拶『送別会席上の答辞』だけしか載っていない。しかし筑摩書房版全集第四巻には、明治四十一年七月号の「趣味」に掲載された記事全体が載っている。それは「三面の玻璃《ガラス》窓《まど》を透す新緑に埋れて、一面には朱い五重塔が見える。一面には不忍《しのばず》の池の漣がチラ〳〵と樹の間に隠見する。夕風が涼しく吹き通す」という風景描写ではじまる。筆者は、二葉亭の「『平凡』物語」「酒余茶間」などの談話筆記者の宮坂風葦で、「パチ〳〵と拍手が起つた。魯庵氏が立つたのである」という説明があって、発起人を代表した内田魯庵の「送辞」が続く。つまり、描写あり、説明ありの雑誌記事である。その間にカギ括弧つきで魯庵の送辞が入るという、いわば通俗小説風の探訪記事である。魯庵の送辞はなかなか面白い。面白い割に余り紹介されない。例えば次のような調子である。

「(……)恰《てう》ど二十年程前、私が長谷川君の許《ところ》へ伺つた時、机の上にある本を何ですかと伺つた処が、(……)示されたのは、ダアヰンの『オリヂン、オブ、スペシス』でありました。(……)かく『オリヂン、オブ、スペシス』を読んだり、ライフやツルースの問題に頭脳《あたま》を傾けて居られた。当時の文学者の夢にも知らぬ事をして居られたのです。(……)

「さて恁《か》く文壇に功績あり又翹望される長谷川君は、困つた事に文学が大のお嫌ひださうで、小説を書くは腹を切るより辛いといふこと。殊に此頃などは為めに神経衰弱になつて、三度の食も二度に減じ一度に減ずる。それも唯一杯位より外はいかないと言ふ様な有様。(……)さて何故文学がお嫌ひかはよく知りませんが、『平凡』の中《うち》に『文学には遊戯分子がある。どうもそれで馬鹿々々しくなる』といふ様な事があつたので、さては然うした意味かと思ひました。で、長谷川君は外交がお好《すき》――日露戦争中にはウラジホからハルビンの方までも廻られ、日本の外交の手緩《てぬる》いを憤慨されて、後北京の公使館に居られて、旅順などの同志者と気脈を通じ、大いに劃策せられた処があつたのです。(……)

「けれども長谷川君が外交をお好になるは何の妨げもない。(……)外交問題に頭脳《あたま》を注がれるのが、長谷川君の文壇の地位に何等の影響もないと信ずる。(……)そして最う一つ希望する事は、仮令《たとへ》文学がお嫌ひにしても、(……)何卒《どうか》敢て日本の文壇を代表して、ナニ日本にもアンドレーフやゴルキー位、否《いや》、それ以上の人間があるぞといふ事を示して戴きたい」

この送辞に対して、「かうなつちや私も御挨拶を為《し》なけりやならない」といいながら二葉亭が立上った、と宮坂記者は書いている。このあとの「答辞」はよく知られている。しかしその冒頭の「イヤ此位巧妙な辞令は近頃聴いた事がない。真綿で首を締める様――かと思ふと其れが大変な讃辞になつたり、殆ど端倪すべからずだ」という二葉亭の言葉は、魯庵の「送辞」を知らなければ、意味不明である。「送辞」を読んでみて、はじめて意味がはっきりする。特に「真綿で首を締める様」は、いい得て傑作である。さて、二葉亭最後の「文学嫌い」の弁。

(……)どうも私は文学では――と言つても文学といふ事が私の解釈は少し違ふので、どうも元来《いったい》文学といふものがよく分らない。で、自分一個の考へで文学を定《き》めて見る。それは皆様の文学の意味とは必ず違ひませう。で、全く私一個の解釈してゐる文学について言ふのですが、その文学は私には何うも詰らない、価値が乏しい。で、筆を採つて紙に臨んでゐる時には、何だか身躰に隙があつて不可《いけない》。遊びがあつて不可。どうも恁《か》う決闘《はたし》眼《まなこ》になつて、死身《しにみ》になつて、一生懸命に夢中になる事が出来ない。(……)で、国際問題――と言つても是れが又所謂外交や国際問題とは違つて、是亦私一個の解釈による国際問題ですが、これならば私も決闘眼になつて、死身になつて、一生懸命に没頭して了へさうである。其処ならば何うも満足して死なれさうである。然るに文学では何うしても然ういふ気になれない。(……)自分のミッションでないと思ふ。何しろ何うしても筆を執つてゐる時には妙に隙があつて不可。唯この事実です。これが何故かは私に分らない。(……)その分らないものを、好い加減に私が解釈して、嫌ひだとか、遊戯分子が何うとか、不《つ》覚《ひ》種々《さまざま》な事を饒舌《しゃべ》つたり筆にしたりしましたが、あれは能く考へれば自から欺いてゐたのです。で、今晩のは全く懺悔――懺悔として事実を申上げたのです。(……)

「答辞」はこのあと更に続く。「文壇代表」の一件については、「自分のミッションが其処に無いと信ずるのだから、何うしてもあれは当らない。平にお断りするより外はない」という。この「文学嫌い」は確かに人を困らせる。この「文学嫌い」を、二葉亭の「反文学」ということも出来る。当時の「硯友社系文学」「文壇文学」「自然主義文学」に対する「反文学」である。この「文学嫌い」については、いずれあらためて考えることになると思う。いまは徳富蘇峯が「追懐一片」の中で、冷たく、同時に熱くなって書いた二葉亭の「人生問題」が問題であった。実際、二葉亭の「人生問題」は蘇峯のいう通り「面倒」である。蘇峯でなくとも、うんざりさせられる。魯庵もうんざりしている。それは二葉亭をして「真綿で首を締める様」だといわしめた彼の「送辞」にもにじみ出ていた。「決闘眼になつて、死身になつて、一生懸命に没頭して了へさう」な二葉亭の「ミッション」とは果して何か。魯庵にいわせれば、それは「謎」である。「政治や外交や二葉亭がいわゆる男子畢世の業とするに足ると自ら信じた仕事でも結局がやはり安住していられなくなるのは北京の前轍《ぜんてつ》に徴しても明かである。最後のペテルスブルグ生活は到着早々病臥《びょうが》して碌々見物もしなかったらしいが、仮に健康でユルユル観光もし名士との往来交歓もしたとしても二葉亭は果して満足して得意であったろう乎《か》。（……）所詮二葉亭は常に現状に満足出来ない人であった。絶間なく跡から跡からと煩悶を製造しては手玉に取ってオモチャにする人であった」と魯庵は『二葉亭追録』に書いている。先に引用した池辺三山が墓標に揮毫する場面では、「二葉亭は果して自ら任ずる如き実行の経綸家であった乎否かは永久の謎」だと書いていた。この「謎」が蘇峯をうんざりさせた。魯庵もうんざり気味である。

この「謎」の一寸先はどうなるか。一寸先は「罠」である。二葉亭四迷の罠である。これまで多くの二葉亭四迷論がこの罠に落ちた。多くの二葉亭四迷研究がこの罠に落ちた。中村光夫の『二葉亭四迷伝』もこの罠に落ちた。『二葉亭四迷伝』は、この罠を利用しようとした。この罠を利用して逍遥批判を企てた。中村光夫はまず、二葉亭四迷＝近代の公式を作った。それから次に、二葉亭の分身＝中村光夫自身の公式を作った。そしてこの二つの公式によって坪内逍遥及び逍遥につながる自然主義文学を一網打尽にしようと企てた。すなわち坪内逍遥及び自然主義＝近代のニセモノ＝楽天的近代馬鹿である。それを二葉亭の分身＝中村が批判するという方法である。例えばそれは次のような調子である。

しかしこの明治以来の文学者の友情のもっとも美しい例が彼等のあいだに見られることは、二人がまったく違った気質の持主であるのと矛盾しないので、二葉亭は生れながらに革命家の気質の持主であるにたいして、逍遥はさまざまの方面で先駆者の役割を演じたにかかわらず、気質の上では穏健な改良家であり、そのために彼の仕事はなにごとも、一応成功する代りに、次の時代にたやすく追いこされるものが多かったのです。（……）「浮雲」を書く場合にも、文体以外の点で、逍遥が二葉亭の腹を打ち割った相談に乗れたとは思われないのです。／この作中の中心のテーマである「日本文明の裏面」にたいする批評は、逍遥には終生無縁であったからです。（……）逍遥は「書生気質」など、「化政度の戯作者式に当意即妙の速筆を内々に得意にしてゐた」時分の述作を、「二葉亭なぞの目で見たら、不真摯至極、軽薄千万の作ばかりで、口に出しては言はなかつたが、嘸《さぞ》苦々しく思つてゐたことであらう」と回顧していますが、（……）二葉亭の「目」が気になりだしたら、その自虐的な倨傲《きよごう》は、逍遥のなかに住む無邪気な芸人を殺さずにおかなかったのです。逍遥の場合、この二葉亭的自虐は、それが借りものであっただけ、甚だしい害を及ぼしたとも云えます。

二葉亭の自作にたいして抱いた不満は自分のなかにある何かが、充分な表現の形にならぬことでしたが、逍遥のそれは、自分のなかになく、しかも頭で理解し得た或る理想に、自分の仕事が達しないことでした。（……）逍遥は、二葉亭の感化で意識の上では近代小説の入口までつれて行かれながら、気質と教養の上から、その門に入れないことに苦しんだのです。

以上『二葉亭四迷伝』の第四章に当る「浮雲の制作」からである。この式の中村調逍遥批判は、数え挙げればきりがない。批判というより嘲笑に近いものもある。二葉亭四迷の分身による逍遥＝自然主義＝近代のニセモノ＝楽天的近代馬鹿の批判及び嘲笑である。

若さだけが許す倨傲のなかにいた二葉亭にとって、作家になるとは彼の心を燃したロシア文学に匹敵する小説を自分で書くことでした。／彼にとって小説家になるとは、「一枝の筆を執りて国民の気質風俗志向を写し、国家の大勢を描き、または人間の生況を形容して学者も道徳家も眼のとどかぬ所に於て真理を探り出し以て自ら安心を求め、かねて衆人の世渡の助ともなる」ことでした。／彼がこの言葉を「落葉のはきよせ」に収められた日記に誌したのは、明治二十二年の夏、ちょうど「浮雲」第三篇を書き終えた頃でした。

これは「浮雲の制作」の次の章「浮雲の矛盾」の一節である。そして問題はその次である。「彼が『浮雲』を中絶して、小説家たることを放棄したのは、ここに述べたような小説家の使命が、自分の力では到底達せられないことを感じたからです」。ここで中村光夫は罠に落ちた。果して『浮雲』は「中絶」であろうか？

雨の日の講演ではこの「罠」には触れなかった。触れる余裕がなかった。また私はわざわざ持参した小型録音器のスイッチを押し忘れていた。講演を終えて、演壇に持って上った臙脂色の布貼表紙の新書判型二葉亭四迷全集第五巻と、中村光夫『二葉亭四迷伝』の文庫本を重ねたあと、録音器に手をかけたとき、そのことに気がついた。講演会のあとの懇親会で、私は講演者として短い挨拶をした。そのとき私は、実は録音器のスイッチを押し忘れたことを告白した。そして、もしどなたか録音されていたならば、カセットテープを貸して頂きたい、と申し出た。しかし誰も録音していなかった。つまり、昨年六月某日の某学会における私の講演「二葉亭四迷とロシア文学」は、音声としても文字としても一切どこにも記録されていない。したがって、これまでの話も、今後の話も、某学会の講演とは一切無関係である。

楕円と誤植

私は私の『二葉亭四迷の罠』を読んだという未知の某氏から手紙を頂いた。某氏は昨年私が某学会でおこなった講演「二葉亭四迷とロシア文学」は聴かれなかったそうである。所属する学会が違うらしい。某氏は現在、某私立大学の非常勤講師で、専攻は日本近代文学との事である。まだ若い方のようである。三十代くらいの方ではないかと思う。しかしお手紙は礼儀正しいものだった。同時に色々な意味で私には有難い手紙だった。大いに参考にさせて頂きたい手紙である。その中で氏は『浮雲』中絶説に関する幾つかの研究論文を挙げておられた。そこには私の知らないものが並んでいた。中には知っているものもあった。しかし知ってはいるが読んでいないものもあった。私はそれらのうちの幾つかを図書館で探して借り出した。すでに読んだものもある。まだ読んでいないものもある。

某氏は『浮雲』中絶説についての私の考えをききたいとの事である。つまり『二葉亭四迷の罠』の続篇を読みたいとの事である。しかし氏自身の中絶説についての「私見」は、私のものがまだ「連作」途中でもあり、暫く差し控えたいとの事である。ただ「極めて単純な事実に関する質問を一つだけ」ということで、私が『二葉亭四迷の罠』に引用した徳富蘇峯の「追懐一片」についての指摘があった。私は未知の某氏宛に次のような返事を書いた。

拝復　拙稿『二葉亭四迷の罠』についてのお手紙拝読、色々と勉強になりました。あらためてお断りするまでもなく、私は学者ではありません。あなたのような専門の研究者でもありません。一介の小説家であります。しかし同時に某私立大学において学生たちに文学＝小説について話をしています。彼らは、これまたあなたにはいうまでもなく、漱石が『三四郎』に書いたような学生ではありません。『道草』に書いたような学生ではありません。またカルチャーセンターの受講生のような学生でもありません。彼らは授業中に平気で私語する。うしろ向きになってする者もある。これは某新聞社の学芸部記者によると「全国的現象」ということですが、あなたの大学、あなたの授業の場合は如何ですか。

机の上にウーロン茶の缶を置き、ときどき持ち上げてゆっくりと飲む。まわりの学生はそれに対してまったく関心を示さない。近頃は薄緑色の壜入りの飲物が目立つようです。缶入りウーロン茶よりやや大型の壜です。壜の蓋を取って静かに一口、二口飲む。飲み終ると蓋をして壜を机の脇に置く。一気に飲むのではなさそうです。飲み残しの壜はノートブックやテキスト等と一緒に次の教室へ運ばれるのでしょう。授業中にとつぜん立ち上る者がある。男のこともあり、女のこともある。立ち上るとき、ひどく音をたてる者があります。机は二人掛けか三人掛けです。椅子は一人用だと思いますが、それを動かすために摩擦音が生じる。誰が聞いても不快な音である。立ち上った本人も、わざと不快音を出したわけではないかも知れない。あるいは思いがけない不快音に本人自身ちょっとおどろくことがあるかも知れない。隣の学生が立ち上った学生をちらっと見上げるような仕草をする場合もあります。立ち上った方が、ちょっと頭をさげるような仕草をする場合もあります。しかし見上げた方はそのときすでに視線を元に戻している。つまり立ち上った者と見上げた者が互いにはっきり目と目を見合せるということはない。見上げたのは、とつぜん立ち上った者によって発せられた不快音への抗議なのか。授業を妨害されたことに対する抗議なのか。講義中の教師に対して失礼ではないかという抗議なのか。たぶん、この最後のは当てはまらないと思います。立ち上った方も、見上げた方も、おそらく教師への意識はないものと考えられます。某心理学者（あるいは社会学者だったか）が、講義中の教員と受講学生の関係を、テレビの出演者＝画面と、それを見ている視聴者の関係に喩えていました。そういう説をテレビで話しているのを見たことがあります。授業中にとつぜん立ち上るのも、たぶんその説に当てはまる場面の一つといえるでしょう。とつぜん立ち上った学生は、不快音をたてて教室を出て行ったきりのものもあります。ところが中には、ふたたび戻って来るものもあります。どこで何をして戻って来るのか。煙草か。トイレか。その他か。さっぱり見当がつきません。戻って来た場合も、他の学生はまったく反応を示しません。出て行くときと同様です。

あなたの大学、あなたの授業では如何ですか？　あるいはあなたも似たような経験をされているのかも知れません。だとすれば若いあなたの感想ご意見をおききしたいものです。私語について、ウーロン茶について、薄緑色の壜入り飲物について、とつぜん立ち上って出て行く学生について、そのときの不快音について、是非とも若いあなたの感想ご意見を拝聴したいものです。あなたがどんな作家のどんな作品について講義をされているのかは存じません。しかし私と同じ日本近代文学の講義をされておられるという事だからです。私はいまお話したような学生たちを相手に二葉亭の話をしております。漱石の話をしております。芥川、宇野浩二、牧野信一、横光利一などの話をしております。太宰治の話をしております。

　私はときどき漱石の『道草』を思い出すことがあります。『道草』には大学教師の健三が翌日の講義の準備をする場面が何度も出て来ます。「五十五」では「彼のノートもまた暑苦しい程細《こま》かな字で書き下《くだ》された。蠅の頭といふより外に形容のしやうのない其原稿を、成る可くだけ余計拵《こしら》へるのが、其時の彼に取つては、何よりの愉快であつた。そして苦痛であつた。又義務であつた」と書かれています。この漱石＝健三の「愉快」＝「苦痛」＝「義務」はなかなか複雑です。同時に、まことに明快です。この漱石の「愉快」＝「苦痛」＝「義務」と、二葉亭のいわゆる「文学嫌い」とを、いつか比較してみたいものだと思っています。二葉亭が『予が半生の懺悔』でいうところの「之は甚い進退維谷《ヂレンマ》だ。実際的《ブラクチカル》と理想的《アイデアル》との衝突だ」と比較してみたいと思っています。どちらも自己分裂です。どちらも楕円です。分裂した楕円です。これは二葉亭と漱石を読み直すための重大な鍵です。二葉亭と漱石に共通する本質です。しかし、どこか違う。その共通性と差異を比較してみたいと思っています。
教室でゆっくりウーロン茶を飲んでいる学生を見て、私は『道草』の健三の「愉快」＝「苦痛」＝「義務」を思い出すことがあります。薄緑色の壜を見て思い出すこともあります。とつぜん立ち上り不快音をたてて教室を出て行く学生を見て思い出すこともあります。そのときの私の気持ちは、もちろん『道草』の健三の「愉快」＝「苦痛」＝「義務」とまったく同一とはいえないでしょう。二葉亭の「甚い進退維谷《ヂレンマ》だ」とまったく同一とはいえないでしょう。しかし、文学とは何だろう、という自問において共通していると思います。このような学生たちを相手に自分がいま話している文学とは何だろうか。私が彼らに語ろうとしている文学とはいったい何だろうか。文学とは何ぞや？　この自問を私は格闘と自称しています。学生たちに文学＝小説の話をすることは、この自問との格闘だと考えています。

余談が長くなりました。あなたのご指摘に対するご返事がすっかり遅れてしまいました。まず徳富蘇峰の「追懐一片」の最後の部分に関する件。「君は最とも他人の追従《つひしやう》軽薄を厭ふ人であると云ふことを知つて居るが為めに、予の語る所も之れに止めて置くのである」の「追従」（つひしやうとルビ付き）は、原本すなわち逍遥／魯庵編の追悼文集『二葉亭四迷』（上ノ一四四ページ）では、「退従」（つひしやうとルビ付き）となっているのではとのご指摘、まさにご指摘の通りです。

実は私も気が付いておりました。原稿を書いている段階で気が付いておりまして、ちょっと迷いました。原本のママにして、これは明らかに誤植であろうと注記することは出来ます。そうすることはさ程厄介なことでもありません。しかし私はそうせずに、原本の「退従軽薄」を「追従軽薄」と書き換えて引用しました。理由はたぶん次のようなものだったと思います。一つは、二葉亭没後、僅か二か月で「空前絶後」の大追悼文集を編集、かつ自らも五十ページ余に及ぶ「二葉亭四迷の一生」を書いた内田魯庵の「苦心奮闘」ぶりを強調したかった。そこで「誤植」を指摘すると折角の「苦心奮闘」ぶりが損なわれる、と考えたのではありません。むしろ反対です。「誤植」はむしろ「苦心奮闘」ぶりをよくあらわすものとさえいえます。私はそう考えます。したがって、敢えて誤植を指摘しなかった。つまり、あそこで誤植を指摘すると、それだけでは済まなくなるのではないか。単純に「誤植」の指摘だけでは済ませたくない。単なる誤植の指摘だけでは気が済まない。指摘するとすれば、その「誤植」そのものにもう少しこだわりたい。こだわらずにはいられないだろう。そしてこだわれば、当然そのこだわりが文章になる。文章になれば、どこまで続くかわからない。書いてゆくうちにどう変るかわからない。書いてゆくうちにそこから何か別なものが出て来るかも知れない。出て来るのは構わないが、同時に私はあそこで徳富蘇峯のいう二葉亭の「人生問題」についても書きたかった。蘇峯をうんざりさせ、ついに癇癪を起こさせた「人生問題」は二葉亭の「文学嫌い」につながる。「文学嫌い」は中村光夫の『浮雲』中絶」説につながる。そしてあそこではまずその「中絶」説について書かなければならない。「誤植」にこだわっているうちに「人生問題」「文学嫌い」「中絶」説からどんどん離れてゆくおそれがある。ズレてゆくおそれがある。ズレても、もちろん構わないし、すでにズレているともいえる。しかし私はあそこで「誤植」へのこだわりを一旦「中断」することにしました。こだわりを捨てたわけではありません。一旦「中断」したのです。いつかまたそのことについて書くことになるかも知れない。そう思って「中断」したわけです。

ところが「誤植」は、そんな私のこだわりとは無関係に校閲部から指摘されました。あなたがお手紙でご指摘の通り「新潮」七月号一二六ページ下段一七行目です。編集部から返送されて来たゲラ刷りには、「追従」の「追」に「退？　あるいは誤植か？」と記入されていました。そして『二葉亭四迷』の原本のその部分、つまり「上ノ一四四ページ」のコピーが添えられていました。さすがは校閲部だ、と私は感服しました。しかし私は敢えて訂正しませんでした。校閲部の指摘に感服しつつ、敢えて「ママ」としてゲラ刷りを返送しました。以上ご指摘の誤植についてです。このことに関連してまた何か書く機会があるかも知れませんが、ひとまずこの位にしておきます。

ここまで書いて、私は翌日、病院に出かけた。私は十年前に食道癌の手術を受けた。運よく生き延びたが後遺症として白血球が激減した。後遺症といえるのかどうか。別ないい方があるのかも知れないが結果的に血液中の白血球が減った。細かい数字は何度聞いても忘れてしまうが、普通の人の約半分くらいしかないらしい。その白血球の増加剤をずっと飲んでいる。何という薬かわからない。見たところ極めて平凡な錠剤である。薄黄色のものを二錠、白いのを一錠、合計三錠を一日三回、毎食後に飲む。薬は二週間分ずつもらう。病院へ出かけるのはそのためである。

出かけるのは午前だったり午後だったりする。午前中に出かけたときは、院長先生の診察を受けたあと、点滴を受ける。月に一度くらいの割合いでレントゲン検査、血液検査も受ける。午後に出かけたときは、点滴を受け、薬をもらう。これがもう七、八年続いている。大阪へ来てからずっと続いている。二年程前、暫く薬を飲むのを止めた。意識的に止めたのではなく、何となく忘れていた。病院通いを怠っていた。怠っていることさえ忘れていた。梅雨に入る頃だったと思う。ときどき指が攣るようになった。ボールペンはよくない、とだいぶ前にいわれたことがあった。ボールペンを使っていると、ある日とつぜん指が駄目になってしまいますよ、と忠告された。とつぜんそういう忠告の葉書が届いた。仲間という程親しい間柄ではない。かなり先輩に当る作家で、私がボールペンで書いているという随筆か雑文をたまたま読んだからという忠告だった。十年くらい前の話である。食道癌の手術をする前だったか、あとだったか。書痙である日とつぜん指先に激痛をおぼえたという話もきいた。実際、私自身、手術後ボールペンを万年筆に替えたことがある。書痙というわけではなかったが、体力の衰え、気力の衰えなどからだったと思う。いっそワープロに切り換えたらという話もあった。大阪の大学に来始めの頃だったと思う。その方が頸椎にも肩にも腕にも指にもよいのではないか。教員と作家の二足草鞋にはその方が合理的なのではないか。いっそ毛筆にした方がよいのでは。大学の教員仲間からそんな忠告も受けた。小説家もワープロ派と反ワープロ派に分かれはじめた時代だったようである。この年になって恥かしながらワープロに転向した、とワープロ書きの手紙を寄越す旧友もいる。彼などの場合は、

「恥かしながら」は明らかに自慢披露である。時代に「対応」できたという安堵と喜びが書面に満ちている。私の場合、ワープロか手書きかという形で考えたことはなかった。ワープロでは小説は書けないのではないか、という風には考えなかった。ワープロでは文体が変ってしまうのではないか、という風にも考えなかった。考えないまま、いつの間にかまた万年筆からボールペンに変っていた。ボールペンから万年筆へ。万年筆からボールペンへ。もちろん、それ以前にもいろいろなものを使った。いろいろなもので書いた。この筆記道具の変遷、遍歴は大変なものである。それだけで大変な物語である。筆記用具変遷物語！　筆記用具遍歴譚！　これほど波乱万丈の物語があるだろうか！　それはおよそ読むことと書くことについての告白であり自伝である。回想であり記録である。そして批評でありフィクションである。これほど魅惑的ジャンルがあるだろうか！　これほど魅惑的テーマ、これほど魅惑的素材があるだろうか！　実際いますぐ、すべてを放げ打って取りかかりたいくらいである。ボールペンから万年筆へ。万年筆からボールペンへ。その変遷、その遍歴には読むことと書くことのすべてが詰め込まれている。それだけではない。病気も含まれている。

二年ほど前、梅雨に入る頃、私は指先に痺れを感じた。痺れだけでなく、ときどき攣るようになった。私は万年筆からいつの間にかまたボールペンに戻っていた。いよいよ書痙かなと思った。葉書の字がだんだん大きくなった。原稿用紙の桝目をはみ出しはじめた。一、二枚目はよいが三枚目あたりからはみ出しがひどくなった。いよいよ、ある日とつぜん指先に大激痛が走るのか、と思った。大激痛は来なかったが、右肘のあたりが痛くなった。授業中に白墨を握っている指が攣ることがあった。白墨を握っている指と、右肘の痛むあたりが、筋でつながっているような気がした。そしてその筋は肩から頸へつながっているような気がした。百科事典か何かで見た解剖図の頭から頸から肩から肘から指にかけての赤い筋を思い浮かべた。その赤い筋に沿って頸、肩、肘が重く、だるく、ときどき痛む。その末端の指がときどき攣る。解剖図の頭から頸から肘から指にかけての筋は赤ではなくて青だったような気もした。私は某作家の何かで読んだ整体術の名人のことを思い出した。鍼をすすめてくれる同僚教員もいた。中国の気功術をすすめてくれた知人のことも思い出された。夏休み前の胸突き八丁だった。私は思い出して病院へ出かけた。暫く通うのを忘れていた病院である。検査の結果は白血球の激減、貧血状態だった。例の白血球増加剤を怠った結果だった。夏休み中、私は毎日きちんと薬を飲んだ。毎食後三回きちんと飲み続けた。薬は二週間分ずつ浅間山麓の信濃追分に送ってもらった。また診断書と紹介状を書いてもらい、夏休み中は毎週一回町立病院にバスで通って点滴を受けた。バスを降りると、町立病院の真裏に巨大な浅間山が見えた。何度見ても見る度に、私はあっとおどろいた。夏休みが終り、大阪へ戻って病院で血液検査を受けた。結果は白血球の大増加だった。大増加といっても数字はよくわからない。数字はわからないが夏休み前の貧血状態はなくなっていた。それ以来、私はその薬を飲み続けている。病院に行けるときは行って点滴も受ける。行けないときは家内に薬を取りに行ってもらった。薬は小さなビニールケースに入れて常時持ち歩いている。お守袋くらいの透明な袋でズボンのポケットに入れている。実際、お守袋のようなもので、死ぬまで飲み続けるつもりである。

梅雨の晴間らしかった。しかし台風も近づいているようだった。私は白いビニール傘を持って病院へ出かけた。エレベーターを降り、マンションの外へ出ると太陽がまぶしかった。同時に蟬の鳴き声だった。太陽のまぶしさと蟬の鳴き声があたり一面に充満していた。太陽のまぶしさと蟬の鳴き声で埋まっていた。まだ午前十時頃だった。マンションを出ると古い四階建ての住宅が並んでいた。建物は旧式だが建物と建物の間は花畑や公園になっていた。春は桜の花が咲いた。梅、桃、楊その他の樹木も植えられていた。古い公営住宅で何十年も住んでいる人もいるそうである。古いブランコのある小さな公園に真赤なカンナが咲いていた。麦藁帽をかぶった老婦人が腰をかがめて手を動かしていた。ガードレール沿いに黒いポリ袋が並んでいた。蟬の声はミーンミーンミーンでもなく、ジージージージーでもなく、シーシー、シーシー、シーシーシーシーと聞こえた。聞こえるというより、シーシーシーシー、シーシーシーシーという鳴き声の中を歩いているという感じだった。電話ボックスの前を通り斜め左側の金網の破れ目から難波宮跡公園に入った。ほぼ正面に大阪城が見える。同時に蟬の声だった。木はニセアカシヤ、楠その他だった。私はシーシーシーシーの中を斜めに、西北に横切って歩いた。草原の中の道はところどころ小さな水溜りになっていた。時間のせいか犬の散歩風景は見られなかった。背広の上着を片手にかけた男と擦れ違った。公園の真中あたりへ来るとシーシーシーシーの声はやや遠ざかった。公園出口の手前左側の少し高くなった石台のところで男が鳩に餌を撒いていた。哲学者＝大阪のディオゲネスかも知れない。歩兵第八連隊跡の碑文の近くに哲学者のダンボール小屋が見えた。男のまわりに鳩が群がっていた。間に雀も混っていた。烏はいなかった。

私は約十分かかって難波宮跡公園を斜めに横断した。西北側の出口を出ると中央大通りと上町筋が交叉しており、中央大通りを渡るとＮＨＫである。私は上町筋の横断歩道を渡って谷町四丁目から地下鉄中央線に乗り、三つ目の阿波座で降りた。病院は歩いて約十分だった。六階建てで入院室もあるから町の病院としては大きい方だろう。病院では約三十分待たされ、診察を受け、点滴を受けた。薬をもらって病院を出たのがちょうど一時頃だった。私は行きがけとまったく同じ道順で帰って来た。変っていたのは小雨がぱらついていたことだった。私は白いビニール傘をさして難波宮跡公園に入った。入るとシーシーシーシーシーが聞こえはじめた。雨は降っているような降っていないような雨だった。病院の点滴よりもゆっくりした雨だった。公園の草の中の少し濡れた道を斜めに横切って、真中あたりに立っている楠の木を過ぎたあたりから、シーシーシーシーが激しくなった。シーシーシーシーは一歩毎に激しくなった。金網の破れ目が見えはじめたあたりで、私は立ち止った。私はシーシーシーシーの方へ二、三歩歩いた。すると土手にぶつかった。一尺ばかり盛り上った土手があって背の低い若木が四、五本並んでいた。この公園はときどき掘り返されて、発掘調査がおこなわれていた。調査の期間中その部分がフェンスで囲われていた。調査は半年くらいの単位で、あちこち場所を変えておこなわれた。調査が終るとフェンスは取りはずされ地面は埋められた。一尺ばかりの土手は最近の発掘調査のあとに出来たものらしかった。シーシーシーシーは土手の上から聞こえて来た。一番手前の若木から聞こえて来た。私はシーシーシーシーの鳴き声を見上げた。しかしシーシーシーシーは見えなかった。若木とはいっても見上げる高さだった。枝は幾つにも分れていた。私は白いビニール傘を放り出した。そして土手に片足をかけた。茶色の短靴は滑ってあと戻りした。私は前のめりになって両手を突いた。両手を突いたまま土手を登った。つまり私は一尺ばかりの土手を両手を使ってよじ登ったのである。シーシーシーシーは鳴き止まなかった。立ち上って私はシーシーシーシーの下で、ふーっと大きく息をついた。それからシーシーシーシーを見上げた。見上げて、あっとおどろいた。シーシーシーシーの鈴成りだった。真上のY字枝でも、右のY字枝でも、左のY字枝でもシーシー蟬がシーシーシーシー鳴き続けていた。Y字枝にぶらさがっているようにも見えた。しがみついているようにも見えた。シーシーシーシー。うしろから蟬取り名人が追っかけて来た。小学校の運動会の紅白リレーで私は白組、蟬取り名人は紅組だった。それ、しっかり、しっかり！　ひいじいさんの声が聞こえた。それ、しっかり、しっかり！　おばあさんの声が聞こえた。シーシーシーシー。蟬取り名人にはかなわなかった。一緒に蟬取りに行き、彼はとりもちで一匹、二匹、三匹、四匹と次々に取った。くま蟬を取った。ミンミン蟬を取った。油蟬を取った。私は一匹も取れなかった。シーシーシーシー。ほら、しっかり、しっかり！　かねこさんの声とうたこさんの声が重なって聞こえた。蟬取り名人はどんどん近づいて来た。どんどんうしろから追いかけて来た。あと五メートル。シーシーシーシー。あと二メートル。シーシーシーシー。私はほとんど泣きながら走った。蟬取り名人は死んだそうだ。二十年か三十年前、誰かの年賀状に書いてあった。シーシーシーシー。私はおそるおそる右上のY字枝に右手を伸ばした。そして鳴いているシーシー蟬を二本の指でつまみ取った。生まれてはじめての経験だった。蟬は羽をばたばたさせた。私はおどろいて蟬を取り落とした。蟬は足元の草の中で動きまわった。私はそれを二本の指でつまみ上げた。羽をばたばたさせたので羽をつまむと、前肢二本を動かして指の腹をひっかいた。蟬は油蟬ではなかった。ミンミン蟬でもなかった。羽は透明で薄緑色の筋が入っていた。くま蟬ほどがっちりしていない。ニーニー蟬ほど小さくもなかった。これが私が生れてはじめてつかまえたシーシー蟬だった。私は六十五歳になっていた。本当の名前はわからなかった。シーシーシーシーの鳴き声は続いていた。私は前肢を動かし続けているシーシー蟬を元のY字枝に戻そうとした。すると蟬はジッというような短い声を発し胴をねじるようにして飛び上った。あっとおどろいているうちに別の木の方へ飛んで行った。

病院から帰って来て私は某氏への返事の続きを書いた。

「誤植」の次は二葉亭の『くち葉集　ひとかごめ』に書き残されている『浮雲』第三篇プランの問題です。あなたはこのプランを「『浮雲』第三篇筋立ノート」と呼んでおられる。このプランは実に重大です。『浮雲』中絶論、『浮雲』未完論の最大の根拠はこのプランにあるといえます。しかしあらためて読み直してみると『くち葉集　ひとかごめ』はまことに奇怪なノートです。「物書くことおほえてより二十年　筆ならしのためにとて屢〻白紙を綴り合せたること有りたれどいつもながらの三日坊主末まで書きとほしたることは一度もなかりし」にはじまる戯作文調の前書きのあとに「明治二十一年八月七日也」の日付があります。しかし、もちろんただの日記ではない。まず最初に出て来る「日本文章の将来」は森田思軒の日本語論の紹介で、続いてそれに対する「私見」がある。かと思うと俳句集「橋上納涼」となる。水音の身にしむ橋の夜の月。かと思うと「馬琴の筆僻」となり、とつぜん短歌集「初恋」百首となる。1　いひがてに落つる泪の初時雨ぬれていろます我おもひかな。100　逢とみし夢ははか〔な〕きものなからなほたのまるる夕暮のそら。このあと「漫遊雑詠」の数首があり、とつぜん問題の『浮雲』第三篇プランが出現する。プランは五通りである。しかし第一案はプラン以前のメモ、第三案は「第十三回」だけのメモである。したがって問題は、第二、第四、第五の三プランです。

『浮雲』第一篇は「第一回　ア、ラ怪しの人の挙動《ふるまひ》」から「第六回　どちら着《つか》ずのちくらが沖」まで、第二篇は「第七回　団子坂の観菊《きくみ》」から「第十二回　いすかの嘴《はし》」まででした。発表は第一篇が明治二十年六月、第二篇が翌二十一年二月で、どちらも金港堂から単行本の形で出た。しかし第三篇からは発表形式が変り、金港堂発行の雑誌「都の花」に連載の形になった。こんなことは、専門のあなたにはいちいち迷惑かも知れません。しかし私のようなシロウト＝小説家は、こんな風に書いてゆかないと、どうも頭が回らない。いわゆる復習という意味とも少し違います。

いろいろいってみたいことがある。そのいってみたいことが、こんな風にいちいち書いてゆかないとうまく出て来ない。シロウト＝小説家とはこんなものかと諦めて暫くおつき合いを願います。つまり『浮雲』第一篇、第二篇と第三篇とは発表形式が変った。また『くち葉集　ひとかごめ』は「明治二十一年八月七日」からはじまっている。したがって『浮雲』中絶説の根拠とされる「『浮雲』第三篇筋立ノート」は、第二篇を出版したあと、第三篇執筆前後に書かれたものと考えられる。このあたりまでは全集の年譜などからも分ります。しかしその先になると詳しく分らない。

申し遅れましたが、ご教示頂いた研究論文のうち、清水茂編『二葉亭四迷』（角川書店／昭和四十四年再版本）は図書館で探して借り出しました。全部は読んでおりませんが清水氏自身の『浮雲』に関する論文は拝見しました。研究者の地味な論文ですが私のようなものには大変有難いものです。清水論文によれば『浮雲』第三篇の発表は次のようになります。

第十三、十四、十五回は「都の花」第四巻第十八号（明治二十二年七月七日発行）
第十六、十七回は同誌第十九号（同年七月二十一日発行）
第十八回は同誌第二十号（同年八月四日発行）
第十九回は同誌第五巻第二十一号（同年八月十八日発行）

清水論文によると『浮雲』第三篇は「明治二十一年晩秋から暮にかけて」「構想が立てられ、暮から翌年一月にかけて執筆されはじめ」たと推定されている。『浮雲』第三篇プランもほぼ同じ頃に作られたものだろうと推定されています。しかし私がおどろいたのは、「都の花」第五巻第二十一号に発表された『浮雲』第十九回、つまり最終回の文末に（終）と書き込まれていたということです。これはまったく初耳で、さすが専門家だと感服しました。あるいはこの（終）は、専門家の間ではすでに常識なのかも知れません。したがって、そんなところに感服されても清水氏はちっとも有難くないかも知れません。有難くないどころか、かえって迷惑千万かも知れません。

実際、清水論文の主張はその先にあります。

「これでみると、小説はこれで「終」のようである。しかし」と清水氏は書いています。そして『落葉のはきよせ　二籠め』にも『浮雲』第十九回以後の「構想に関係ある行文」があることを指摘し、さらに「作家苦心談——長谷川二葉亭氏が『浮雲』の由来及び作家の覚悟論」から、次の部分を引用しています。「大体の筋書見たやうなものを書いたのが遺ツてありましたがね。彼《あれ》は本田昇は一旦お勢を手にいれてから、放擲《うつちや》ツてしまひ、課長の妹といふのを女房に貰ふと云ふ仕組でしたよ。其れで文蔵《ママ》の方では、爾《さう》なることを、掌上の紋を見るが如く知ツてゐながら、奈何《どう》することも出来ずに煩悶して傍観してしまふと云ツたやうな趣向でした」「新著月刊」（明治三十年五月三日号）に載ったこの談話は、ほとんどの研究者が引用します。評論家も引用します。清水氏はこの引用のあと「と述べてもいるので、まず未完の、中止した小説とみるのが妥当である」と書いています。そして「このことは、柳田泉氏が雑誌『文学』の昭和十二年九月号に「『浮雲』を中心にして」という論文で提起して以来の不動の定説といってよい」と付け加えています。『くち葉

集　ひとかごめ』の終りの方にとつぜん出現する『浮雲』第三篇プランは五通りでした。そのうち主なものは三通りで、それぞれ少しずつ違っている。「第二十二回」までのプランが二つ、「第二十三回」までのプランが一つ。しかし共通しているのは、文三が本田昇とお勢の「媾曳」を見届ける場面です。「跟随」という言葉が使われています。つまり文三が外出するお勢のあとをつけて行き、彼女と本田昇との「媾曳」の場面を見届けるということです。

岩波版の臙脂色布貼り表紙の新書判型全集の第六巻には、そのプランの肉筆原稿がカラー写真刷りで載っています。用紙は青の縦罫のもので、毛筆書きです。欄外の書き込みもあります。朱筆による削除、訂正、書き込みもあります。漱石は追悼文「長谷川君と余」の中で二葉亭の書体について書いています。「其秋余は西片町を引き上げて早稲田へ移つた。長谷川君と余とは此引越のため益々縁が遠くなつて仕舞つた。其代り君の著作にかゝる『其面影』を買つて来て読んだ。さうして大いに感服した。（……）そこで、手紙を認《したゝ》めて、聊かながら早稲田から西片町へ向けて賛辞を郵送した。（……）返事には端書が一枚来た。其文句は、（……）ちつとも『其面影』流でないのには驚ろいた、長谷川君の書に一種の風韻のある事も其時始めて知つた。然し其書体も決して『其面影』流ではなかつた」漱石はこの追悼文の中で、二葉亭との初対面の印象をずいぶん克明に書いている。「第一あんなに脊の高い人とは思はなかつた。あんなに頑丈な骨格を持つた人とは思はなかつた。あんなに無粋な肩幅のある人とは思はなかつた。あんなに角張つた顎の所有者とは思はなかつた。君の風丰《ふうぼう》はどこからどこ迄四角である。頭迄四角に感じられたから今考へると可笑しい。其当時『その面影』は読んでゐなかつたけれども、あんな艶つぽい小説を書く人として自然が製作した人間とは、とても受取れなかつた。（……）到底細い筆抔《など》を握つて、机の前で呻吟してゐさうもないから実は驚ろいたのである」

この書き方は、かなりしつこい。そのしつこさはある種の毒と批評を含んでいる。ここで忘れないうちに書いておきますが、引用文中の『その面影』は原本の「ママ」です。一か所だけそうなっています。二葉亭と漱石との関係はいずれまた別の機会に考えてみるつもりです。毒と批評についても当然そのとき考えることになるはずです。漱石は二葉亭の顔、顎、肩、頭の「四角」を強調しています。その「四角」形と『其面影』の「艶つぽ」さとの矛盾＝分裂を強調しています。分裂した楕円＝漱石の分裂した楕円＝二葉亭評として面白いものです。漱石は二葉亭の「書に一種の風韻」があるといっています。しかし「其書体も決して『其面影』流ではなかつた」といっています。漱石は『其面影』を「艶つぽい小説」と評している。ということは二葉亭の書体の「一種の風韻」は「艶つぽい」ものではないということになります。確かにカラー写真版で見る『浮雲』第三篇プランの二葉亭の肉筆は「艶つぽい」とはいえない。しかし青い縦罫紙の写真版はひどく生ま生ましい。毛筆の文字はやや崩し字で完全には読めない。ある部分を四角く囲ったりもしている。墨の文字を朱筆で抹消したり、墨で消した文字をさらに朱筆で引掻くように抹消した部分もあります。

『浮雲』第三篇プランは五通りありました。うち最初のメモ風のものにはただ「第三篇」とだけ記されています。あとの第二、第三、第四案は「浮雲第三篇」となっていますが、第五案つまり最後のプランにだけは「浮雲第三篇筋立」と「筋立」が付いています。あなたが「筋立ノート」と呼ばれたのはこのためと思いますが、カラー写真版で見るとこの第五案「筋立」は墨文字も濃く、楷書で丁寧に書かれています。朱筆の書き込みもかなりありますが、小説中の「日付」も具体的に書き込まれています。『浮雲』第一篇の「第一回　ア、ラ怪しの人の挙動《ふるまひ》」は、内海文三が役所を免職になるところからはじまりました。その後の文三は自己分裂のバラバラ人間になります。お勢は本当に心変りしたのか？　いっそ意地も誇りも捨てて本田に「復職」を頼むべきか？　しかしそうすればお勢はそんな自分を軽蔑するのではなかろうか？　文三の意識の分裂は次第に妄想＝幻想となり、現実と非現実＝夢想が錯綜混乱します。天井の木目が「おぷちかる、いるりゆうじよん」を生みます。そしてある日の夕方、文三が二階から降りて行くと、お勢が彼の足音をお鍋と間違えたらしく何か声をかける。しかし振り向いて文三だとわかると莞爾《にっこり》と笑った。その笑顔を見て文三は「酒に酔つた心地」になり、銭湯へ出かけるお勢とお鍋の後姿を見送りながら、またまた妄想にふけりはじめる。本当はこの部分は、こんな風な要約でなく、そっくり原文を引用したいところです。いつか別の機会にそうしてみたいと思っています。そうすることによってこの部分を別の形で考えてみたいと思っていますが、いま私がここで強調したいのは、そのような分裂した楕円＝文三を二葉亭が次のように書いていることです。「宛《あたか》も遠方から撩《こそぐ》る真似をされたやうに、思ひ切つては笑ふ事も出来ず、泣く事も出来ず、快と不快との間に心を迷《まよは》せながら、暫く縁側を往きつ戻りつしてゐた」そして、ともかくもう一度お勢に話かけてみよう。それで駄目なら、そのときは叔母の家を出て行こう。そう考えながら二階へ戻って行くところで、『浮雲』は終っています。

これに対して『くち葉集　ひとかごめ』に書き残された「浮雲第三篇筋立」の最終回プランは次のようなものです。

第二十三回　大団円

一　老母より火難を知らせる事

一　老母の病気並に金子調達たのみ手紙到着

一　孫兵衛帰宅に付その事相談に及ふ事

　貸し呉れたれどお政の「貧乏人を親類にもつもいゝか是れかこわい」などといひたるを聞きて文三苦しむ事、

一　お勢本田に嫁する趣に落胆失望し　食料を払ひかねて叔母にいためられ　遂に狂気となり瘋癲病院に入りしは翌年三月頃なりけり

これが『浮雲』中絶説を「定説」化した根拠といわれる「筋立」ですが、この「大団円」を「大椿円」と読み換えることは出来ないでしょうか。大団円＝大椿円です。文三は「宛《あたか》も遠方から撩《こそぐ》る真似をされたやうに、思ひ切つては笑ふ事も出来ず、泣く事も出来ず、快と不快との間に心を迷せ《まよは》」ている分裂した楕円人間です。本田とお勢の関係をめぐる文三の妄想＝幻想は、完結することのない楕円運動の繰返しです。その分裂＝楕円人間の文三が、階段をのぼって二階へ戻るところで『浮雲』は終っています。階段は一階と二階の通路＝境界です。現実と夢想の通路＝境界です。まさに楕円を絵に描いたような場面です。完結することのない楕円的宙吊り状態です。ドストエフスキーのポリフォニー小説は全体が大きな対話であり、その中に幾つもの対話がはめ込まれた構造であるとバフチンはいっています。そのいい方を当てはめれば『浮雲』は全体が大きな楕円であり、そこに幾つもの楕円がはめ込まれた構造だといえます。したがって文三が階段をのぼって二階へ戻る最終場面は、そのような『浮雲』の構造にまことにふさわしい場面だといえます。

つまり『くち葉集　ひとかごめ』に書き残されている『浮雲』第三篇プランはあくまでプランに過ぎなかった、ということです。もちろんこれであなたのお手紙へのご返事がすべて終ったわけではありません。まず第一に、では何故プランでは「大団円」となっているのか？　その鍵は「作家苦心談」その他の「談話」にあります。

「真似」と「稽古」

二葉亭四迷の「談話」は重要である。彼は自作について一行も書いていない。自作に関する発言はすべて談話である。それらは重要であると同時に、談話自体の魅力を持っている。また同時に、談話であるがゆえの飛躍もある。重複もある。喰い違いやズレもある。私は某学会で「二葉亭四迷とロシア文学」という講演をしたとき、念のために、わざわざ小型録音器を持参しながら、録音スイッチを押し忘れた。しかし二葉亭の時代にはもちろん録音器などなかった。

三遊亭円朝の『怪談　牡丹燈籠』岩波文庫版の解説に奥野信太郎は「明治十七年、若林玵蔵・酒井昇造の速記本が、東京稗史出版会社から発行されたことをもってその最初とする」と書いている。この速記本『牡丹燈籠』は大当りを取ったらしい。同時にその大当りによって、速記術そのものも広く世間に宣伝紹介されたようである。岩波文庫本にはその速記者である若林玵蔵の「序詞」も付いており、最初は「議会、演説、講義」などのために発明されたといっている。また、春のやおぼろ＝坪内逍遥は「序」の中で、「……此ごろ詼談師《くわいだんし》三遊亭の叟《おぢ》が口演せる牡丹燈籠となん呼做《よびな》したる假作譚《つくりものがたり》を速記といふ法を用ひてそのまゝに謄写《うつ》しとりて草紙となしたるを見侍るに通篇俚言俗語の語《ことば》のみを用ひてさまで華《はな》あるものとも覚えぬものから句ごとに文ごとにうたゝ活動する趣《おもむき》ありて」云々と書いている。

逍遥は二葉亭にも円朝をすすめている。「……何か一つ書いて見たいとは思つたが、元来の文章下手《ぶんしやうべた》で皆目方角が分らぬ。そこで、坪内先生の許《ところ》へ行つて、何うしたらよからうかと話して見ると、君は圓朝の落語《はなし》を知つてゐやう、あの圓朝の落語《はなし》通りに書いて見たら何うかといふ」、と二葉亭は『余が言文一致の由来』で語っている。岩波文庫版『牡丹燈籠』の書き出しはこんな具合いである。

「寛保《くわんぽう》三年の四月十一日、まだ東京を江戸と申しました頃、湯島天神の社《やしろ》にて聖徳太子の御祭礼を致しまして、その時大層参詣の人が出て群集雑沓《ぐんじゆざつたふ》を極《きは》めました。こゝに本郷三丁目に藤村屋新兵衛といふ刀屋がございまして……」

二葉亭の「談話」は、岩波版の新書判型全集第五巻の目次では、「感想」となっていた。筑摩版全集第四巻ではそれが「談話」に変っている。また岩波版では「評論」の部に入れられていた『小説文体意見』が、筑摩版では「談話」の部に移されている。この談話は、いわゆる談話体ではない。「言文一致にも、一長一短あり、必ずしも言文一致は趣味なしと謂ふべからず」といった文体である。しかし元は談話で、筑摩版の「解題」に「記者前書き」の全文が紹介されている。ずいぶん長い前書きである。「淀《よどみ》に浮ぶ泡沫《うたかた》にやあらむ、且つ消え且つ結ぶ文壇其折々の問題は繁けれども、云々」にはじまる「言文一致」ではない名文調で、つい引用してみたい誘惑にかられる。しかしあとは省略する。この談話の「記者」は誰なのか記されていない。この「記者」は速記術を用いたのだろうか。速記した談話を「一長一短あり」の文体に書き換えたのだろうか。そのあたりのことはよくわからない。岩波版全集の目次で「評論」の部に入れられたのは、たぶん文体のせいだろう。二葉亭の談話には「筆記者」がはっきりしているものもある。

筑摩版全集第四巻の目次の「談話」の部には『文客歴訪』（明治三十年二月「萬朝報」）から、『露国文学の日本文学に及ぼしたる影響』まで、三十八篇がずらりと並んでいる。最後の『露国文学――』は未完成の「遺稿」となっているから、事実上の最後の談話は、『送別会席上の答辞』である。この答辞のことは前にも書いた。明治四十一年六月六日に上野精養軒でおこなわれた送別会における、主催者代表の内田魯庵の「送辞」に対する「答辞」である。二葉亭はその六日後の六月十二日、朝日新聞ペテルブルグ特派員として新橋駅を出発、「答辞」は翌七月「趣味」に発表された。筆記者は宮坂風葦である。

私の興味の一つは、二葉亭の談話が発表された時期である。それらの談話が語られた時期と『浮雲』発表との時間的な関係である。私が談話の発表年月にいちいちこだわるのはそのためである。ずらりと並んだ三十八の談話のうち直接『浮雲』に関するものは『作家苦心談』（明治三十年五月「新著月刊」）、『余が言文一致の由来』（明治三十九年五月「文章世界」）、『予が半生の懺悔』（明治四十一年六月「文章世界」）などである。いずれも二葉亭四迷論、『浮雲』論には欠かせない三篇である。研究者も引用する。評論家も引用する。しかし三篇とも『浮雲』発表後ずいぶん時間が経っている。『浮雲』は第一篇が明治二十年、第二篇が二十一年、第三篇が二十二年に発表された。談話は三篇のうち最も早い『作家苦心談』が明治三十年である。

しかも二葉亭は『浮雲』発表後間もなく、内閣官報局に勤めた。そして明治二十六年、最初の妻=福井つねと結婚、長男玄太郎が生れた。翌年、長女せつが生れたが、翌々年の明治二十九年、三十三歳のとき、つねと離婚している。仕事ではその年『片恋』『奇遇』『あひゞき』三篇を収めた翻訳集『片恋』を出版した。翌三十年にはゴーゴリの『肖像画』、ツルゲーネフの『夢かたり』などの翻訳を発表している。しかし小説は一篇も書いていない。内田魯庵『二葉亭四迷の一生』でいえば「官報局及び雌伏時代」である。中村光夫『二葉亭四迷伝』でいえば「文学抛棄」から「片恋の出版」までの時代である。『作家苦心談』はそのような時代に語られた談話である。何故だろうか？　それこそ専門の研究家にたずねてみたい、門外漢の素朴な疑問である。あるいは明治三十年頃からこの種の探訪記事が流行したのかも知れない。

『作家苦心談』の筆記者は後藤宙外である。この談話はその後、明治三十九年に出版された伊原青々園／後藤宙外編『唾玉集』に収録された。宙外の「序」によれば、幸田露伴から森田思軒まで、明治三十年〜三十一年の二年間「新著月刊」の「作家苦心談」欄に掲載されたものを編集した本だという。もう一人の編者である青々園の「緒言」には、「此篇は即ち百家百工の談話を収録せるもの、学者も出づべし、芸人も出づべし、実業家も、工夫も、道徳家も、詐欺師も、要するに種々の士人、雑多の徒衆、絶えず目前に去来して其の経験を語り、其の履歴を説き、読者をして之れを送迎するに暇なきうち自ら人生のパノラマを見るが如くならしめば記者の意足れり」とある。露伴は『風流仏』について語っている。紅葉は『色懺悔』を語っている。柳浪は『今戸心中』、緑雨は『かくれんぼ』といった具合いである。

中村光夫は二葉亭の談話について、「彼の晩年の談話筆記のどれにも、なかばは筆記者の潤色でまつわりついている自嘲の調子をひき去って考えると、彼の青年期の思想の輪廓をかなりはっきり想像する手がかりになります」と書いている。この指摘は「なかばは」当っているが、「なかばは」外れている。談話に見られる二葉亭の「自嘲」は、「晩年」のものに限らない。例えば先にちょっと触れた明治三十一年の『小説文体意見』の最後は「雅俗折衷にては骨も折るゝのみならず、言文一致にては三十枚となるべきが、十五枚にて事足るなり、僕は即ち書き易いからこれまで言文一致を用ゐたのさ。と、呵々一笑」で終っている。また、この「自嘲」は「談話」という形式そのものによる「自嘲」であって、中村光夫がいうような「筆記者の潤色でまつわりついている」ものではない。

なにしろ目の前に「筆記者」が坐っているのである。『作家苦心談』の場合は後藤宙外が坐っていた。『余が言文一致の由来』のときは前田晁が坐っていた。『予が半生の懺悔』も前田晁だったらしい。二葉亭談話の「自嘲」は、目の前に後藤宙外や前田晁やその他の筆記者が坐っていることによって、当然出て来た「自嘲」である。しかも、それらの筆記者を目の前に置いて、作家が自作について語るのである。その「苦心談」やら「由来」やら「懺悔」やらを語るのである。それも「今は昔」の自作についてである。「自嘲」があって当然である。もし無ければそれこそ不思議である。のっぺらぼうである。この「自嘲」は決して単純ではない。羞恥でもある。照れ臭さでもある。腹立たしさでもある。同時に目の前に坐っている筆記者との格闘である。また同時にユーモアでもあり、余裕でもある。それらの混合、組み合せによる合成物でもある。要するに、筆記者を目の前に置いた二葉亭の、いわば自意識そのものである。批評的自意識による諧謔である。滑稽化である。そこが「談話」と「原稿」の違いである。作家が一人で机に向って原稿用紙に書いた文章との違いである。ズレである。つい余計なことを口走ることもある。その反対の場合もある。まったく予期せぬ質問を受けることもある。そこが「談話」の面白さともいえる。

後藤宙外は速記を用いなかったらしい。速記術を知らなかったのだろう。同時に速記を軽蔑していたのかも知れない。そのような実用新案の術を用いることを「文芸筆記者」のプライドが許さなかったのかも知れない。前田晁もたぶん同様だったに違いない。『作家苦心談』には（長谷川二葉亭氏が『浮雲』の由来及び作家の覚悟論）というカッコ付きのサブタイトルが付けられている。そして文末に次のような「記者附言」が付いている。

「大意には誤謬なき筈なれども、速記法によれるにあらねば、多少の遺漏などあるべし。且氏の談話は記者の問に答へられたるものなるに、此の問答の関係を切りはなして、答のみを掲げたれば、或は連絡等に穏ならぬ所もあらん、読者その心にて見んことを乞ふ。終に長谷川氏が厚意を謝し、合せて文字上の責任は一に記者にあることを一言し置く」

実によくゆき届いた「附言」である。至れり尽せりといってもよい。しかも明快である。しかし、インタビューそのものはかなり強引なものである。インタビューというより押しかけ取材に近い。岩波版の新書判型全集では、筆記者のセリフは全部省略されている。したがって、いきなり「『浮雲』の由来ですか、あれは詰らんもんで、何か外のが出来た時に願ひませう」ではじまり、次の一行は空白になっている。この「一行アキ」は何だろう？　筑摩版全集では「記者過日長谷川二葉亭氏を本郷駒込東片町の邸に訪ひ、我が『新著月刊』『作家苦心談』欄の為に談話を乞へり、氏曰はく」ではじまり、次の問題の「一行アキ」の部分は、「記者押返し、強ひて問へるに、」となっている。これで辻褄が合う。つまり二葉亭は「あれは詰らんもんで」と一旦断った。いまさら『浮雲』でもないでしょう、ということである。しかし記者＝宙外の「押返し」を喰って止むなく話しはじめた。はじまりからして、そもそも「自嘲」である。しかし、話しはじめるとたちまち、いきなり核心に触れ、次の通りである。

「……一躰『浮雲』の文章は殆ど人真似なので、先づ第一回は三馬と饗庭さん（竹の舎）のと、八文字屋ものを真似てかいたのですよ。第二回はドストエフスキーと、ガンチヤロツフの筆意を摸して見たのであツて、第三回は全くドストエフスキーを真似たのです」

これが『浮雲』の文章論であり、文体論であり、同時に方法論である。たったこれだけの談話の中に「真似」が三度出て来た。奇妙な談話である。奇怪ともいえる。しかし奇妙であり奇怪であると同時に、これは重大発言である。そして二葉亭は、このあとすぐに続けて、「稽古する考で、色々やツて見たんですね」と語っている。これまた重大発言である。同時にこれまで誤解されて来た発言である。その誤解は実に大きい。二葉亭論、『浮雲』論を左右する大誤解である。それはどんな誤解だったか。それを書く前に他の二つの談話とちょっと比較してみる。『浮雲』の文章、文体に関して語られた部分の比較である。

『余が言文一致の由来』では、まず円朝の落語であった。逍遥から「圓朝の落語《はなし》通りに書いて見たら何うか」といわれ、「仰せの儘にやツて見た。（……）早速、先生の許《ところ》へ持つて行くと、（……）この儘でいゝ、生じツか直したりなんぞせぬ方がいゝ、とかう仰有《おつしや》る。（……）それは兎に角、圓朝ばりであるから、無論言文一致体にはなつてゐるが、茲《こゝ》にまだ問題がある。それは、『私が……で厶《ござ》います』調にしたものか、それとも、『俺はいやだ』調で行つたものかと云ふことだ。坪内先生は敬語のない方がいゝと云ふお説である。自分は不服の点もないではなかつたが、直して貰はうとまで思つてゐる先生の仰有ることではあり、先づ兎も角もと、敬語なしでやつて見た」となる。そして最後は「当時、坪内先生は少し美文素を取り込めといはれたが、自分はそれが嫌であつた、否寧ろ美文素の入つて来るのを排斥しやうと力めたといつた方が適切かも知れぬ。そして自分は、有り触れた言葉をエラボレートしやうとかゝつたのだが、併しこれは遂《と》う〱不成功に終つた。恐らく誰がやつても不成功に終るであらうと思ふ。（……）今かい、今はね、坪内先生の主義に降参して、和文にも漢文にも留学中だよ」で終っている。ここでは第一篇、第二篇、第三篇の区別はない。しかし後半の「美文素排斥」論、「有り触れた言葉のエラボレート」論は実に堂々たる散文論である。原理的であり基本的であり本質的である。したがって現代にそのまま生きている散文論である。

次は『予が半生の懺悔』。これはほとんど小説である。題名通り、懺悔であり、告白である。回想録であり、自伝小説である。同時に小説論でもある。文章、文体、方法に関する部分はこうなっている。「文章は、上巻の方は、三馬《さんば》、風来《ふうらい》、全交《ぜんかう》、饗庭《あへば》さんなぞがごちや混ぜになつてる。中巻は最早《もう》日本人を離れて、西洋文を取つて来た。つまり西洋文を輸入しようといふ考へからで、先づドストエフスキー、ガンチヤロフ等を学び、主にドストエフスキーの書方に傾いた。それから下巻になると、矢張り多少はそれ等の人々の影響もあるが、一番多く真似たのはガンチヤロフの文章であつた」

以上、二葉亭談話における『浮雲』の文章、文体、方法に関する部分を並べてみた。『苦心談』では『浮雲』第一篇が「第一回」、第二篇が「第二回」、第三篇が「第三回」となっている。『懺悔』ではそれが「上巻」「中巻」「下巻」になっている。このズレは文章、文体、方法に直接かかわるズレではない。三つの談話を合せると、第一篇に関しては三馬、饗庭篁村、八文字屋の戯作、円朝、風来、全交などが登場した。『浮雲』第一篇の文体はそれらが「ごちや混ぜ」になったポリフォニーだといえる。私はここにもう一人、ゴーゴリを加えたい。例えば『肖像画』である。また『ネフスキー大通り』である。『肖像画』は二葉亭自身が翻訳している。ゴーゴリでは他に『むかしの人』を訳している。これはふつう『昔気質の地主たち』と訳されている中篇である。ゴーゴリではもう一篇『狂人日記』を翻訳している。『ネフスキー大通り』は訳していない。しかし『浮雲』第一篇の、「語り手」が通行人たちの髭や服装や作中人物を外側から描写してゆく文体には、『肖像画』や『ネフスキー大通り』の文体が取り入れられている。二葉亭がなぜゴーゴリを加えなかったのか。「談話」にゴーゴリは一度も登場しない。何故だろうか？　しかしここでゴーゴリを持ち出して来ると、この私自身の文章そのものが大ズレを起すおそれがある。ノアの洪水のおそれがある。したがってここでは、ゴーゴリの名を付け加えるだけにして置く。

『浮雲』第二篇に関しては、『苦心談』『懺悔』ともドストエフスキーとゴンチャロフで、ズレは見られない。しかし『懺悔』では「最早《もう》日本人を離れて、西洋文を取つて来た。つまり西洋文を輸入しようといふ考へからで」、とはっきり付け加えられている。これも重大発言である。「輸入」すなわち混血である。「西洋文」との混血である。

　日本近代文学の基本は、西洋との混血＝分裂である。これがそもそもの始まりである。「西洋文」をいかに「輸入」するか。「西洋文」といかに混血＝分裂するか。「西洋文」といかに格闘するか。これが日本近代文学の運命である。西洋との混血＝分裂がなければ日本近代文学は存在しなかった。日本近代文学は西洋との混血＝分裂による楕円である。そんなことは分ってるよ、というかも知れない。しかし日本近代小説の始まりは『浮雲』である。その『浮雲』の作者である二葉亭自身がそういっているのである。私の勝手な放言ではない。日本近代小説の元祖がそういっているのである。

そして問題は、その二葉亭が「輸入」した「西洋」が「ロシア」だったということである。しかしこの場合の「ロシア」は、ツルゲーネフの『あひゞき』ではない。『あひゞき』の問題はまた別である。『あひゞき』の影響は余りにも大きかった。大き過ぎて、もう一人の二葉亭を出現させた。『あひゞき』の訳者＝二葉亭である。そして自然主義文壇においては、そちらの二葉亭の方が大きくなってしまった。実際、二葉亭は二人いるともいえる。『浮雲』の二葉亭と『あひゞき』の二葉亭である。二葉亭は『浮雲』と『あひゞき』に分裂している。しかしここでは『浮雲』の二葉亭が問題である。二葉亭が『浮雲』を書くために「輸入」しようと試みた「西洋」＝「ロシア」とは、いかなる「ロシア」であったか。それが問題である。

その問題の前に一つ訂正が必要である。『浮雲』第三篇については、『苦心談』と『懺悔』に大きなズレがある。『苦心談』では「全くドストエフスキーを真似たのです」である。それが『懺悔』では「一番多く真似たのはガンチヤロフの文章であつた」になっている。二葉亭自身がいい間違えたのか。筆記者が取り違えたのか。なにしろ『浮雲』発表後かれこれ二十年である。その間二葉亭は、明治三十九年に『其面影』を書き、翌四十年に『平凡』を書いた。そして翌四十一年ペテルブルグへ出発した。その直前の談話である。しかし、このズレはただのズレでは済まされない。この「ガンチヤロフ」はドストエフスキーに訂正すべきである。ドストエフスキーでなくては具合いが悪い。記憶違い、記録違いでは済まされない、文体上、方法上の問題である。小説『浮雲』全体にかかわる問題である。

何だかずい分「問題」が出て来た。問題、問題と連発し過ぎたかも知れない。「重大発言」も連発したようである。しかしいまさら取り消すのもおかしなものである。連発したものは仕方がない。それがいかなる「重大」か。いかなる「問題」か。何とか書いてみることにする。

中村光夫は「『作家苦心談』は彼の談話筆記のなかでもひどく出来がわるいもので、文章もところどころ曖昧ですし、また作家はこういう『苦心談』では、大概お座なりしか云えないと思われますが、」と書いている。しかし、果してどこが「曖昧」か。果してどこが「お座なり」か。この『苦心談』の成り立ちについては先に書いた。二葉亭は一旦断った。しかし筆記者の後藤宙外に強引に押し返えされて話しはじめた。そして、話しはじめると、たちまち核心に触れ、次の重大発言となった。

「一躰『浮雲』の文章は殆ど人真似なので、先づ第一回は三馬と饗庭さん（竹の舎）のと、八文字屋ものを真似てかいたのですよ。第二回はドストエフスキーと、ガンチヤロツフの筆意を摸して見たのであツて、第三回は全くドストエフスキーを真似たのです。稽古する考で、色々やツて見たんですね」

この発言のどこが重大か。まず、いきなり「文章」が出て来た。これが第一に重大である。これは単なる偶然ではない。二葉亭にとって『浮雲』は、「文章」抜きには語れないものであった。はじめに「文章」ありき。まず何よりも「文章」だったのである。しかし、その「文章」は「殆ど人真似」だという。はっきりとそう断言している。これが第二の重大である。引用した談話に付けた傍点を見て頂きたい。先にも書いた通り、僅か数行の談話の中に「真似」の文字が三度出て来る。そのあと続けて「稽古」が出て来た。これが第三の重大である。「筆意を摸して見た」は、「真似」と「稽古」のどちらにもかかる。この「真似」と「稽古」をどう解釈するか。私はこの「真似」と「稽古」がこれまで誤解されて来た、と書いた。その誤解は二葉亭論、『浮雲』論を左右する大誤解である、と書いた。中村光夫は『二葉亭四迷伝』の「浮雲の矛盾」の章で、『浮雲』の文章について次のように書いている。

「むろんこの二十三歳の青年の作品は、それだけの限界を持ち、文三と昇という理想家と現実家の対比は月並であり、お勢を中心とする開化の世相にたいする作者の皮肉にも浅薄な戯作調がつきまとっています。／各篇の標題も、逍遥の入智慧も手伝っているのか、厭味に洒落れたもので、文体も『言文一途』とは云いながら、現代の口語文より、江戸時代の滑稽本のそれに近いものであり、逍遥の手伝いのせいか、ところどころに不似合な漢語が混っていて、あらゆる点から見て、未熟な試作というほかはありません」

そして逍遥をその「あらゆる点から見て、未熟な試作」の共犯者に仕立て上げている。いやむしろ主犯扱いかも知れない。すべては逍遥の「入智慧」のせいであるかのようである。この逍遥批判はこの部分に限らない。『二葉亭四迷伝』における逍遥はすべてこの調子で書かれている。逍遥批判というより、逍遥嫌いである。その嫌いも相当のものである。ほとんど「勧懲もの」の悪役に近い。二葉亭を善玉にするための悪玉扱いである。もちろん嫌いは嫌いで一向に構わない。しかし逍遥の『二葉亭の事』は実に面白い。これは『柿の蔕』に入っている。資料としても魯庵の『一生』と共に価値あるものだろう。中村光夫も「二葉亭の表現修業」「口語体の創始」などのところどころを資料として使っている。しかし断片化されている。断片が中村流に組替えられている。したがって実物の面白さがわからない。そういう使い方をしている。しかし実物はもっと面白い。『小説神髄』と共にもう一度読み直す価値のあるものである。

中村光夫は『浮雲』が「あらゆる点から見て、未熟な試作というほかはありません」と書いたそのすぐあとに、「二葉亭もそのことを認めて、『「浮雲」はすつかり真似たものです』といい、『稽古する考で、色々やつて見た』と付加えています」と書いている。そして、ここが問題である。中村光夫の文章はこのあと、「しかしこういう欠点はあっても、『浮雲』は、このころの逍遥の諸作にくらべては勿論、紅葉、露伴、鷗外など、彼につづいて文学界に登場したどの作家の制作とくらべても際立ってすぐれた特質を持っています」と続いている。そしてまたまた逍遥叩きである。しかし幾ら逍遥を叩いても、私が傍点を付けた「こういう欠点」の六文字は消えない。それはどういう「欠点」か。「真似」と「稽古」である。つまり中村光夫は二葉亭が使った「真似」と「稽古」を、はっきり『浮雲』の「欠点」だと解釈している。私が「誤解」といったのは、この解釈である。まさしく二葉亭論、『浮雲』論を左右する大誤解である。しかし中村光夫説は二葉亭研究界に君臨しているようである。したがってこの彼の「真似」「稽古」＝『浮雲』の「欠点」

説は、『浮雲』大誤解の代表的なものということが出来る。

　中村光夫は二葉亭の「自虐精神」を強調している。また「彼の芸術家というより批評家的な気質」を強調している。それが彼の「文学抛棄」の一大原因だともいっている。その「批評家」的な「自己意識の過剰」が「芸術家」二葉亭を自殺させたと強調して来た。その中村光夫が『作家苦心談』中の「真似」と「稽古」を、そのまま『浮雲』の「欠点」と解釈するのは、余りにも単純過ぎる。余りにも単純過ぎる誤解＝誤訳である。当時の筆記者がこの「真似」と「稽古」をどのように理解したか。同時代の文壇およびジャーナリズムがどのように理解したか。それは専門の研究者におまかせするとして、私はここで内田魯庵の次の文を思い出した。

「二葉亭の直話に由ると、いよいよ行詰って筆が動かなくなると露文で書いてから飜訳したそうだ。(……)露文で書いて邦訳したというのも強《あなが》ち英雄人を欺くの放言だとは思われない。ゴンチャローフの真似をして出来損なったとは二葉亭が能く人に話した謙遜のような自得のような追懐であった」

『二葉亭四迷の一生』の一節で、傍点は私が付けた。たぶんこれは事実だろう。二葉亭はロシア語の日記やノートも書いている。『嫉妬する夫の手記』という短篇はロシア語で書いた。ロシア語で書かれた『平凡』プランもある。しかし、もし仮に、行き詰ると露文で書いて邦訳したという「直話」が「伝説」であったとしても、「謙遜のような自得のような」は、さすがに近くでよく見た者の表現である。二葉亭と直接つき合った体験者の特権的観察として鋭いだけではなく、普遍的である。そしてここでも問題の「真似」が出て来た。中村光夫は「真似」を「欠点」と解釈した。魯庵はそれを「謙遜のような自得のような」と表現した。「謙遜のような自得のような」は、いわゆる「卑下自慢」ではない。この二重性は自己批評である。批評的自意識による諧謔であり、滑稽化である。自己戯画化である。自己パロディである。

『予が半生の懺悔』にも「真似」が出て来る。「一番多く真似たのはガンチヤロフの文章であつた」のところである。この「ガンチヤロフ」はドストエフスキーでなくては具合いが悪いことは先に書いた。このゴンチャロフ＝ドストエフスキーの少し手前にあったのが「中巻は最早《もう》日本人を離れて、西洋文を取つて来た。つまり西洋文を輸入しようといふ考へからで」である。「輸入」＝混血＝分裂については先に書いた。それをここでもう一度引用して、「取つて来た」「輸入」に傍点を付けたのは、それが『作家苦心談』で使われた「真似」「稽古」に相当するからである。

つまり二葉亭にとって、小説を書くことは「真似」であり「稽古」であった。小説すなわち「真似」「稽古」である。これが彼の文章論である。文体論である。方法論であり、小説論である。『浮雲』はその「真似」と「稽古」の方法によって書かれた。そしてその「真似」と「稽古」の方法は、すなわちパロディの方法である。つまり『苦心談』における「一躰『浮雲』の文章は殆ど人真似なので」という「断言」は、いわば「宣言」である。「稽古」も「宣言」である。二葉亭のパロディ宣言である。パロディすなわち模倣と批評である。先行作品の批評的反覆である。ドストエフスキーの「われわれは皆ゴーゴリの『外套』から出て来た」である。

　中村光夫は『浮雲』のこの文体論、方法論をまったく見落している。「真似」と「稽古」をそのまま「欠点」と解釈したとき、中村光夫の『浮雲』論から方法の問題が消滅した。方法としての文体論が消滅した。そしてその「欠点」が『浮雲』中絶論に結びつけられている。中村光夫が「彼の談話筆記のなかでもひどく出来がわるいもので」と評した『作家苦心談』で二葉亭は、「始め彼《あ》れを書いた時の考へなどは、殆ど記憶を逸して仕舞ツてるんですがね、或は彼《あれ》の中心になツてる思想は、自分が露西亜小説を読んで、露西亜の官吏がひどく嫌いであツた、其の感情を日本のに応用したのであツたかも知れません」と語っている。「真似」と「稽古」の方法論のすぐあとである。中村光夫は「浮雲の矛盾」の章でこの部分について次のように書いている。

「こういう云い方にはおそらく故意の粗雑さ、または自卑の念が働いているので、彼の反官僚的感情が、かりにロシア小説によって養われたにしろ、それを日本に『応用』したのは、もっと日本の現実の直接の観察にもとづいた根拠があった筈です」

　これでは単なる一般論である。そしてそのあと、「『浮雲』が我国において最初に知識階級の問題を扱った小説であるのは、云うまでもありませんが、この知識階級の精神の問題を、暗黒面から扱う方法も、二葉亭はロシア文学から学んだに違いありません」と続けている。これまた一般論である。つまり問題はその先にある。すなわち、中村光夫のいう「ロシア文学」とは何か？　二葉亭が学んだロシア文学とは、いかなるロシア文学か？　である。「知識階級の精神の問題を、暗黒面から扱う方法」を、ロシア文学の誰から学んだのか？　誰のどの作品から学んだのか、である。もっとはっきりいえば、何故ここでドストエフスキーが出て来ないのか、である。『作家苦心談』においても『予が半生の懺悔』においても、ドストエフスキー、ドストエフスキーと何度も繰返されているにもかかわらず、である。何故だろうか？　しかしこの何故をあれこれ詮索するのは止めておく。それを一番よく知っていたのは中村光夫自身であろうからである。ドストエフスキー抜きで中村光夫は、こう続けている。

「官吏の生活を題材にして、性格喜劇風の戯画をつくるという構想は、おそらく其頃の二葉亭の脳裡にきわめて自然に浮んだので、『浮雲』の第一篇は、この意図をかなりの程度に達成しています」

　つまり「自分が露西亜小説を読んで、露西亜の官吏がひどく嫌いであツた、其の感情を日本のに応用したのであツたかも知れません」という二葉亭の談話を、「故意の粗雑さ」「自卑の念」として排除することによってドストエフスキーを回避している。しかし「露西亜小説」と「露西亜の官吏」といえば、ゴーゴリの『外套』でおなじみの「九等官」である。少なくとも十九世紀ロシア文学を云々する場合、それは常識である。イロハである。

　その『外套』からドストエフスキーの『貧しき人々』が出て来た。『貧しき人々』の老官吏マカール・ジェーヴシキンも九等官である。二葉亭が翻訳しているゴーゴリの『狂人日記』のポプリーシチンも九等官である。九等官ポプリーシチンは長官令嬢に片思いを続けている。そこへ若い侍従武官が現われて、さっさと長官令嬢を連れ去る。ポプリーシチンは発狂する。そして、吾輩はスペイン王フェルディナンド八世であるぞ、と名乗りをあげ、瘋癲病院に放り込まれた。そしてその『狂人日記』からドストエフスキーの『分身』が出て来た。『分身』のゴリャードキン氏も九等官である。そして彼もまた長官令嬢に片思いを続けている。その彼の前に「分身」が出現し二人の格闘がはじまる。そしてついに旧ゴリャードキン氏は分身＝新ゴリャードキン氏に敗北し、瘋癲病院に放り込まれた。『分身』には「ペテルブルグの叙事詩」というサブタイトルが付けられている。

私は十九世紀ロシア文学のこの系譜を「ペテルブルグ幻想喜劇派」と、勝手に名づけている。もう一つの系譜はトルストイ、ツルゲーネフなどの「田園・人生・人道派」である。「ペテルブルグ幻想喜劇派」については、『小説は何処から来たか』というエッセイ集に、かなり詳しく書いた。この本は白地社という京都の出版社から、一九九五年に出た。自分の本を引用するのもへんであるから、いまこれを書いている私の文章で要約すると、大体次のようになる。

ロシアの近代小説はペテルブルグの産物である。近代ロシアの新しい首都ペテルブルグは、「ヨーロッパよりもヨーロッパ的都市」というピョートル一世のイデオロギーによって、一七一二年に建設された。「ヨーロッパよりもヨーロッパ的都市」とはいかなる都市か？　すなわち古代ギリシャ・ローマ様式からゴシック、ルネッサンス、バロックに至る建築様式のすべてを同時に出現させた、混血＝分裂の幻想都市である。

ピョートル一世の近代化の手本はフランスである。彼は、貴族、知識階級、官吏の公用語をフランス語とし、『外套』でおなじみの「官等制」を作った。そして、スラブ主義者の象徴とされた顎鬚《あごひげ》を切り落とした。以来、スラブ派と西欧派の対立は激化し、十九世紀には知識人を二分する大論争となった。ロシアの近代は一言でいえば、スラブと西欧の混血＝分裂である。和魂洋才をもじっていえば、露魂洋才である。

そして、それはそのまま『エヴゲニー・オネーギン』のテーマになった。すなわちプーシキンは主人公のオネーギンを、混血＝分裂の幻想都市ペテルブルグそっくりに作った。フランス語ぺらぺらの社交界の遊蕩児《イカレポンチ》、「ロンドン仕立てのマントを着た」「ロシア製ヨーロッパ人」である。『エヴゲニー・オネーギン』は、古典、同時代作家のパロディ、自作自評、文体模写から駄洒落まで、あらゆるジャンルが混血＝分裂した、超ジャンル的ポリフォニーである。それが作者自身の分身＝オネーギンを喜劇化するプーシキンの方法であった。

『エヴゲニー・オネーギン』はロシア近代小説の起源である。同時に「ペテルブルグ幻想喜劇派」の起源である。「ペテルブルグ幻想喜劇派」はロシアの近代＝スラブと西欧の混血＝分裂＝露魂洋才を「喜劇」として捉えた。ヨーロッパ文明の知識教養を身につけたためにロシアから切り離された人間――それがロシアの知識人である、とドストエフスキーはいった。「ペテルブルグ幻想喜劇派」の方法は、そのようなロシア近代知識人の混血＝分裂をパロディ化する方法である。そして二葉亭が『浮雲』を書くために「輸入」したのはその方法であった。『浮雲』を書くために彼が「輸入」した「西洋」＝「ロシア」とは、そのようなロシアである。つまり二葉亭の目には、ロシア近代の「露魂洋才」が日本の明治近代における「和魂洋才」に重なって見えた。彼の目には、ロシア近代のスラブと西欧の混血＝分裂が、そのまま日本の明治近代における江戸と西洋の混血＝分裂に重なって見えたのである。

『くち葉集　ひとかごめ』に書き残された「浮雲第三篇筋立」最終回プランの最後の項目は、「一お勢本田に嫁する趣に落胆失望し　食料を払ひかねて叔母にいためられ　遂に狂気となり瘋癲病院に入りしは翌年三月頃なりけり」であった。これはドストエフスキーの『分身』における、新ゴリャードキン氏の出現――旧ゴリャードキン氏の失職――失恋――瘋癲病院送り、の「筋立」にそっくり重なる。つまり『浮雲』は『分身』から出て来たのである。

いかにも文三は、瘋癲病院には放り込まれなかった。しかし「宛《あたか》も遠方から撩《こそぐ》る真似をされたやうに、思ひ切つては笑ふ事も出来ず、泣く事も出来ず、快と不快との間に心を迷《まよは》せながら」二階への階段をのぼりはじめた文三は、もはや充分に「破局」している。分裂した二人の文三に「破局」している。トランプ絵札のように対立＝分裂＝連続した楕円文三である。すなわち一人の文三は二階への階段をのぼりつつある。そしてその分身＝もう一人の文三は二階からの階段を降りつつある。

これが、「真似」と「稽古」によって二葉亭が書き上げた『浮雲』＝『分身』である。証拠はない。私のフィクションである。

Ⅱ　謎の探求、謎の創造

三角関係の輻輳
――「鍵」の対話的構造

谷崎文学の中でなにを代表作として選ぶかということは読者のひとりひとりが決めればいいことですが、三つ選べと言われればそのうちの一つに「鍵」を入れなければいけないと思います。理由はいろいろあるんですが、簡単に言いますと、この「鍵」という作品は日記体で書かれているんですが、妻＝郁子の日記の最後のほうに、これは「自分達夫婦の性生活の闘争の記録である」と書かれているんですね。この「性生活の闘争」という表現の仕方、これがおもしろいし、素晴らしいと思います。性生活、セックスは、世界の文学の永遠のテーマのひとつですが、それを「性生活の闘争」であると言うところが興味深いんですね。それはどういうことかと言いますと、闘争ということは喧嘩ですね。喧嘩ということは戦争であり、要するに格闘です。それがどうして素晴らしいかというと、取っ組み合いをしているからではなくて、関係そのものが対等であるということですね。被害者とか加害者ということではなくて、一対一の関係にあるということです。対等の関係として夫婦のセックスを捉え、それを表現しているんですね。それが「鍵」

の素晴らしいところなんです。もうひとつは、谷崎の美学あるいは哲学がモノローグではなく、日記を通して対話的な構造で表現されていることですね。これが「鍵」を谷崎文学の傑作にしている。そして、その対話的構造を通して描かれているのが三角関係なんですね。

さて、この「鍵」の舞台ですが、これは京都になっています。京都の左京区とか、実在の地名がふんだんに出てくる。たとえば百万遍《ひゃくまんべん》、この地名はよく知られていますが、百万遍から京都大学のある吉田、それから哲学の小道、田中関田町とか田中門前町などの実在の地名を使って推理小説的な仕掛けで書いているんですね。たとえば、主人公の「僕」が住んでいる住居と、娘の下宿するところ、それに自分の弟子で教え子の木村が住んでいる住居が歩いて五、六分ぐらいの、地域的にも三角関係になるような段取りをつけて設定してある。京都の土地をうまく使って、地名をうまく散りばめて地理的なものを生かしてるんですね。読み方によっては京都の地理学、つまり谷崎文学における地理学として読んでいくことができると思いますが、それが日記体で書かれているんですね。ただ、普通の日記体ではなくて、変形の日記体になっていまして、往復日記体というものはないんですが、言わば往復日記体になっています。夫婦の日記が交互に出てくるスタイルをとっているわけなんです。

なぜそういうことをやるのかというと、そこに性的な秘密があって、性的な秘密を巡って夫婦が日記で駆け引きをする仕掛けになっている。そして最後は格闘、闘争を演じる。日記はその装置になっているんですね。

「鍵」のおもな主人公は、「僕」と郁子の夫婦と娘の敏子、それに木村の四人です。夫は大学の教授ということになってます。はっきりとは書いてませんが、京都大学の近くにいる。「フオークナーノサンクチユアリヲ読ミカケテヰタ」ところへ木村が来た、とあるので、英米文学関係の先生の感じを匂わせているんですね。年齢は五十六歳。これは数え年です。奥さんの郁子は「四十五ニナツタ筈ダ」と書かれています。これも多分数え年でしょう。ですから、この夫婦はかなり年が離れている。これもこの小説の一つの仕掛けになっているんですね。離れてなければ、「性の闘争」は成り立たないわけですから。一人娘の敏子は同志社を出てフランス人のマダム岡田という婦人の家に通ってフランス語の会話を習っている、そういうお嬢さんですね。それから木村という男性は、「僕」の教え子で弟子なんです。どうもはっきり書いてないんですが、この木村という人物は高校の先生のような感じです。受験勉強をみてやるのが得意で、なんてなことが書かれている。試験問題をよく当てるというんですね。今の予備校の先生みたいな人なんですが、「ジエームス・スチユアートニ似テヰル」と書いてある。この「ジエームス・スチユアート」と書くところは、谷崎文学の一つの特徴なんですね。そういうことをあんまり書かない作家もいますが、谷崎は地名や実名をどんどん出す。名前もたとえば「フオークナーノサンクチユアリ」を読んでいたとか、うちのかみさんは「ジエームス・スチユアート」が好きで「ジエームス・スチユアート」の映画はどんなものでも観に行くとか、しかし自分が「ジエームス・スチユアート」が好きだってことはひとこともいわないというふうな書き方をするわけです。

それから、時代の風俗を表すことばがいっぱい出てきます。たとえば、温泉マークとか、アプレゲールとかですね。温泉マークは一種の連れ込み旅館みたいなもんですが、これがかつて日本じゅう至るところで随分流行った。そういう風俗的なことが出てくるのがまた谷崎の小説の一つの書き方ですね。薬の名前とか、注射の名称とか、そういうことに詳しいから書くんではなくて、そういう書き方で書いている。それがそれなりに効果を上げているんですが、「僕」と妻＝郁子と木村と娘＝敏子、この四名の登場人物、つまり男二人、女二人が、いくつかの三角関係を作っているんです。まず、「僕」と奥さんと木村。これは第一の基本的な三角関係になっている。その次に出てくるのが木村と郁子と敏子の関係ですね。これは母親と娘と木村の関係ですね。このような三角関係がこの小説には大体四つできている。

一番主要な三角関係が「僕」と妻＝郁子と木村の関係ですが、これを結びつけているのが日記なんですね。まず大学教授の「僕」が日記を書いている。これは片仮名と漢字の日記になってるわけです。奥さんの郁子さんのほうは平仮名と漢字の日記を書いているんですね。それが小説のなかに交互に出てくるわけです。そこにどういうことが書かれているのかというと、これが性的な交渉ですね、夫の大学教授の方は、夫婦間の性交渉に自信がなくなってきている。ところが奥さんの性的な欲求は、それを上回っているということなんですね。なんとかそれに対抗したくて、最初は刺激剤ということを考えるんですね。後のほうになると、ホルモン注射を打ったり、食べてはいけないビフテキを無理に食べたり、非常に無茶なことをやることになるんですが、初めは木村という人間を利用するんです。木村はお弟子さんですから、しょっちゅう家にきている。しかも娘の敏子と婚約しているんですね。「僕」は木村という男を奥さんに近づけさせるわけです。それに「僕」は嫉妬する。木村と自分の奥さんの関係を想像することによって性的な刺激を自分に与えるんですね。嫉妬は刺激剤なんです。自分の奥さん、郁子との性的な関係を活性化するっていうんですかね。活性化ということばがいいかどうか分かりませんが、要するに刺激剤にして闘争するということなんです。それを日記に書いていく。そして、その日記を奥さんが読むように仕向けるんですね。

しかもこれには駆け引きがある。まず鍵を目立たない所にポッと落としておく。それを奥さんが見付けて、これは日記を読めということだな、というふうに考えていく。要するに、読んでいくんですね。それに対して、奥さんのほうは奥さんのほうで日記をつけていくわけですね。たとえば、鍵が落ちていたから読めということだろうけれど、私は、そういうものを読む興味はないんだ、というふうに日記に書いていくわけです。ところが奥さんが書いた日記を旦那のほうも読むことになっているんですね。ですから、自分の性的な欲求、注文といいますか、相手に対する批判などをお互いに日記に書きっこしているわけです。そしてふたりとも相手の日記を読んでいない、という前提で実は読んでいるんです。書き方としては心理小説みたいに書いているわけです。

ドストエフスキーも三角関係を描いていますが、谷崎とは正反対で、セックスというものはまったく出てきません。出てこないというよりも反セックスというんですかね。セックスは書かない。「貧しき人々」とか、「白夜」という短編小説がありますが、セックスというものを徹底的に排除している。ところが谷崎は三角関係の中に官能とか、セックスを積極的に取り入れて心理的に書いていくわけですね。読んでいくと、相手の心理の裏の裏を読み合っているんです。お前はこう思っているだろうけれども、自分はそんなことにはだまされないというふうにですね。それをまた日記に書いている。それを相手に読ませて相手の反応を見て、また自分が日記を書いていく。要するに、読み合い、駆け引き、虚々実々的な心理的な取り引きが日記に交互にでてくるわけです。

事件としてはどういうふうになるかといいますと、最終的に「僕」が死んでしまうわけです。小説は一月一日から始まっていますが、大学教授が死ぬのは、五月二日なんですね。それまでは「僕」、つまり旦那は生きてるんですが、日記は四月の十五日で途絶えてしまうわけです。なんで途絶えるかというと、十七日に脳溢血を起こして倒れてしまうんですね。それまでに小道具が書かれていまして、これは芝居をやっているわけですけど、奥さんがブランデーをわざと飲み過ぎて風呂場に行って倒れるところが出てくる。それを木村と二人で裸の奥さんを運んできてからだを拭いたりなんかする。なかなか谷崎ふうなんですけども、そのことによって刺激を受けるというようなことを何回も何回も繰り返すわけですね。お互いに芝居をやっているようなところがある。奥さんも芝居をやってる、木村にも芝居をさせて片棒担がせて、結局は三人がグルになって三人芝居をやってるんですね。もう一つはヌード写真があるわけですね。これは旦那さんが酔っ払っている奥さんの裸の写真をどんどん撮って、その撮ったフイルムを木村に現像させるという手の込んだことをやるんですね。木村はいろいろ自分でも考えながらも先生のいうことだから逆らえない、ということで片棒を担ぐんです。いずれにせよ、この三人がそれぞれブランデーで酔っ払ってみたり、運んでみたり、ポラロイドカメラで撮って現像してみたり、そのヌード写真を娘さんの目にとまるところに入れといてそれを見せるとか、非常に手の込んだ芝居をやっていく。その結果、旦那さんは段々刺激を強くしていって、性的な関係は非常に充実してくる。

ところが、そのために無理をしてホルモン注射を打ってみたり、何百匁だかの肉を毎日食うんですね。これは嗜好として食べているんじゃなくて必要があって食べているんですね。とにかく物凄いことがいろいろ書いてあります。それもビフテキで生焼けみたいなのを食うとかね、五十六歳の大学教授が、毎日肉を食うというのはおかしな話なんですが、そういったことが、ずうっと出てきます。そして奥さんの郁子と木村が密会する場所を大阪の京橋に作って、そこに行ってときどき密会しているなんてことも出てきます。そういう大道具、小道具を使いながら、結局「僕」という教授は、セックスのために自分の身体を破滅させていく。性的な闘争のなかで段々滅びていく。その過程が描かれているわけです。そして四月十七日に、腹上死のような形で脳溢血を起こしてしまう。しかし、すぐに死んでしまうんではなくて、それから暫く生きていて五月二日に死ぬんですね。日記は脳溢血を起こした段階で途切れますので、男の日記は確か四月十五日で終わっています。そのあとは、奥さんだけの日記になっているわけです。この奥さんの日記は、最終的に六月十一日まで続きます。

しかし、このなかにはひとつの変化がありまして、五月一日までは嘘を書いているわけです。つまり、旦那さんは病気で倒れてしまったけれども、娘と木村がいるというわけですね。そうすると自分の日記がいつどういう形で娘に読まれるかも知れない、ということがあるんですね。ですからそこにはいっぱい嘘が書いてあるんです。娘に読まれると困ること、娘がもしかしてひっくりかえっている倒れた亭主に喋らないともかぎらないので、そのへんのところは旦那さんが元気だった頃と同じような嘘をずうっと書いていくわけです。それは五月一日まで続いています。その後、五月から六月まで一カ月くらい日記は中断しています。日記が再開されるのは、六月九日で、六月十一日まで続くんですが、今度はがらっと趣が変わりまして、今まで自分が書いてきた日記はほとんど嘘だ、と書くんです。私が主人の日記を見てないなんていったのは嘘で、ちゃんと前から見ていた、というようなことが書いてあるわけです。いろんなことが書いてあるけれど、重要なことは、この嘘だという告白をしていることです。告白というか、暴露というか、自分がいままで書いてきた日記はフィクションであり嘘であったと自己暴露していくような形で終わっていくわけです。このなかで問題になっているのは、木村という人物と娘さん、敏子の関係ですね。これが最後の謎になっている。最後にこういうことが書いてあります。

「敏子のことや木村のことも、今のところ疑問の点が沢山ある。私が木村と会合の場所に使った大阪の宿」、これはさっき言った温泉マークですな、この大阪の宿は、「何処カナイデセウカト木村サンガ云フカラ」敏子が「オ友達ノ或ルアプレノ人」、これはさっき言ったアプレゲールですね、お転婆娘です、その「『アプレノ人』に聞いて教へてやつたのだと云ふけれども」とあるんですね。要するに密会の場所を敏子が探してくれたことになっているわけです。それも木村から頼まれて京都じゃ都合悪いからどっかないかといわれたときに、アプレゲールの子が教えてくれたんで、それを木村に教えたんだ、というふうに敏子はいっているんですが、「ほんたうにそれだけが真実であらうか。敏子もあの宿を誰かと使つたことがあり、今も使つてゐるのではないであらうか。」と書いているんです。この「誰かと」というのは、木村というふうに解釈できると思うんですね。だから、要するに自分が木村と密会をしていた場所で、実は娘の敏子も木村と密会をしていたんじゃないかということですね。しかし、これは謎のままに終わっています。「ゐるのではないであらうか。／木村の計画では、」とありまして、このあとが凄いところです。「木村の計画では、今後適当な時期を見て彼が敏子と結婚した形式を取つて、私と三人で此の家に住む、敏子は世間体を繕ふために、甘んじて母のために犠牲になる、と、云ふことになつてゐるのであるが。……」で終わっている。これが日記の最後の最後です。

ということは、ここまで読んできてですね、僕はちょっと疑問に思ったんですが、これは確かに謎のままでもいいんですが、小説のルールといいますか、べつに法則として決まっているわけではないんですが、僕が考える小説のルールとしては、ちょっとまずいんじゃないかと思うんです。ということは、登場人物同士の間の謎、登場人物同士の疑問というのはいくらあってもかまわんわけですが、読者に対しては、登場人物間の謎について何らかの形で解答を与えておかなければいけないんじゃないか。第一の三角関係、つまり「僕」＝郁子＝木村の三角関係の実体は分かったんですよ。この三角関係は初めは刺激剤のつもりで意図的に作られたものだったけれども、最終的に郁子と木村は性的関係を結んだことが告白されているわけです。旦那が死んだあとの日記で。旦那が死ぬまでは、「最後の一線」は越えないというふうに日記には書いてきてるんです。密会を重ねてきているけれども、一線は越えてないというふうに日記に書いている。ところが、これは嘘なんですね。実は、何月何日以降はこういう関係になっているんだということが分かっているわけです。それには答えが出ているわけです。しかし問題は木村と婚約者＝敏子の関係ですよね。この二人がどこまで共謀しているのか、性的関係をもっているのか、もっていないのか、ということは謎のままになっているわけです。

母親とその娘夫婦が同居している。世間的には形の上でそうなっているが、実は、娘の亭主と性的関係を結んでいるのは、母親のほうだ。ほかにもこういう小説はあると思うんですが、この場合、木村と娘の結婚は、本当に偽装的なものだけなのか、あるいは裏で性的な関係を結んでいて、母親はだましたつもりでだまされているのか、どうか。そこのところが結局分からないまま終わるんですね。これが作中人物同士の謎であれば、これでいいんですが、読者にはどこかで明示するか、暗示するか、何らかの形で二人の関係というものが分かるように、あるいは想像できるように書いておかないと、小説としてはルール違反という感じがするんですね。

　ですから、いろんな意味でこの「鍵」という小説は、私には興味深いわけです。初めに申し上げましたように、これは谷崎文学の中の傑作であるだけではなく、谷崎美学を対話の構造として書いた傑作でもあるんですね。そういう意味において、この作品は世界文学における普遍性のある傑作ではないかと私は思っております。いま谷崎文学が世界でどのように紹介され、どのように評価され、どのように研究されているのか具体例はよく知りません。けれども、谷崎文学をいわゆる「日本的」に特殊化して研究したり評価するんじゃなくて、もっと普遍的な文学として評価し、研究していくことが必要だと私は思っております。これは、世界文学の中でも堂々たる普遍的文学なんですから。

　ただ私自身が小説書きですから、木村と敏子の関係の描き方といいますか、その謎を最終的にどう処理するか、この部分において小説の方法論として一点疑問をもっているわけです。これは、皆さんにも是非考えていただいて、皆さんなりの意見といいますか、感想をもっていただければよろしいか、と思います。もうひとつ言うと、この小説が非常に面白いのは、四人とも悪人だ、というふうに書いてあるところです。これは、日本文学の中では非常に珍しいと思います。それは、先程もいったように谷崎の美学なり哲学がモノローグ的に書かれているんじゃなくて、対話的な構造になっているという一つの要素でもあると思うんですね。四人が幾つかの三角関係を作るが、どれも被害者と加害者の関係にはなってない。悪人同士の対等な関係として書いてある。

登場人物のそれぞれが皆イアゴーになっている。シェイクスピアの「オセロ」に出てくる悪人ですね、それぞれがこのイアゴー性をもっている、というふうに書いてある。これは日本文学として珍しいように思いますね。悪であり美であるという、悪魔主義というものはそういうものでしょうが、谷崎文学をエキゾチシズムとか、オリエンタリズムとして研究するのは、もはや過去に属すると思います。

モノローグとダイアローグ
――梅崎春生『幻化』と武田泰淳『目まいのする散歩』

戦後五十年ということで、文学以外でもいろんな記念の催しが行われているようですけれども、文学の場合で考えてみますと、戦後文学を大きく分けまして「第一次戦後派」とか「第三の新人」とかいろいろな名称がありますが、そういうこととはまた別に考えて、一つの分け方として私が考えておりますのは、戦後の文学というものは、戦争に召集されて参加して、復員してきた「復員者の文学」と、復員しなかった「非復員者」の文学、大きく分けるとその二つになると思います。私自身は「内向の世代」というふうに分類され、呼ばれているんですけれども、内向の世代の前のところまでは復員者の文学と言えるんじゃないかと思います。実際に戦場に出かけていって戻ってきた復員者に対して、私たちは戦争に行っておりませんので、復員してないわけで、非復員者ということになります。

ただ、戦後五十年経ちますと、非復員者の中でも二通りか三通りの世代が出てきているんじゃないかと思います。敗戦当時、私は旧制中学の一年生だったんですけれども、戦場には行っていません。ですから復員はしなかったんですが、軍国主義教育、軍歌にはじまって、勤労奉仕、動員、空襲、疎開、引揚げなど、いろいろな形で戦争に参加しているわけです。ただ復員はしていないわけです。

ところが、戦争自体を知らないという世代が出てきまして、そういう作家たちが続々と登場して来ました。内向の世代あたりまでが、非復員者ではあるけれども、戦争を知っており、さまざまな形で体験した。軍隊とか戦闘以外の空襲とか勤労動員とか、そういう形で体験させられた。その後にいろんな作家が、非復員者であり、かつ戦争そのものを体験として知らない、一つの歴史としてしか知らない、そういう若い作家たちが出てきているということです。

今回の講演会のプログラムはどういう作家、どういう作品が五十年間に書かれてきたか、どういうものがここに選ばれているかということで、大変興味のあるプログラムですけれども、私は、戦後五十年の文学の中から武田泰淳と梅崎春生の二人の作品についてお話することになったわけです。

この武田泰淳と梅崎春生は、今私がお話した分類でいきますと、完全な復員者の文学で、典型的な復員者の文学と言えるのではないかと思います。この二人について一時間でどのぐらいのことがしゃべれるか、一人だけでも一時間ではもちろん足りないと思いますけれども、二人ということですから、きょうは、武田さんの場合『目まいのする散歩』、それから梅崎さんの場合は『幻化』という作品を中心にしながら、二つを比較するような形でお話してみたいと思っているんですけれども、果してどうなるでしょうか。

『目まいのする散歩』と『幻化』には幾つかの共通点があります。共通点は後で少しずつ具体的に作品に触れながら挙げていこうかと思いますけれども、まず単純なことから言うと、『目まいのする散歩』は、武田さんの生前、亡くなられる前に刊行された最後の小説です。『目まいのする散歩』の後に『上海の螢』という本が一冊出ているんですけれども、これは武田さんの死後に刊行されるわけで、『目まいのする散歩』が生前の武田さんの最後の作品集と言えるわけです。一方、『幻化』は文字どおり梅崎さんの遺作でありまして、梅崎さんは随分早死にされているんです。その『幻化』を書かれて三ヵ月後ぐらいに突然肝硬変で亡くなられたということで、それこそ本当の遺作になっている。そういう意味で、両方とも最晩年の作品であるという共通点があるわけです。

それからもう少し内容に即して言いますと、これは二つともあっちこっちに出かける小説です。つまり、歩くといいますか、出歩く、歩いて行くという共通点を持っていると思います。

しかし、この二つの作品の共通点の中に、かえってはっきり二つの作品、あるいは二人の作家の方法の違いがあらわれています。ですから、共通点を話していくうちに、だんだん二人の違いが明らかになってくるというふうに思っております。

時間があれですからどんどんいきますが、梅崎春生の方から先にいきますと、梅崎春生という人は、随分早くから私は名前も作品も知っていました。武田さんよりも先に恐らく梅崎さんの方を読んでいたり、知っていたんじゃないかと思います。私は戦後、福岡に引き揚げて来まして、福岡県立朝倉中学校という旧制中学に転入していたんですけれども、梅崎さんもたまたま福岡のご出身だったりして、そのせいじゃないと思うんですけれども、彼のデビュー作である『桜島』をかなり早く読んでいます。この『桜島』は、梅崎さんの代表作でもあると思うんですけれども、まさに復員そのものを書いたような小説だと思うんです。私は戦後、中学の三年生ぐらいから小説らしきものを読み始めたんですけれども、そういう意味では、まさに梅崎さんの『桜島』は、私が小説を読み始めたしょっぱなあたりに出てきた日本の現代文学というふうに言えるわけで、非常に印象が強かったというような記憶があります。

これは名作と言われておりまして、私もきょうのお話のために久しぶりに読み返してみました。私も年をとって六十三になりますが、梅崎さんは五十で亡くなられたんですけれども、『桜島』を書かれたときは恐らく三十代だったと思うんです。小説家というのは妙なもので、自分よりも年がいっている人の作品は何となくちょっと……というような感じで、少し遠慮したりするんですけれども、自分がその作家よりも年が上になってしまいますと、どんな偉い作家でも全然怖くないというか、俺の方が年をとっているから上なんだというような、実に不思議な単純な錯覚を抱くんですけれども、『桜島』も、読んでみて、これは随分若い作品だなと思いました。

確かによくできているんですけれども、これは要するに桜島で暗号解読兵をやっていた「私」という主人公が、桜島の一つの要塞基地からある要塞基地に移されるところから始まるわけです。

最後に移ったところで敗戦になるということですが、要塞基地でいろんな兵隊がいる。ある意味でこれは一種の反戦小説みたいになっているわけです。いかに日本の要塞基地というものが非人間的であったか、そこに下士官という人物を登場させながら書いている。これは戦争批判、軍隊批判みたいなことも含めているんですけれども、その中で皆さん誰でもが指摘するものが一つあるわけです。それは一つの要塞基地からもう一つの要塞基地に移動する途中で一晩泊まるある町で、片耳のない娼婦と出会って一晩過ごすという場面が、非常に叙情的に書かれているというか、あの小説の名場面の一つというふうに言われております。

私は場所的なことも詳しくは知らないんですけれども、島尾敏雄という作家は、震洋という海軍の開発したベニヤ板のボートの先にダイナマイトをくっつけたような体当り用の自殺兵器の隊長として敗戦を迎えるんですけれども、梅崎さんの『桜島』の要塞も震洋基地みたいな感じになっているんです。そこで彼は通信兵をやっていたということになっているんですけれども、今度読み返してみますと、梅崎さんという作家の一つの特徴は、叙情的というところももちろんあるんですけれども、であると同時に、物語的といいますか、叙情的であり物語的であるということが言えると思うんです。『桜島』はそう長い小説ではない。短いものですけれども、そういう短いものの中にもきちっとしたストーリーを几帳面にはめ込んでいて、物語性というものを非常に重んじているといえます。

いろんな兵隊が出てくるんですが、悪玉と善玉みたいになっていまして、この辺もちょっと物語的です。悪玉の代表である下士官は、酔っぱらって軍刀を振り回してみたり、敵が上陸してきたら、敵と戦うよりも卑怯な味方を軍刀で切り殺してやる、というような下士官で、これが悪玉としてきちっと描かれている。一方では、文学的というほどではないにしても、見張りの兵隊がいて、いつも双眼鏡で崖の上から見張っている。ツクツクボウシが聞こえてくると私はろくなことはないんだというようなことを言っていて、実際にツクツクボウシが鳴き始めた日にグラマン戦闘機の射撃にあって死んでしまう。そういう人物とか、エピソードの組み合せによって小説が作られている。そこへ耳のない娼婦もうまく出てきて、短い小説の中にきちっと物語性をはめ込んでいるといいますか、物語的につくり上げているということが言えると思います。

その物語性というものは、きょうのテーマの一つである『幻化』にもそのまま当てはまっていると思うんです。『幻化』という小説は、直接作者本人の体験とかいうことは別にしまして、梅崎文学の原点とも言っていいような『桜島』の舞台になっている場所へ、戦後二十年たって、一人の人物が敗戦を自分が迎えた場所に向かって訪ねて行くということです。これが『幻化』のストーリーだと言えます。

この『幻化』の主人公は、『桜島』の主人公とは名前だけは一応変わっているんですけれども、読んでいけばわかるように、まさに二十年後の『桜島』の主人公そのものということは、間違いありません。これはどういう人物かというと、精神病院に入れられていることになっているんです。抑鬱症といいますか、一種の被害妄想とか鬱病的なもので、持続的な睡眠療法を受けているらしいんですけれども、その彼がある日、ふらっと病院を抜け出して、無断で飛行機に乗ってしまった。飛行機に乗って、羽田から九州の大分飛行場に来て、大分から、汽車でしたか、とにかくどんどん南へ下って、結局『桜島』の舞台になった枕崎《まくらざき》とか坊津《ぼうのつ》とか、僕も詳しくは知らないんですけれども、その方へどんどん向かっていく。これがストーリーの基本的な形になっているわけです。

これは歩いて行く小説とさっき言いましたが、訪ねて行くとか、ある場所からある場所へ向って移動していく小説で、それに物語性がくっつくんですけれども、そこが非常に上手くできていまして、飛行機の中で気がつくと、隣に一人の男が座っているわけです。飛行機そのものは六人か七人しか乗ってないいんだけれども、なぜか自分の隣に三十四、五歳ぐらいの男が乗っている。その男がいろいろと話しかけてくる。結局偶然に隣り合わせた男が最後まで同行者となって小説の中で動いていくわけです。

この偶然の同行者が現れるということは、梅崎さんの小説の物語性の一つの基本形みたいになっていまして、例えば、初期の短い小説で『蜆』というのがあります。これは戦後の担ぎ屋とか闇屋とかが活躍していた時代の話ですけれども、これにも突然見知らぬ男から電車の中で声をかけられて、外套をもらってしまう。その外套をもらったのが因縁で、その男と付き合うようになっていくというような話になっているわけです。それから『Sの背中』というのも、ふらっと飲み屋に入っていって、全く知らないSという人間と知り合うとか、あるいは直木賞を受賞した

『ボロ家の春秋』という、梅崎の代表作の一つと言っていいようなものがあるんですが、これも、電車の中でスリに財布をすられるところを見るんですか、すられた男と一緒に飲んで、そのことからその人の家を借りるとか、同居するとか、そういう偶然の出会いというものがストーリーをつくっていくという形を基本的にとっていて、それが梅崎さんの小説の方法の一つになっていると言えると思います。『幻化』の場合は、主人公が精神病院から抜け出した元要塞にいた男で、それに偶然くっついてきたのが、映画のセールスマンと称する男です。本当かうそかわからないんだけれども、何かビジネスマンが持っているようなケースをさげている。何をしに行くんだというと、自分は九州の方に映画を売りに行くと言うんです。映画の見本みたいなものを持っていて、それを見せて映画館に売りつけるのが商売だということで、ついてくるわけです。

だんだん話しているうちに、偶然の同行者、セールスマンと称する人物の身の上話が出てくるわけです。それは、奥さんと子供が交通事故か何かで突然死んでしまった。それもひき殺されたような非常に悲惨な死に方をした。それ以来、酒浸りでアル中みたいになっているわけです。要するに、妻子を亡くしたアル中患者と、それから精神病院を脱走した元兵隊、これが二人連れになって『桜島』の舞台になった場所の方へと訪ねて行くわけです。

主人公は五郎という名前になっているんですが、五郎という人物は、常に強迫観念みたいなものに脅かされているわけです。精神病というのは幾つかのタイプがあるんでしょうけれども、一番典型的なあれで、要するに誰かに追いかけられているという一種の被害妄想的なもの――パラノイアの一種だろうと思うんですが、何者かに追われているような強迫観念に取りつかれている。何者に追われているかはもちろんわからない。一種の幻聴というんですか、幻覚症状みたいなものもちょっとある。そして自分は何かを取り戻さなければならないというような感じになっているわけです。

何を取り戻すかというと、二十年前に失われたもの、二十年前にはあったけれども現在は失われてしまっているものを何とかして取り戻さなければならない。どこへどう行けば取り戻せるかということはわからないんだけれども、とにかくどんどんどんどん自分の足は『桜島』の場所へと向かっているという形になっているんですが、二十年前にあって今なくなっているものということ、簡単に言えば青春ということです。だから、『失われた時を求めて』という有名な小説がありますけれども、これは失われた青春を求めてどんどんどんどん『桜島』へと行く。そこに偶然の同行者がついて来て、その同行者には同行者の過去があるというような形で物語ができているわけです。これは後で武田泰淳さんの『目まいのする散歩』と比べてみるとはっきりするんですけれども、一言で言ってしまうと、梅崎さんの小説の特徴は、物語性にある。それには今言ったような同行者が偶然出てくるという形が多いということです。

もう一つは、時間的であるということです。ということは、二十年前の失われた青春を求めながら、東京から大分、大分から鹿児島の方へどんどん行くわけですが、これは空間的に旅をしているわけです。旅をしているんだけれども、動いていく物語、話を時間的に書くか空間的に書くかということが、方法の違いになると思うんです。武田さんのものは明らかに空間的に書いているわけですから、地名がいっぱい出てくるわけです。梅崎さんの場合は、いろんな地点をたどっていくわけですから、空間を移動していくわけです。だから、非常に空間的なように見えるんだけれども、空間を移動していくわけです。空間を移動していくわけだけれども、移動していく空間を全部時間に置きかえてしまっているわけです。それはどういう時間かというと、結局失われた二十年前の時間を逆にずうっとたどっていく形になっている。現実の時間は、場所をたどりながら南へ南へと進んでいるわけです。この空間をたどりながら、それを全部時間化しているわけです。時間軸は一本になっていて、それは過去の方へ向かっているわけだけれども、現実にはどこどこに着いて、どこどこに着いて、どこどこをたどっていく。現実の場所をたどっていきながら、そこで回想が出てくるわけです。ですから、時間は縦に向かっている。時間軸は一本になっている。その一本の時間軸のなかで、現在動いている時計時間を逆回りに行く回想の時間がダブっているわけです。しかし、ダブってはいるけれども、時間化されてしまっているから、一定の現実的な時間の中に回想の時間がはめ込まれているという形で、時間軸は一本になっているわけです。その点が梅崎さんの特徴だと思います。

空間を時間化してしまっているということが一つと、それから物語性も、『桜島』よりもちょっと長いですから、その分、またいろいろとつくってあるわけです。妻子を亡くしたアル中の男もその一人ですけれども、さらにまたアル中の男にもいろんなことがあって、自分が子供のときに、知覧《ちらん》という航空隊があったところに自分の兄貴が特攻隊として行っていた。その特攻隊の兄貴には嫁さんがいて、その嫁さんが特攻出撃をする前に一目会わなければいけないというので、親父さんに連れられて兄貴のところへ訪ねて行く。そのときに自分も一緒に連れていかれて、そのとき自分は小学校の四年生か五年生、十一歳か十二歳ぐらいだった。それが二十年後にセールスマンになっている。そういう形でセールスマンの物語がつくられているわけです。

そういう偶然の同行者の物語があるんですが、もう一つは、五郎という人物は女難の相があるような感じでして、片耳のない娼婦もそうだったんですけれども、『幻化』の方では出戻りの女性が出てくるわけです。これも非常に都合よく出てくるわけで、なぜこう都合よく出てくるのかなと思うぐらいです。五郎は同行者を旅館の方へほっぽらかしにして、自分だけで崖の上に夕方に来て、一人になって海を眺めている。そうすると、音もなくというか、すっと女性が出現してくるわけです。

アル中のセールスマンもそうですが、もう一人の五郎という人も酒が切れると発作が起きるということになっていて、発作が起きないように、用心のために必ず瓶に入れた酒を持って歩いているんです。紙コップも持って歩いている。そこへ女の人がすっと現われて、これは浴衣か何か着たなかなかきれいな女性のような感じがするんですけれども、何をしているんだと言うと、実はこうこう、こうだということで、そこでまた一つ物語が出てくるわけです。

お酒を女の人に勧めて、意気投合するというように、非常に都合よくできているんですけれども、その中で女の人と話しているうちに、なぜこんなところへ来たんだと聞かれて、実は何を探しに来たのかわからないけれども、何か自分はこっちの方へついつい来てしまったんだ。その一つとして、例えば自分は特攻基地に勤めていたときに、同じ通信兵だった自分の部下がいた。五郎という人は下士官なんだけれども、多分軍曹という位になるんじゃないかと思いますが、海軍でいうと、二等兵曹といいますか、部下がいて、ある日、航空用のアルコールを盗んで飲んでいるうちに酔っぱらってしまって、泳ぐわけです。泳いでいるうちに自分の部下が行方不明になって死んでしまって、自分は助かる。そういう話がまたあるんです。そういう話をその女の人に聞かせたりする形で物語っているわけです。自分は死んだ部下の思い出のためにもこっちの方へ来たかもしれないというような話があるわけです。

そういうふうに、いろいろな人物の物語がある。それが全体の物語の中のエピソードとして作られている。そのエピソードをつなぎながら、昔いた航空基地、要塞のあったところにももちろん行くんですけれども、その後、結局最後は熊本に出かける。熊本の阿蘇山に登ってみようということになるんですが、熊本は、五郎という主人公が旧制の高等学校時代を過ごした、思い出の青春の町です。熊本の高校といえば第五高等学校になっているので、五郎とつけたのは五高だからじゃないか。多分そうだと思います。それから苗字が久住となっている。これは大分県に久住高原というきれいな高原がありまして、僕らも中学時代に、一、二回キャンプに行きました。すごく雄大な久住山というのがあって、そこのすそ野が高原になっていて、非常にいいところです。

その名前をつけているんだと思うんですけれども、要するに熊本へ行く。熊本に行って、自分が元下宿していたところとか、高校生時代にあったエピソードとか、そのときにあった恋愛的なものとか、そういうふうにまたそこで回想の形で物語が出てくるわけです。

昔あったんだけれども、今はなくなってしまっているとか、町が変わってしまっているとか、そういったような一種のセンチメンタル・ジャーニー的物語で、最後は阿蘇山の火口に登って、その火口でアルコール中毒のセールスマンにまた会ってしまうというような形になっているんですけれども、このようにいろんな偶然が重なってストーリーが運んでいくわけです。回想の場面が非常にセンチメンタルに書かれているんです。これは武田さんのと比べてみると非常にはっきりするんですけれども、ほとんど反対の形です。ですから、散文というよりも、ちょっと抒情的な傾向がもとからあったので、そのせいもあるんでしょうが、特に学生時代とか兵隊時代とかの回想部分になると、非常にセンチメンタルで抒情的になってくるわけです。

そうすると、ここで思い出されてくるのが、何の脈絡もないようなんですが、横光利一の『純粋小説論』というのがありまして、これは非常に重要な小説論で、日本の近代小説の行き詰まりみたいなものに対して、それを打開する方法論として書かれたエッセーみたいなものですけれども、面白いことを言っています。通俗小説の二大要素は偶然性と感傷性だというんです。ところで、『幻化』を読んでみますと、梅崎さんの小説全体と言ってもいいんですが、偶然性と感傷性に満ち満ちているわけです。非常に都合のいいときに女の人がひょっと出てきたり、いろいろあって、そのことによって物語が進行していくわけです。回想の場面になると非常にセンチメンタルな回想が行われる。そうすると、これはある意味で横光が言った「純粋小説」に近いんじゃないかという気もする。

ところが、純粋小説ではないんですね。純粋小説というものには、幾つかの条件がついていまして、感傷性と偶然性をうんと取り入れる。これが通俗小説の特徴で、純文学はその通俗小説の要素を入れなければこれからはやっていけないというようなことを言っているんです。もう一つは、長編小説でなければいけないと言っているんです。そして、最も重要なものは「第四人称」の問題です。だから、『幻化』はもしかしたら純粋小説かなと思ったんだけれども、やはりそうではない。長編でないだけでなく、「第四人称」がないんです。

第四人称というのは、簡単に言えば、近代人の自意識をどういうふうに描いていくかという方法です。つまり、対象を見ている私というものを見るもう一つの目、私を対象化するもう一人の私、見ている私を見る私、簡単にいえば、それが「第四人称」です。

これはいままでは常識ともいえるわけですが、梅崎作品にはその「第四人称」が欠けている。つまり主人公の視線が中心になって小説が動いていくわけです。主人公がある対象物を見て、ああだ、こうだと、怒ったり悲しんだり憤ったりするわけです。特に軍隊に対しては非常に憎しみを感じたり怒りを感じたり悲しくなったりするんですが、その視線が、梅崎さんの場合はほとんど主人公に固定されているわけです。つまり、主人公は相手を見ていろんなことを感じたり考えたりするんだけれども、相手から見られる「私」というものがない。いい換えれば、物語全体が、モノローグだということになります。見る↕見られるという関係も、後で武田さんのものと比べると、ほとんど正反対になっているわけです。主人公が見ていろんな感想を抱いたり意見を言ったり、あるいは何か考えたり回想したり、あるいは感動したり悲しんだりというような形になっていて、視線が一方通行的になっているわけです。往復をしない。一点からすべてのものが見られて、語られていくという形になっている。対象との関係が、対話的ではない。ダイアローグ的でなく、モノローグ的であります。

それはどういうことになってくるかというと、梅崎さんの小説の特色はふつう、ユーモアだといわれています。しかし、『桜島』にはユーモアがないんです。これは素材のせいとか、書かれた時期だけのせいではないように思われます。例えばさっきお話した『蜆』とか『Sの背中』とか『餓ゑの季節』とか『ボロ家の春秋』には、非常にユーモラスな感じがある。笑いがある。ところが、『幻化』になりますと笑いがなくなってしまっているんです。つまり『桜島』に戻っている。笑いがなくなっている原因は、一つは、見る↕見られるという視線の関係がなくなってしまって、一方的に見るだけになっているわけです。それが、笑いといいますか、喜劇性が失われている一つの原因だといえます。

『幻化』の初めの方で、五郎という主人公が病院に入れられて、睡眠療法を受けている。何をしてもいいんだけれども、テレビを見ていても、どんなドタバタのお笑い番組を見ても全然おかしくないということが書いてあるんです。ゲラゲラ笑う気に全然ならない。むしろ笑うどころか、涙腺の方が刺激されやすくなって、何かというと涙もろくなっているというふうなことが書いてあります。これはある種の神経症の特徴ではないかと思うんですが、確かに笑わなくなるんです。笑う精神病者というのがいるのかいないのか、そういう病気もあるのかもしれませんけれども、どちらかというと、うつ型になって笑いが喪失してしまうということは、私も聞いたことがあります。どうも小説そのものものもうつ型になってしまっているらしくて、笑いがいつの間にかなくなってしまっているんです。これは武田さんのものと比べながら読んで、非常にはっきり出てきた両者の相違、差異です。

ただ、『幻化』の中で一つだけ非常におかしいところがあるんです。おかしいと言うと変ですが、按摩さんの場面です。宿屋で指圧、マッサージにかかる場面があるんです。たまたま偶然知り合った子供の親父さんがタクシーの運転手をやっているという話がありまして、うまいこと子供に担がれてしまって、親父さんのタクシーに乗せられてしまうわけです。ある温泉旅館までタクシーで連れていかれて、ここについたらこういう按摩さんがいる、これは自分の親戚だから、この人に按摩を頼んでくれというふうに頼まれるわけです。それで結局何となくその人に按摩を頼んでしまう。その按摩さんにかかっている部分が非常におかしい。つまり、笑いがある。この小説の中で、僕が最も面白いと思う場面です。

どうして面白いのかというと、さっき言ったように、今まで五郎という人間が自分が一方的にいろんな人を見ていろんな感想を述べていたんです。ところが、按摩さんの場面になりますと、いや応なしに逆に見られているわけです。つまり、按摩さんのいうとおりにしなければ按摩ができないわけですから。これは按摩さんにかかった人は誰でもわかると思いますが、むしろ按摩さんの方が見ているわけです。かかっている方は、表向きになったり裏向けになったり横向きになったりさせられているわけです。結局按摩さんのいうとおりになっているわけですが、五郎さんという人はそれを非常に嫌がるんです。何か按摩にいいようにされていると感じる。だけど、それは当り前の話で、按摩にかかっている以上、按摩さんがいろんなことをやってくれるわけです。

その場面が非常に面白いのは、視線が相対化されているわけです。一方的な五郎の目ではなくて、逆に五郎さんが按摩さんからいろいろ見られているという形になっているので、そこのところで視線の相対化による笑いが出てくるわけです。例えば、背中の上に按摩さんが乗ると怒るんです。「何やってるんだ」と言うと、「いや、これは治療しているんです」と言う。この場面が非常に面白いですね。その部分にはユーモアが出ていると思いました。

時間がないので武田さんの方に移ります。武田さんの『目まいのする散歩』も晩年に書かれたことはさっき言いましたが、これは六十二歳から六十三歳にかけて『海』という雑誌に連載されて、八つの散歩がまとまっているわけです。六十三というと、私もちょうど六十三なので、ギョッとしまして、ああそうか、これは僕と同じ年に書かれているんだなという感じがしまして、何か不思議な気分もちょっとあったんですけれども、これは今まで梅崎さんについて述べてきたことのほとんど正反対の作品だと言えます。

　この作品にはたくさんの人が本名で出てきます。梅崎さんもこの小説の中には出てくるんですけれども、武田さん自身のような人が何年か前に脳血栓になって、その後遺症として時々目まいがするわけです。それで、散歩をしたいんだけれども、一人では危ないということで、奥さんが――これは武田百合子さんで、今どこからか全集だかエッセー集が刊行されていると思いますけれども、この間亡くなられました。赤坂のＴＢＳの近くのマンションに住んでおられまして、そこからいろんなところへ武田さんの奥さんが運転をして行って、自動車をおりて公園の中を散歩してまた帰ってくるという繰り返しをやっているわけです。

　この小説のもう一つの特色は、奥さんが常に散歩に同行している。しかし、ただ同行しているだけではない。後遺症でいろんな意味で体が不自由になっているので、同行していると同時に、この小説を奥さんが口述筆記しているという形になっていることです。口述筆記しているところが、何とも不思議な形でこの作品にあらわれてきていまして、この作品の方法の一つになっているんです。

　この小説は、実に単純化されておりまして、まず明治神宮というのが出てくるわけです。明治神宮へ行って駐車場に車を入れて、明治神宮の中をブラブラブラブラ何時間か歩いて、また車に乗って帰ってくる。ところが、さっきの見る↕見られるという関係でいうと、梅崎さんの小説の場合は視点が主人公に固定されている。一方的に見る形で、見られる主人公というものが書かれていない。ところが、武田さんの場合はいきなりのっけから見られる形になっていまして、まず車を奥さんが駐車場に入れようとするわけです。そうすると、駐車場のところに守衛さんが何人かいて、この守衛さんからジロジロジロジロ見られるわけです。つまり、その駐車場には参拝者専用と書いてあるらしいんですね。ところが、自分は散歩に来たんだから、どうもちょっと後ろめたいような気がするんだけれども、やっぱり参拝もしているんだというふうに書いてあります。守衛さんが何人かいて、守衛さん同士が何か話していると、どうも我々のことを言っているんじゃないかなという形で書かれているわけです。視線が必ず往復になっています。他者、対象との関係が、対話的になっている。モノローグではなく、ダイアローグになっている。

それから、二番目に『笑い男の散歩』というのが出てくるんですけれども、作者は自己対象化をおこなっておりまして、それはこういうふうに対象化されているわけです。まず白いあごひげを生やして、笑ってるんだか笑ってないんだかわからないような顔をして、目玉の大きい呑気そうな女を連れた半恍惚の文士というのが武田さん自身によって対象化された劇画的な自画像です。確かに晩年はあごひげを延ばしておられました。それから笑ってるんだか笑ってないかわからないような顔というのは、わざとやっているんじゃなくて、脳血栓の後遺症の結果、そういう顔になってしまったということです。だから、じっとしているだけで笑ってるんだか笑ってないかわからないので、なるほど言われてみると、最後の方はそんなふうな顔だったかもしれません。それから目玉の大きな呑気そうな女というのは、奥さんのことです。それから半恍惚だ。完全な恍惚にはまだ行ってないけれども、自分で原稿も書かないで口述するということで、これも脳血栓の後遺症であるけれども、半恍惚の文士というふうに自分を対象化している。つまり、さっきの梅崎さんとの比較でいうと、「第四人称」の目によって、作者自身を描写し、写生しているわけです。

そして、それこそ目玉の大きな奥さんと車を入れに行くと、守衛が何かおかしなのがまた来たなと見ている。結局自分たちが通行人に全部見られているという形になっているわけです。明治神宮というところは、僕も何回かしか行ってませんが、あそこはありとあらゆる人が集まってくるところというふうに書いてあって、これは武田さんの楕円世界の基本構造ですけれども、彼は必ず他者の中に自分を置くことからはじめる。その場所として公園なんかは一番いいわけで、それこそ外国人も来ている、男も来ている、女も来ている、子供も来ている、お年寄りも来ている。リハビリをやっている人もいるし、スポーツの練習をやっている人もいるし、音楽の練習をやっている人もいる。要するにポリフォニックな空間なんです。いろんな他者が集まって来ている。そこにいきなり自分をポーンと置く。そこで自分はどういうふうに彼ら他者の目に映っているだろうかということをどんどんどんどん書いていくわけです。

外国人に出会って振り返られたりすると、俺をスパイと思っているんじゃないかなとか、ひげを生やしているけれども、あれは変装している人間と思われているんじゃないかとか、明治神宮に何回も何回も行くから、もしかしたら明治天皇を尊敬しているんじゃないかとか、あるいはひげの生え方が乃木大将に似ているので、もしかしたら乃木大将の末裔じゃないかなとか、いろんな他者の目によって自分を意識の中でつくり変えていくわけです。結局他者の目によって自分自身を戯画化していく。他者の視線によって自分のパロディーをつくっていくという形をとっていると思うんです。意識の中で、他者の視線と対話する構造になっており、それが梅崎さんの場合と正反対の方法になっている。つまり、梅崎春生はモノローグ、武田泰淳はダイアローグと言えるわけです。

もう一つ、物語性ということで言うと、これこそ全く反物語です。物語が何もないんです。ただ明治神宮へ行ってぐるぐる歩いている。いろんな人と出会ってじろじろ見られた。何々を食って帰ってきた。これまた面白いです。食べるのは大体食堂です。明治神宮の食堂は僕は入ったことはないんですが、おでんとかラーメンとか稲荷寿司とか、そういうものがあるらしいです。またそれを克明に書いてあるんです。きょうはソフトクリームを食ったとか、ほとんどつまらんものを食っています、みそラーメンとか。そういうものしか売っていないんでしょうけれども、天ぷらそばを食ったとか、それをただ食ったというふうに書いてあるわけです。この次は何を食おうとか、といった具合いであって、要するにストーリーというものを全く無視してしまっているわけです。

ただし、グルグル回っているうちに、明治神宮のいろんな場所があるわけです。その場所に、とつぜん、過去が出てくる場合もあるんです。その過去というものは、時間軸がばらばらになっていまして、『目まいのする散歩』の中の時間はタテに流れてゆく時計時間、現実の時間とは全く無関係です。ずっと回想されていくような一本化された時間ではなくて、過去が出てくるとしても、いつ、どこで何が出てくるかわからない。

例えば、武田さんは召集されて近衛第二師団に入った。そして二等兵で中国大陸に行って戦争に参加するんですけれども、散歩の途中、近衛歩兵第二師団の近くに来ると「近歩二」の話がすっと出てくるんです。それは、自分がこうこう、こうこうで「近歩二」へ入った。そしたらこういう新聞記者の変なのがいて、脱走しようなんて考えているやつがいた。だけど自分は脱走なんか全然考えなかった。そういう過去がポツーンと出てくるんですけれども、また何の脈絡もなく散歩に戻ってしまう。

また散歩していると、今度は靖国神社にも行くんですけれども、例えば靖国神社からおりてこようとすると、九段下のところに三島由紀夫のポスターが張ってある。「憂国忌」というんですか、今もやっているようですけれども、切腹記念日を「憂国忌」ということでやっている。ポスターを僕も見たことがありますが、そのポスターが何枚か張ってあって、一枚が半分ひっぱがれている。面白いのは、「近歩二」が出てきたかと思うと、今度は三島由紀夫のポスターになるわけです。このポスターに触れて三島さんのことがちょこちょこと出てくるんです。武田さんは三島さんとは割合付き合いもあったんじゃないかと思うんですけれども、三島になったかと思うと、今度は川端康成がガス自殺したということになりまして、かと思うと、また三島に戻って、三島のポスターにじろっと見られたと書いている。ポスターにまで見られてしまうというか、ポスターを見ている私と、ポスターに見られる私に相対化されるわけです。

視線そのものが相対化されて、そういう形で時間とか過去とかがポツンポツンと出てくるんですけれども、それは時間軸がばらばらな時間で、どれがいつどこへ出てくるか全くわからない。それが明治神宮とか靖国神社とか、あるいは代々木公園とか千鳥ヶ淵公園とか、あと幾つかありましたけれども、そういう公園の中で散歩しているときに、ばらばらの時間がポツーンと出てきてはまたなくなるという形で、ばらばらな時間が散歩するてはまたなくなる。ポツーンと出てきてはまたなくなるという形で、ばらばらな時間が散歩する公園の中に空間化されてしまっているということです。

ですから、梅崎さんの場合はいろんな場所をたどって、ある地点に向かって行くんだけれども、その場所、つまり空間が全部時間化されてしまっている。反対に武田さんの場合は、ばらばらな時間がポツンポツンと出てくるんだけれども、それらはすべて散歩している公園の中で空間化されるという書き方をしている。それから物語性という点では、ストーリーを全く寸断してしまって、断片化してしまっている。過去も現在も断片化し、時間を空間化することによって、小説全体を反物語にしてしまっていると言えるんじゃないかと思います。

それで、靖国神社なんかが出てくるのが、実にあっけらかんといいますか、例えば明治神宮でも、自動車を入れるときに参拝者に限ると車庫に書かれている。自分は散歩もするんだけれども参拝もするんだというので、お賽銭をあげるんです。これが十五円とか、奥さんが勝手にあげているらしいんです。たまに百円出しているらしいけれども、よく見ないけど、何となく十五円から百円ぐらいの間じゃないか。これは二人分としてあげていて、十五円の場合、どっちが十円でどっちが五円なのかわからないとか、大体そんなふうに書いています。

それから靖国神社でも、普通知識人といいますと、何となく神経質になって、靖国神社参拝がどうなんだとか、批判的な意見なんかも出てこなければいけないんじゃないかと思うんだけれども、そういうことには一切お構いなく、靖国神社へしょっちゅう行く。桜のときが一番いいんだといって、靖国神社というと何かちょっとひっかかるものを感じるかもしれないけれども、何回か行っているうちにはただの遊び場だと書いてあるんです。靖国神社はただの遊び場だという表現は、なかなか簡単にできるものではありません。これは大変なことだと思います。

また、そこで戦友会なんてよくやっているらしいです。その戦友会に来た人が知り合いに出会って、「いや、実はきょうは戦友会に来まして、そこでどんちゃん騒ぎするんです」みたいなことを言っている話とか、それから突然ポルノ映画が出てくるんです。ポルノ映画と靖国神社を結び付けた人は余りいないんじゃないか。それはどういうことかというと、戦友会で靖国神社に来た元兵隊が宿屋に泊まっていて、その宿屋でポルノ映画を見るんだったか、靖国神社に来た男がポルノ映画の主人公になっているんだか、そのへんはっきりしませんけれども、要するに靖国神社もただの遊び場だということで、相対化されてしまい、そこにはいろんな人が来る。戦友会も来ているし、自分たちみたいなのもいるというポリフォニックな場になるわけです。

それから面白いのは、そこにマッサージが出てくる。実に面白いのは、『幻化』でもマッサージの場面だけは面白いと言いましたけれども、武田さんの場合もマッサージがいろいろ出てきまして、靖国神社の近くにマッサージのうまい名人と言われる人がいるらしいんです。脳血栓の後遺症のためにやってもらった方がいいというので、誰かに紹介されてそこに行く話が出てきまして、たまたま両方の作品にマッサージが出て来たわけですが、問題はその書き方です。マッサージの書き方を読み比べてみると非常に面白いと思います。

武田さんについては、僕は割合に因縁が深いので、いろいろエッセーにも書いています。そもそも小説を読み始めたのは梅崎さんの方が先だったと思いますが、『司馬遷』を読んでからは、どうしても武田さんの方に入り込んでしまいまして、『司馬遷』の楕円理論と歴史空間論は、私自身の文学の基本原理になっています。『目まいのする散歩』は、世界は楕円であるという楕円形理論を絵にかいたようなところがありまして、まず二人で散歩している。相手は奥さんなんだけれども同時に「他者」である。同行二人と言っているんですが、散歩を二人でしている。これは事実そうだったのかもしれませんが、まさに武田文学の楕円理論そのものと言えるんじゃないか。『目まいのする散歩』は最晩年のものですが、武田さんの『司馬遷』から始まった世界楕円論、歴史空間論は延々ここまでつながっていると思いました。

戦後五十年ということは、確かに一つの区切りです。日本敗戦後の五十年間に、どんな作家がどんな作品を書いたか。それらをいま、どう読み直すかという場合に、いろいろな読み直しが出来ると思います。

　私は最初に、復員者の文学と、非復員者の文学ということを話しました。戦後の文学はまず復員者の文学からはじまりました。私たち非復員者の世代は、まずそれらの復員者の文学を読む〈読者〉でした。〈読者〉として読みながら、やがて書きはじめたわけですが、そうゆう意味で、非復員者の世代にとって復員者の文学は、ある特殊な文学だったといえます。特殊であり、かつ、複雑なものだったわけです。

　それがどのように特殊であるか。どのように複雑であるか。それを話しはじめると、また別のテーマになります。つまり、小説家としての私自身の問題になります。復員者の世代は復員後、ただちに戦争体験を、敗戦体験を、戦後体験を書くことが出来た。しかし、非復員者の世代は、それらの体験をただちに書くことが出来なかった。書くことの出来ない中学一年のガキだったわけです。私は最初に「内向の世代」のことも、ちょっと話しました。これは、誰かがつけた呼び名です。自分から私は「内向の世代です」と名乗ったわけではない。誰かが分類し、命名したものです。ただ、この「内向」という言葉を、私自身に当てはめてみると、「非復員者」としての体験の「内向」ということになるかと思います。私は、旧制中学一年で敗戦を体験しました。そして、小説を書きはじめたのは、それから約二十年後です。『関係』という小説を発表したのが、昭和三十七年でした。いわゆる小説家として、続けて小説を発表するようになったのは、さらに五、六年あとです。

この二十数年間の「非復員者」としての体験が、私の場合の「内向」だったといえるかも知れません。ただし、先にも申し上げた通り、この話をはじめると私自身のテーマになり、この講演は終わらなくなってしまいます。それでこのあたりで要約すると、私たちの世代、すなわち非復員者の世代にとって戦後の文学は、戦争体験、敗戦体験、戦後体験と切り離して考えられない部分がありました。つまり、復員者の文学を、そうした体験から切り離した〈テキスト〉として読むことが出来なかった。少なくとも〈読者〉であった時代は、そうであったわけです。〈読者〉から〈作家〉になってからも、まだそうであった部分もあります。

いわゆる戦争を知らない世代にとっては、戦後の文学は、最初から〈テキスト〉そのものだったと思います。〈テキスト〉以外の何ものでもなかったわけです。しかし私にとってはそうではなかった。したがって私が戦後の文学を読み直す、ということは、それらを〈テキスト〉として読み直すということになります。戦後の文学、復員者の文学が私にとって特殊なものであり、複雑なものであるというのは、そういう意味であります。そういった複雑さの上に立っての、〈テキスト〉としての読み直しということです。

戦後五十年というのは、そういう時間でもあります。と同時に、武田泰淳の『目まいのする散歩』や、梅崎春生の『幻化』という〈テキスト〉を、二葉亭四迷の言文一致小説『浮雲』からはじまった、日本近代文学の流れの中で読み直す機会でもあると思います。読み直すということは、〈過去〉として振り返るということではありません。その反対です。『浮雲』そのものが、いま、現在の問題です。その『浮雲』からはじまった日本近代文学全体が、いま、現在の問題です。その日本近代文学全体の中で、戦後五十年の文学を、いま、現在の問題として読み直すということです。また、いろいろと問題が出かかったところで、時間になりました。では今日はこのへんで失礼します。

講義録より――二葉亭四迷『浮雲』

二葉亭四迷の『浮雲』について考える場合、どうしても押さえておかなければならないポイントの一つに語りと文体の問題があります。これまでの講義でも話して来たように、第一篇から第三篇に進むにつれて、語り手のあり方が変化している。語り手が変化してゆくということが『浮雲』の文体に大きな変化を与えているということです。

第一篇から第三篇のあいだに、語り手の位置やその語り方が少しずつ変化していることは前回の講義までに話して来たとおりです。第一篇から第二篇にかけて、語り手は戯作調で文三やお勢や本田のことを語っている。このときの語り手は作中人物を批評したり、物語を進める役目を負わされているけれども、総じて文三やお勢たちからは独立して存在しているといっていい。そのことは『浮雲』の冒頭で語り手が神田見附からぞろぞろと出て来た官吏たちの様子を髭尽くしの方法で描写しているところからもうかがえるし、文三が自分の下宿に入ってゆく場面からもうかがえます。

顔の微笑が一かはゝ消え往くにつれ、足取も次第ゝに緩かになつて、終には虫の這ふ様になり、悄然《しよんぼり》と頭をうな垂れて二三町程も参ッた頃、不図立止りて四辺《あたり》を回顧《みまは》し、駭然《がいぜん》として二足三足立戻ッて、トある横町へ曲り込んで、角から三軒目の格子戸作りの二階家へ這入《はい》る。一所《いつしよ》に這入ッて見よう。

「一所に這入ッて見よう」という部分などはあたかも語り手が文三の後を尾行しているような感じを受けるけれども、このことは語り手が文三やお勢といった作中人物のエピソードや人間関係を彼らの外側から語っていることを示している。この場合の語り手は近代以前のテキストからも見られるもので、旧式の語り手といってもいい。

ところが、第三篇になると、語り手は明らかにそれまでのような形では存在していないんですね。実際にテキストを読んでみればはっきりするけれども、語り手は文三の内面＝内部に入り込んでしまっている。文三の内面を代弁するような形で語っている。もちろん、それまで外側に存在していた語り手が完全に消滅したわけではないけれども、話が進むにつれて、最初、物語の外部にいた語り手のある部分が文三の内面に入り込んだ形になっている。そのことによって、小説の文体そのものにも明らかに変化が見られるわけです。『予が半生の懺悔』を読むと、二葉亭は「上巻の方は、三馬、風来、全交、饗庭さんなぞがごちや混ぜになつてる。中巻は最早日本人を離れて、西洋文を取つて来た。つまり西洋文を輸入しようといふ考へからで、先ずドストエフスキー、ガンチヤロフ等を学び、主にドストエフスキーの書方に傾いた。それから下巻になると、矢張多少はそれ等の人々の影響もあるが、一番多く真似たのはガンチヤロフの文章であつた」と述べている。誰のどういう文体から学んだのかということの違いが『浮雲』の第一篇、第二篇、第三篇、それぞれの語り手の位置や語り方の違いとなって表れているんじゃないかな。

語り手の問題については『予が半生の懺悔』のほかにも『作家苦心談』を読んでみる必要がある。『作家苦心談』のなかで、二葉亭はこんなことをいっている。

釈迦が世の中の人々は色や酒に狂ツてゐる真中に、獨り超然として此の世の様を見渡し、浮世は実に無常である、と悟ツて雪山に退隠《ひっこ》んで色々に修業をした、あゝ実にえらいものだ、と感じて釈迦を描くと、此のえらい者だなぞ云ふ考などは起こさないですね、直ちに自分が釈迦に同化してしまツて、ア、実に浮世夢の如しだと観じて釈迦を描くか、両様のかき方があるやうです。即ち言葉を換へれば、此の世の中を見るに二つの見方があると思ふ、作家で云ツて見ればドストエフスキーとツルゲーネフとは、此の二様の観世法を代表してゐる気味があります。

つまり、前者＝ドストエフスキーの書き方は「作者と作中の主なる人物とは殆ど同化してしまツて、人物《キャラクター》以外に作者は出てゐない趣がある」けれども、後者＝ツルゲーネフの場合は「作中の人物《キャラクター》以外に作者が確に出てゐる趣が見える。幾分か篇中の人物を批評してゐる気味が見える」

「何となく離れて傍観してゐる様子があります」と。そして、自分自身は「今のところでは直ちに作中の人物と同化して仕舞ふ方が面白いと思ツて居ます」と述べている。二葉亭のこの発言は、最初、文三やお勢たちを外側から語っていた語り手が次第に文三の内面に吸収されてゆくというあたりのことを念頭に置いて語られたものなんじゃないかと思うんですよ。

ただね、二葉亭の発言でおもしろいのは、そのすぐ後で「が是れには動もすれば抒情的《リリカル》に傾く弊がありまして、種々なる人物を活現する妨げをなす虞はあるのです」といっていることなんだね。本当は作中人物に同化する書き方がおもしろいと思っているけれど、完全に同化してしまったら「抒情的に傾」いてしまう。完全に同一化してしまってもダメだと考えている。実際、作中人物を外部から眺める視点をなくしてしまったら、作中人物を茶化したり、滑稽化したり、批判したりすることは出来ないからね。それでは文体がモノローグになってしまう。この場合の「抒情的」という言葉は「自己完結的」という言葉に置き換えてもいいと思うけれども、もちろん、そういう方法もあり得る。しかし、二葉亭自身は自分が考えていることを表現するにはモノローグでは限界があると思っているわけでしょう。自分は作中人物に同化する書き方でやってみたいと思っている。しかし、完全に同化してしまうことにも反対だと。そのあたりの苦心惨憺たる過程が『浮雲』における語り方の変化、不安定な語り手の位置という問題とつながっているはずです。

では、二葉亭はどうしてそのように考えたのだろうか。そういう疑問が起こって来ると思うけれども、その理由は簡単です。二葉亭が『浮雲』のなかで描こうとしたものが、近代の分裂性と混血性、その喜劇性だったからです。近代を分裂性と混血性によってとらえるということは、近代を二つの中心を持つ楕円としてとらえるということを意味する。その場合、文三を近代的知識人のメタファーとして描くとしたら、単純に文三を外側から滑稽化して描くだけでは不充分である。しかし、文三の内面だけを描いたとしても、やはり近代というものを表現するには不充分。文三という近代的知識人の末路を文三の内側＝内面からと同時に外側からも描かなければ、本当の意味で近代の分裂と混血を描いたことにはならない。近代というものを楕円として描くことは出来ない。そのように考えたことの表れでもあると思うんですね。語り手が作中人物を外側から語るのもモノローグならば、文三の内面を代弁するような形で語るのもモノローグ。しかし、近代を描くにはダイアローグの形でなければならないと。しかも、その場合のダイアローグは喜劇的なものでなければいけない。「抒情的に傾」くことに対してあれこれいっていることは、自分の表そうと思っている事柄を喜劇として描きたいということの表れでしょう。すなわち、近代＝楕円＝ダイアローグ＝喜劇という図式です。実際、文三の身のまわりで起こった事件は実に悲惨な話だね。文三の立場からすれば、これくらい悲惨な話はありませんよ。しかし、文三を外側から眺めた場合、やはり非常に滑稽に描かれている。この分裂はまさしく語り手自身の分裂とつながっていると思うんだね。内部と同時に外部から作中人物を対象化してゆくという方法と文体をきちんと持っているから、二葉亭は文三の悲惨な物語を実際には喜劇として異化することが出来たわけだ。語り手の分裂という問題は二葉亭が考える近代というもののあり方とそのまま結びついているといっていいでしょう。

文三を内側からと同時に外側からも描いてゆくという語り方は、いまもいったように語り手が分裂しているということを表している。しかし、なぜ文三だけではなく、語り手自身も分裂しなければならないのか。そのあたりの問題は文学上の問題というよりも歴史的な問題から説明した方がわかりやすいと思うけれども、もっとも大きな要因は近代人というものが自分の故郷から都市に出てゆかざるを得なかったということでしょうね。近代以前は自分の故郷から出ることはそのまま破滅を意味していたわけですよ。上田秋成の『雨月物語』を読んでみたらよくわかるけれども、田舎の裕福な家の次男坊とか三男坊が何かのはずみでふっと家を出てしまう。「蛇性の婬」では三輪が崎という紀州の漁村に住んでいた豊雄という次男坊が自分の村に安住することが出来なくて、新宮へ出てゆく。豊雄は新宮へ勉強をしに行っているんだけれども、そこで蛇の化身に出遇ってしまう。「浅茅が宿」でも別に暮らしに困っているわけではないけれども、旦那の方が村を出て、京都に行ってみたりする。そうすると、やはりいろんな出来事に遭遇するという話になっている。村を出ることで自分の運命が変わってしまう。共同体を出るということはそういうことだったと思うんですね。ところが、近代になるとそこが逆転してしまう。村に残っていると今度は食えなくなってしまうわけだから、共同体から都市へ出てゆかなければ生きていけない。

学部生のときにベンヤミンのボードレール論を紹介したことがあったね。ベンヤミンも書いているように、都市というものはどこからか集まって来た他者同士によって形成されているところです。僕自身は「偶然の隣人」とか「根無し草」という言葉で説明するけれども、都市とはそういう「偶然の隣人」や「根無し草」がたくさん集まっている場所です。実際、文三自身が田舎から出て来た「根無し草」であるけれども、都市における人間関係はそれまでの共同体の内部の人間関係とはまったく変わってしまっているわけですね。そのことは彼ら自身の意識にも変化を与えずにはおかない。共同体のなかに安住していたときは自分とは何だろう、「私」とは何だろうというようなことは考えなくてもよかった。自分とは何者だろうかと考えたって、自分のことは共同体のみんなが知っているわけですから。自分の家族や友人や村の人たちが自分のことをよく知っている。共同体そのものが自分というもののあり方を決めてくれているわけです。ところが、都市では「私」とは何かということを常に問いかけていないといけない。自分のまわりはすべて見知らぬ「偶然の隣人」なのだから、「私」とは何かということをたえず自分自身に問いかけていないと自分がいったい何者であるのかということがわからなくなる。つまり、近代になると、自分とは何か、「私」とは何ぞやという問いかけそのものが大きなテーマになって来るんですね。そのことを文学上の問題に置き換えた場合、やはり「私」の分裂ということが問題として現れて来る。「私」とは何ぞやということを「私」自身が問うているという問題であり、その形式です。近代小説における方法と形式は、当然、その問題を反映するものでなければならない。したがって、「私」の分裂は作中人物にだけ当てはまるような小手先のものでは済まされない。語りという形式、物語という構造そのものも分裂的に表わされていなければならない。近代小説というジャンルはその分裂のなかから誕生して来るけれども、そのためには作中人物だけではなくて語り手自身も分裂した状態になっていなければならないというわけです。だから、先ほどもいったように、二葉亭が近代の分裂性と混血性を表すために語り手を分裂的に描かなければならなかったことを単純に技法上の問題として考えてはいけない。語り手の分裂はまさしく近代そのものが必要としている文学の表現、自己表現のあり方でもあったと考えておかなければいけません。

ここで、もう一度、近代というものを文三の側から見てみれば、文三は田舎から出て来た人ですね。つまり、立身出世を目指して、共同体から出て来た人です。立身出世といっても、別に総理大臣を目指すというようなことを意味しているわけではない。この時代は官吏になるということが立身出世の典型だったわけです。ところが、ご存じのように、ある日、文三はとつぜん免職になる。このエピソードのなかからも、僕は近代というもののあり方が考えられるんじゃないかなと思う。『浮雲』の書かれた明治二〇年といえば、国会が開設される直前の時期でしょう。当時の官僚機構についてはよくわからないけれども、たぶんお役所の仕組みが再編成される時期だったんじゃないかな。そのちょっとした何かのせいで、ある日、文三は免職になってしまった。文三は免職になり、一方の本田は官吏のまま残ってしまった。確かに本田の方が人付き合いもよく、上司にうまく取り入ったから官吏として残ったんじゃないかと考えられているけれども、本当のところはよくわからない。真相はわからないけれども、僕には、ある日、とつぜん、文三が免職になってしまったというところがおもしろいと思う。

「とつぜん」ということは、その原因がわからないということを意味している。いいかえれば、原因がはっきりしないというような状況から出発せざるを得なかったところに近代小説としての『浮雲』の特徴があったのではないか。もしも免職の原因がはっきりしているのならば、これは簡単ですよ。何者かの働きかけや具体的な原因によって、ある日、文三が免職に追い込まれる。文三が被害者になってしまう。そのことがはっきりしているのであれば、文三を免職に追い込んだ何者かを悪玉、免職に追い込まれた文三を善玉に仕立て上げることが出来る。つまり、物語が勧善懲悪もののストーリーになっていると説明することが出来る。勧善懲悪という図式は近代以前の物語の大きな要素の一つとしてあるけれども、いまも説明したように実際にはそういう原因ははっきりとは描かれていない。免職の原因がはっきりしないから、誰を責めることも出来ない。文三は原因のはっきりした被害者ではない。被害者ではないけれども、結果的に挫折しているということになっている。そのことは近代という時代、「偶然の隣人」によって形成された近代社会＝都市生活の仕組みがもはや勧善懲悪の論理では説明することの出来ない状態になってしまっているということを表しているんじゃないか。勧善懲悪の論理ではもうやっていけないという意識が二葉亭のなかにあったのではないか。そのことが文三の免職を原因不明のものにしていると思うし、その一点からも『浮雲』が近代小説としての特徴をそなえているということがいえるんじゃないかと思います。

文三の免職というエピソードは近代社会の断層の一面を表している。その意味で文三は近代人の宿命のようなものを幾つも背負わされているということがいえると思う。そして、それは二葉亭自身が背負い込んだ宿命でもあったわけだね。その場合、いま説明したこととは別にもう一つの宿命があるとすれば、二葉亭の場合、自己の分裂や因果関係を超えた社会のあり方といった近代の条件を悲劇としてではなく、喜劇の側から背負わされているということだと思うんですよ。自己の意識が分裂したり、近代社会のなかで挫折してゆくということを描く場合、たいていは近代の悲劇、近代人の悲劇としてとらえられる。喜劇よりも悲劇としてとらえた方がいままではわかりやすかったというか、そのようにとらえることが当然だというように考えられている。ところが、二葉亭の場合は「私」というものが分裂していること、社会に挫折してゆくということを悲劇として考えてはいけないんだと思っているところがあったと思う。近代とは悲劇的なものというよりもむしろ喜劇的なものなのではないかという意識があって、それが二葉亭自身の背負い込んだもう一つの近代の宿命のようなものだったんじゃないか。『浮雲』の場合、具体的にいえば、それは災いなるかなドストエフスキーとゴーゴリにもとづいて書かれているという点にあるわけです。ドストエフスキーやゴーゴリから学んだ「根無し草」としての近代的知識人の分裂と挫折は『浮雲』のあちらこちらに描かれているけれども、その分裂や挫折が喜劇的なものとしてとらえられているということ。そのことが同時に『浮雲』という作品をわかりにくくさせている原因でもあるんじゃないでしょうかね。

『浮雲』の名前くらいは、中学生でも知っているよね。しかし、日本近代文学史のなかではどこか異質の作品、特異な作品として見られているところがある。いままでの『浮雲』解釈がどうももう一つしっくり来なかったのは、近代というものを滑稽なもの、喜劇的なものとしてとらえる二葉亭の認識が誤解されて受け取られて来たという点に大きな原因があったと僕は思っています。そのことは同時代の作家や批評家の発言を見たらはっきりしますよ。彼らの評価は二葉亭自身が考えていたこととあまりにもズレていた。彼らからすれば、本当は『浮雲』なんてチンプンカンプンだった。もちろん、当時から評価は高かった。しかし、その評価のポイントは決定的にズレていた。たとえば、二葉亭の追悼文集に寄せられた島村抱月の「二葉亭二則」なんてこんなふうに書かれている。

読後の印象として、今も尚明白に覚えてゐるのは、何だか是れまでに無い、自分等みづからの心中の秘密を穿つた小説だといふ感じであつた。紅葉の『色懺悔』を読んでも、美妙斎の『胡蝶』を読んでも、当時の若い血に酔はされるのは同じであつたが、是等は寧ろ向ふに在る他處事《よそごと》として面白かつたのである。それが『浮雲』になると他處事でなくなる。此の作者の前に出ると、自分等の現在の心事まで見透かされるのでは無いかと思つたり、作者が自分等と全く同じ心を持つてゐるのだらうとも考へたりして、兎に角他とは截然類の違つたものを読まされたといふ気持が切に身に迫つた。是れを今日から解釈して見ると、つまり当時現在の我等が活きた血と肉とに触れたのである。

別の誰かの文章では、当時の若者を活写しているという評価もあったね。まあ、確かにそれは間違いではないし、必ずしも抱月の評価がトンチンカンだというわけでもないけれども、やはりこの程度なんですよ。ひょっとしたら、これでもまだマシなくらいかも知れないけれども「自分等の現在の心事まで見透かされる」とか「他とは截然類の違つたものを読まされたといふ気持が切に身に迫つた」といった評価では、悪いけれどいまの中学・高校の読書感想文程度のものにしか過ぎないでしょう。これでは二葉亭が考えていたことが理解されなかったのも無理はない。近代というものをとらえる二葉亭の認識はあまりにもまっとうで且つ過激なものだった。彼らは二葉亭の過激さをとらえることが出来ずにトンチンカンな評価を与えているわけです。

実際、二葉亭という人はかなり過激な人だったみたいだね。血の気が多いというかね。明治四一年(一九〇八)、二葉亭が朝日新聞特派員としてロシアに出掛ける直前、上野の精養軒で坪内逍遙や内田魯庵たちが主催する送別会が開かれるんだけれども、その席には自然主義系の文学者がほとんどやって来ている。田山花袋、正宗白鳥、徳田秋聲、島村抱月も来ています。その席上、内田魯庵がスピーチをやっている。魯庵は「長谷川君は、困つた事に文学が大のお嫌ひださうで、小説を書くは腹を切るより辛いといふこと」だけれども「仮令文学がお嫌ひにしても」「何卒敢て日本の文壇を代表して、ナニ日本にもアンドレーフやゴルキー位、否、それ以上の人間があるぞといふ事を示して戴きたい」としゃべっている。すると、二葉亭の方はムッとしたみたいでこういい返しているんだよ。

どうも私は文学では――と言つても文学といふ事が私の解釈は少し違ふので、どうも元来文学といふものがよく分らない。で、自分一個の考へで文学を定めて見る。それは皆様の文学の意味とは必ず違ひませう。で、全く私一個の解釈してゐる文学について言ふのですが、その文学は私には何うも詰らない、価値が乏しい。で、筆を採つて紙に臨んでゐる時には、何だか身体に隙があつて不可。遊びがあつて不可。どうも恁う決闘眼になつて、死身になつて、一生懸命に夢中になる事が出来ない。（略）で、国際問題――と言つても是れが又所謂外交や国際問題とは違つて、是亦私一個の解釈による国際問題ですが、これならば私も決闘眼になつて、死身になつて、一生懸命に没頭して了へさうである。其処ならば何うも満足して死なれさうである。然るに文学では何うしても然ういふ気になれない。

続いて「自分のミッションが其処に無いと信ずるのだから、何うしてもあれは当らない。平にお断りするより外はない」と述べている。あなたたちが文学者なら、自分は文学者ではない。あなたたちが文学者だというのなら、私はもう文学者をやめます。二葉亭の言葉はそういう気持ちの表れだよね。せっかく送別会を開いてもらっているのだから、僕などはそこまでいわなくてもいいのにと思うけれど、二葉亭という人はすぐにカーッとなるんだね。変なことをいわれると、すぐに本音を語ってしまう。本質的に過激な人ですよ。

もちろん、二葉亭は日本の文学をまったく紹介するつもりはないとはいっていない。きちんと読めば、自分はその任にはないといいながらも、そのすぐ後で「日本文芸の飜訳紹介を力めたい」とはいっている。しかし、その理由は別に文学的な動機からではない。日露戦争が終わってから数年が経つけれども、自分の見るところでは、もう一度、日本とロシアは戦争することになるだろう。だから、戦争を繰り返さないためにも、どうしてもお互いのあいだに意志疎通をはかる必要がある。そのためのパンフレットというか、日本側の文化的な資料として日本文学の紹介につとめたいといっているんですね。いいかえれば、二葉亭の発言はあなたたちのいう「文学」とはせいぜいその程度の代物なんですよという意思表示だね。裏を返せば、この発言は明らかに日本文学に対する絶望の表れだと思う。実際、ロシアに渡った翌年、二葉亭は死んでしまっているから、これはほとんど日本の文学者、日本文学に対する二葉亭の遺言のようなものだといってよい。日本よ、さらば。さらば、日本文学ということでしょうな。

次回から漱石の『写生文』を読んでみようと思っているけれども、僕は漱石という人も過激な人だったと思う。漱石の過激性は『写生文』などによく表れているね。『田山花袋君に答ふ』という文章を読んでも、やはり過激でしょう。花袋の批判に対して、遠慮しているようでいて相当過激な反論をおこなっている。過剰防衛気味だよね。明治のあの短い時代にギリギリまで西洋文学を取り込んで日本文学に西洋文学の要素を持ち込んだということ自体、相当過激なことだったたんじゃないかと思いますね。あの過激性が漱石の文学を支えている。二葉亭は漱石が入社するよりも少し早く朝日新聞社に入っている。二葉亭と漱石は何度か一緒にメシを食ったらしいけれども、別に自発的に会ったわけではない。ほとんど交流らしい交流もなかったようです。ましてや文学談義なんてものはしていない。しかし、二人が意気投合していたらどうなったか。ひょっとしたら日本近代文学の何かが変わったかも知れない。そのあたりのことを想像してみたらおもしろいと思うけれども、二人とも非常に過激でしょう。しばらく文学談義などをしていたら、僕はあっさり喧嘩になっていたような気がしてならない。案外、一緒にメシを食った程度でよかったかも知れないね。しかし、そのおかげで『浮雲』と『写生文』の問題が百年後のわれわれの時代にまで持ち越されてしまったということになっているけれども、それはそれで彼らの置き土産みたいなものとして考えておけばいいんじゃないかな。『浮雲』と『写生文』――それぞれの共通性と差異を比較してゆけば、いままでとはまったく違う日本近代文学を構想することが出来るんじゃないかと僕はひそかに期待しています。

（一九九四年一〇月二二日）

講義録より——夏目漱石『写生文』

今回から漱石の『写生文』を読んでいこうと思っています。今日は幾つかのポイントを話しておきたいと思っているけれども、そのまえにまず指摘しておきたいことがある。それは漱石という人が非常に過激だったということです。前回、二葉亭四迷のことを過激な人だといったけれども、漱石もずいぶん過激なことを書いている。『写生文』のことを話すポイントの一つに「そんな不人情な立場に立つて人を動かす事が出来るかと聞くものがある。動かさんでもいゝのである」という箇所がある。この箇所を一つ取っても、書き方がきわめて断定的です。大胆且つ過激です。比喩の使い方も極端で且つ単純明快。非常に挑戦的な言葉遣いで書かれています。

『写生文』を考える場合、幾つかのポイントがあります。その一つとしてあげられるのが「写生文家の人事に対する態度」ですね。漱石の使う比喩でいえば、子供はよく泣くけれども、それに対して親がどのように振舞うのかということ。漱石がいうところの「普通の小説」では「同じ平面に立つて、同じ程度の感情に支配される以上は小供が泣く度に親も泣かねばならぬ」と考える。「隣りの御嬢さんが泣く事をかく時は、当人自身も泣いて居る」なんていう変な比喩も使われているけれども、要するに「隣りの御嬢さんも泣き、写す文章家も泣くから、読者は泣かねばならん仕儀となる。泣かなければ失敗の作となる」。それに対して、写生文では子供が泣いているからといって親まで一緒になって泣く必要はないと考えるわけですね。「親は小児に対して無慈悲ではない、冷刻でもない。無論同情がある。同情はあるけれども駄菓子を落した小供と共に大声を揚げて泣く様な同情は持たぬのである。写生文家の人間に対する同情は叙述されたる人間と共に頑是なく煩悶し、無体に号泣し、直角に跳躍し、一散に狂奔する底の同情ではない。傍から見て気の毒の念に堪えぬ裏に微笑を包む同情である」と。漱石は「普通の小説」と写生文を正反対のものとしてとらえているけれども、写生文の特徴は次の一節によって決定的なものになっている。「そんな不人情な立場に立つて人を動かす事が出来るかと聞くものがある。動かさんでもいゝのである」「ある男が泣く様を文章にかいた時にたとひ読者が泣いてくれんでも失敗したとは思はない。無暗に泣かせる抔は幼稚だと思ふ」。「動かさんでもいゝのである」という部分は写生文を考える際の一大ポイントであるといっていいでしょう。

『写生文』は明治四〇年（一九〇七）一月二〇日付の「読売新聞」に発表されています。当時の文学状況からいえば、漱石が写生文と対比する形で出している「普通の小説」が自然主義文学に当たることは明らかでしょう。『写生文』は同時代の文学状況、文壇状況を睨みながら、それらを批判する形で書かれている。そのあたりのことをもう少し説明するために明治二〇年代から『写生文』の発表された明治四〇年までの文学史をごくごく簡単におさらいすれば、このようになります。

・二葉亭四迷『浮雲』（明治二〇年〜二二年）
・二葉亭四迷『あひゞき』『めぐりあひ』（明治二一年）
・森鷗外『舞姫』（明治二三年）
・樋口一葉『たけくらべ』『にごりえ』『十三夜』（明治二八年）
・尾崎紅葉『金色夜叉』（明治三〇年）
・国木田独歩『武蔵野』（明治三一年）
・夏目漱石『吾輩は猫である』（明治三八年）
・島崎藤村『破戒』（明治三九年）
・田山花袋『蒲団』（明治四〇年）

当時、発表された明治文学の代表作を発表年代順に列記してみました。もちろん、代表的な小説はこれら以外にもまだまだたくさん書かれているけれども、明治二十年に『浮雲』が発表された後は鷗外の『舞姫』や樋口一葉の作品が続く。これらは雅文体で書かれており、いわゆる言文一致体の小説ではありません。紅葉に代表される硯友社文学の場合は擬古的小説で、地の文が文語体で会話の部分は「ではないですかね」といった口語体の文章で書かれている。次の『武蔵野』は硯友社文学と平行する形で現れて来るわけです。

『武蔵野』という作品は随筆風といったらいいか、いわゆるスケッチ風の短い文章の集まりです。作品としても短いものなのであっという間に読めてしまうけれども、実は問題の多い作品です。このあたりから近代の散文というものがわりあいはっきりと現れて来る。しかし、問題は『武蔵野』という作品が二葉亭の訳した『あひゞき』や『めぐりあひ』のような文体をうまく取り入れながら書かれているということなんですね。『武蔵野』は『浮雲』ではなく、二葉亭の翻訳したツルゲーネフの小説に影響を受けている。その後に登場する自然主義文学も『武蔵野』と同じように『あひゞき』の方向に発展していったといっていい。田山花袋の『蒲団』は明治四〇年九月に発表されている。『写生文』よりも少し後に書かれているけれども、藤村の『破戒』はすでに発表されている。『武蔵野』にはじまる自然主義文学の代表作は『写生文』の発表された時期までにすでに書かれているんですね。自然主義文学が現れて来る段階ではまだ硯友社も存在しているけれども、明治三六年（一九〇三）、紅葉は『金色夜叉』を完成させるまえに死んでしまう。その後、紅葉たちが使った文体はほとんど絶えてゆく。そのような文学状況のなかで、近代日本の散文の文体の基本形が自然主義文学を中心にして出来上がってゆく。漱石のいう「普通の小説」とは自然主義文学のことを指しているけれども『写生文』はそのように自然主義文学が文壇の圧倒的な主流になっていた時代に書かれているわけです。

「普通の小説」＝自然主義文学に対して、漱石は写生文家のいう「同情」を「叙述されたる人間と共に頑是なく煩悶し、無体に号泣し、直角に跳躍し、一散に狂奔する底の同情」ではないと書いている。「従つて写生文家の描く所は多く深刻なものでない。否如何に深刻な事をかいても此態度で押して行くから、一寸見ると底迄行かぬ様な心持ちがするのである」と。いいかえれば、「普通の小説」はそれらとはまったく反対であるということなんですね。「底」というのは人生の深淵というような意味ですな。別に自然主義文学だけに限らないことだけれども、いわゆるリアリズム文学の場合、その価値観を表す言葉が幾つか存在している。それはたいてい「人生の深淵」とか「人生の真実」とか「人間存在の深淵」といったいい方で表される。「人生の深淵」とか「人生の真実」とか「人間存在の深淵」がうまく描かれているかどうかということが作品の良し悪しを分ける最大のポイントになっているわけです。その場合、対象物＝主人公と作者を同一レベルで結びつける傾向がある。両者がほとんど同じレベルに立っているということをずう一っと推し進めてゆくと私小説になる。私小説の場合は、同一レベルというよりも、作者と対象がほとんどイコールで結びついているわけです。したがって、作中人物が泣いているときは作者も泣いていなければならない。と同時に、泣いている作者が読者も泣かせなければいけないという図式になる。作中人物が泣く。作者も泣く。読者も泣く。この傾向は自然主義だけに限りません。ある意味では今日でも支配的な評価の傾向だけれども、それに対して、漱石は「動かさんでもいゝのである」と答えているんだね。「動かさんでもいゝ」といっているのだから、自然主義文学＝リアリズム文学＝人生論的文学がいっているような「人生の深淵」とか「人生の真実」とか「人間存在の深淵」といったものは文学の中心的なテーマではないといっているわけです。『写生文』について考える場合の第一のポイントはこの点にあります。

　第二のポイントは「吾が精神を篇中の人物に一図に打ち込んで、其人物になり済まして、恋を描き愛を描き、もしくは他の情緒を描くのは熱烈なものが出来るかも知れぬが、如何にも余裕がない作が現れるに相違ない。写生文家のかいたものには何となくゆとりがある。逼つて居らん。屈托気が少ない。従つて読んで暢び〳〵した気がする。全く写生文家の態度が人事を写し行く際に全精神を奪はれて仕舞はぬからである」という部分。漱石は一般的に余裕派とか高踏派といわれているけれども、要するに「低徊趣味」―まわり道をする―という態度でもって対象を描くということですね。描こうと思っている対象に対して何でもかんでもがむしゃらに「跳躍」したり「狂奔」したりしないで、常に余裕を持って対象物に接するということですな。高濱虚子の『鶏頭』に序文をつけた「『鶏頭』序」という文章のなかでは「余裕のある小説」といういい方で説明している。そのあたりのことが「動かさんでもいゝのである」とか「底迄行かぬ心持ちがする」という写生文の特徴につながっているといっていいでしょう。

　対象物に対して「ゆとり」や「余裕」を持つという態度は対象を多面的にとらえたり、多面的に描いたりすることと関わっている。たとえば、そのことは『写生文』の直前に書かれた『作物の批評』という一文からもうかがえる。『作物の批評』は明治四〇年一月一日付けの「読売新聞」に発表されている。『写生文』よりも二十日ほど早く発表されたものだけれども、ほとんど同時期に書かれたものであるといっていい。朝日新聞社に入る前の年（明治三九年）、漱石は読売新聞社からもお誘いを受けているんだね。結局、読売新聞社の方は断っているけれども、義理堅い人だから代わりに『作物の批評』と『写生文』を「読売新聞」に書いている。そして、そのなかで何が書かれているかというと、当時の文壇や批評家に対する批判がたくさん書かれているわけです。当時の作家と批評家の関係について、漱石は作家を生徒だとすれば、批評家は先生だといっている。作家＝生徒が小説を書くと批評家＝先生がこれは何点だ、ここはよくないとかいろいろ注文をつけるけれども、そんなことをしていいのかと批判しているんだね。

評家は中学の教師の如く部門をわけて採点するか又は一人で物理、数学、地理、歴史の智識を兼ねなければならぬ。今の評家は後者である。苟も評家であつて、専門の分岐せぬ今の世に立つからには、多様の作家が呈出する答案を検閲するときに方つて、色々に立場を易へて、作家の精神を汲まねばならぬ。融通のきかぬ一本調子の趣味に固執して、その趣味以外の作物を一気に抹殺せんとするのは、英語の教師が物理、化学、歴史を受け持ちながら、凡ての答案を英語の尺度で採点して仕舞ふと一般である。

漱石の使う比喩は例によって明快なんだけれども、要するに作品にはそれぞれの題材と同時にテーマや趣向や文体があるんだから、何でもかんでも同じ見方から評価するのはおかしいんじゃないか、作品ごとに評価するポイントを分けて考える必要があるんじゃないかといっているわけですね。「メリメのカルメンはカルメンと云ふ女性を描いて躍然たらしめてゐる。あれを読んで人生問題の根元に触れてゐないから駄作だと云ふのは数学の先生が英語の答案を見て方程式にあてはまらないから落第だと云ふ様なものである」と。つまり「融通の才を利かさねばならぬ。拘泥すれば夫迄である」ということですな。

そして、第三のポイントとなるのが「此態度で世間人情の交渉を視るから大抵の場合には滑稽の分子を含んだ表現となつて文章の上にあらはれて来る」という部分なんだね。問題は漱石のいう「滑稽の分子」というものをどのようなものとして考えるかということなんだけれども、笑いには確かにいろいろな種類がある。漱石の場合、大きく分けたら、諷刺、ユーモア、機知＝ウィットとだいたい三種類くらいに分かれるんじゃないかな。その場合に「滑稽の分子」とはそれらのうちのどれに当たるのかという疑問が出て来ると思う。しかし、実はこの種の議論には案外意味がないんだよ。確かにベルクソンのように笑いを定義している人はいるし、僕自身も『笑いの方法―あるいはニコライ・ゴーゴリ』のなかで定義してみようとしたことがあったけれども、結局、笑いを定義づけようとする行為自体にどこか滑稽なところがあるんだね。笑いというものはそれ自体を定義づけようとすると必ず矛盾が出て来る。だから、一人一人が自分はこう思っているよというふうに考えて、この場面は諷刺、この場面はユーモアであるというように、それこそ機知を駆使して自分なりに判断してゆくしかないと思います。

しかし、どうして「ゆとり」や「余裕」の態度で世間を眺めたら、それが「滑稽の分子を含んだ表現となつて文章の上にあらはれて来る」のだろうか。そのように疑問に思う人が必ず出て来ると思う。対象物と距離を取ること、距離を取って対象物を描くということ。そこまでは自分も賛成だという人は多いと思うけれども、問題はその先です。対象と距離を取った場合、なぜ笑わなければいけないのかということですな。もしも『写生文』について意見が分かれるとすれば、そのあたりが大きなポイントになって来るんじゃないか。もちろん、漱石のいっていることがすべてではない。漱石自身も「二十世紀の今日こんな立場のみに籠城して得意になつて他を軽蔑するのは誤つてゐる」と断っている。距離を取ることで「滑稽の分子」とは反対の表現になる場合だってあり得るとは思うから、『写生文』を読んでここまでは賛成、ここからは反対ということを皆さんそれぞれが考えて、それぞれの関心領域を深めていったらいいと思う。ただ、漱石の場合は少なくとも「ゆとり」や「余裕」が何かしら滑稽なものとして感じられているわけですね。漱石がいわんとしていることは自分と世界との関係の不思議さということにあると思う。つまり、この社会には複数の主観や価値観や思想が存在するということ。そのこと自体が奇怪であり、不思議であるということ。いいかえれば、自分と思想や価値観を異にする他者が存在するという現実であり、他者との関係のなかを生きざるを得ない自分自身の世界に対する違和感というものが前提となっているということ。そのことの奇怪さ、不思議さを漱石は「ゆとり」とか「余裕」という言葉で表そうとしているといっていい。漱石にとって、自分と世界のあいだに横たわる決定的なズレ、違和感そのものが滑稽なものに感じられているということでしょう。

それともう一つの問題があるとすれば、写生文はどこから来たかということです。「動かさんでもいゝのである」という反感動・反人生論的文学について述べる場合、やはりもう少し文学上の理論のようなものが提出されていなければいけない。自分は「普通の小説」なんて知らねえよ、あんなものは文学じゃないよと突っぱねておけばいいというわけにはいかない。自分の考えている文学上の理念のようなものを出しておかなければ説得力を持たない。たとえば、古典文学の世界には「もののあはれ」という概念がある。「もののあはれ」といえば『源氏物語』を連想してしまうけれども、この考え方に反対するのであれば、代わりに「をかし」といった概念をはっきりと提示しておく必要がある。実際、平安時代といえば『源氏物語』のような王朝文学を指す傾向があるけれども、その一方で『今昔物語』のような説話文学も書かれている。こちらは「もののあはれ」に対して「をかし」の文学だといってもいい。平安時代といえども、文学は「もののあはれ」と「をかし」という二つの中心を持っている。そのような文学上の対立項を「普通の小説」＝自然主義文学に対してきちっと構造化しておかなければいけない。感動主義や人生論的文学に対する対立物として、自分はこういうものを文学として考えております、自分の考えている文学はここから来ました、そういうことをいうためにも「滑稽の分子」云々という部分はどうしても必要になって来るんですね。

しかし、写生文はどこから来たかという点に関して、同時に僕は漱石のいっていることにやや疑問を持っている。写生文といえば、一般的に俳句から来たと考えられている。漱石自身も「かくの如き態度は全く俳句から脱化して来たものである。泰西の潮流に漂ふて、横浜へ到着した輸入品ではない」と書いている。親友である正岡子規が俳句の革新を志していたこととの関係を考えれば、漱石がそのように書くのも無理はない。子規の影響があったことも否定しません。しかし、僕は漱石の考えている写生文はもう子規のレベルを超えていると思うんだね。柄谷行人が『ヒューモアとしての唯物論』のなかで子規の「死後」という変てこな文章を取りあげている。「死後」というのは、子規が自分の死んだ後の埋葬方法についてあーでもない、こーでもないと書いている文章です。自分の死というものを余裕を持って眺めているというか、死を悲壮感ではなくて滑稽感として、ユーモアとして書いている。そのことは間違いなく漱石の「滑稽の分子」と関係している。しかし、同時に漱石はこうも書いているんだね。「オーステンの作物、ガスケルのクランフオード或は有名なるヂツキンスのピクヰツク又はフイールヂングのトムジヨーンス及びセルヴンテスのドン、キホテの如きは多少此態度を得たる作品である」。自分の考える写生文の実例として、外国の作家の名前と作品を出している。「泰西の潮流に漂ふて、横浜へ到着した輸入品ではない」と断っておきながら、ずらずらと外国の作品を書き並べている。これだけ具体的な作品を書き並べておきながら「多少此態度を得たる作品である」というのでは、漱石さん、それはないんじゃないといいたくなるよね。

漱石のあげている「オーステンの作物」が具体的に何を指しているのかわからないけれども、オースティンという人は一九世紀初頭に活躍したイギリスの女性作家で『高慢と偏見』という作品が一般に代表作としてあげられています。ギャスケルは一九世紀中頃に活躍したやっぱりイギリスの女性作家。『クランフォード』は一八五三年の作品でユーモア風の小説らしい。「ヂッキンスのピクヰック」とは、ディケンズの『ピクウィック・ペイパーズ』。一八三六年から翌年にかけて書かれた小説で、一種のユーモア小説風の遍歴譚。ディケンズも一九世紀の作家ですな。フィールディングは一八世紀前半の作家。ここでも紹介されているように、代表作は『トム・ジョーンズ』(一八四九年)。捨て子として育てられたトム・ジョーンズがいろんなところを遍歴するという一種のピカレスク小説だね。セルバンテスの『ドン・キホーテ』にいたっては、これはもうだれも知らんものはおらん。「多少此態度を得たる作品である」なんていっているけれども、特に道化とか滑稽、笑いという部分から見たら「多少」どころの話じゃない。漱石のいう写生文はほとんどこれらの作品と重なっている。

にもかかわらず、漱石はなぜ写生文を「全く俳句から脱化して来たものである」とか「泰西の潮流に漂ふて、横浜へ到着した輸入品ではない」と強弁するのか。そのあたりが漱石という人のおもしろいところだけれども、理由はいろいろ考えられると思うんですよね。やはりロンドン帰りの漱石のイギリス文学に対する裏返しの愛憎の感情があると思う。まあ、たいていはわかってやっているとは思うんだけれどね。そう真正面からいわなくてもいいだろう、これくらい書けばわかるだろう、キミ、みたいなもんでね。あまりむきになっていわないというか、野暮なことはいいませんよと。これもまた「逼らない」文章の一つなのであって、ここに写生文の本領がよく表されているわけですな。もう一つの理由は舶来物というと何でもかんでも否定したがる連中がいるわけで、そういう連中に対しても説得力を持たせるためだったたような気がする。俳句を作っている連中にもわからせてやろうみたいなところがあったんじゃないかな。そういう意味では非常に行き届いた書き方をしているけれども、漱石のように書いてしまったらやはり誤解される部分も多いと思う。実際、『写生文』は誤解されて受け止められている。写生文にも二通りあって、もう一方の方向へゆくと高濱虚子のいっているような「写生」になってしまうし、虚子のラインをさらに推し進めてゆくといわゆるリアリズムに行き着いてしまうと思うんですよ。『写生文』を実際に読んでいない人が漠然とイメージする「写生」というのは、概ね虚子のラインでしょう。そういう誤解を与えないためにも、僕は漱石のいう写生文を敢えてはっきりと「泰西の潮流に漂ふて、横浜へ到着した輸入品」であると断っておく必要があると思っているわけです。

第四のポイントは「筋とは何だ。世の中は筋のないものだ。筋のないものゝうちに筋を立てゝ見たつて始まらないぢやないか。どんな複雑な趣向で、どんな纏つた道行を作らうとも畢竟は、雑然たる進水式、紛然たる御花見と異なる所はないぢやないか。喜怒哀楽が材料となるにも関はらず拘泥するに足らぬ以上は小説の筋、芝居の筋の様なものも、亦拘泥するに足らん訳だ。筋がなければ文章にならんと云ふのは窮窟に世の中を見過ぎた話しである」という部分。筋を否定するということは、首尾一貫性というものを否定することになる。筋よりも文体、何を書くかということよりもいかに書くかということだね。このあたりになると、当時の文学観からすればとてつもないことをいっていることになる。ほとんどアンチロマンの世界ですな。いまもいったように、漱石の写生文はフィールディングとかセルバンテスの小説から来ている。しかし、当時、フィールディングやセルバンテスがどれくらい読まれていたのか。全部は読まれなくてもどれくらい読み取られていたのか。このあたりのことを少なくとも踏まえておかないと、漱石のいわんとしていることはまったくわからない。

当時は外国文学の影響といっても非常に偏っていたね。「外国文学」といわれるときの内実が共通の知識や教養になっていないわけだ。同じ象でも尻尾を撫でているものがおれば、足を撫でているものもいる。あるいは鼻を撫でているものもいれば、頭を撫でているものもいる。撫でているところがみんな違う。そんな状況だったと思うんですよ。確かに田山花袋もかなりいろいろなものを読んでいた。しかし、結局、ロシア文学だったらツルゲーネフ系の作品だったんですね。同じロシア文学といっても、ゴーゴリやドストエフスキーなどとはまったく違う。ところが、漱石の場合は一八世紀の英文学だったけれども、そのまえは漢文学を勉強している。漢文学の方は素養というよりも専門家以上のものを持っている。漱石は東洋と西洋の両方から外国文学を攻めているから、漱石のなかにある外国文学というのは東洋と西洋でトータルなものとしてあったわけですよね。いまから見たら、誰が見たって花袋よりも漱石の方が偉いだろうと思うから、漱石のいっていることはもっともらしく聞こえるけれども、当時からいえば、立場がまったく逆になっているわけなんだね。そういう状況だったから、漱石は好き勝手なことをいっているように見えるけれども「あの先生、イギリスに行って、頭がおかしくなってしまったんじゃないか」とか「あまり勉強はせん方がいいですな」といった程度にしか見られていないわけですよ。だから、漱石が影響力を決定的に持っていない状況で『写生文』のようなものを書いていることに注意しないといけない。やはり百年くらい経たないとわからないというようなことがあるんじゃないかなと思いますね。

以上、大きく四つのポイントから『写生文』について語って来たけれども、これらの点を踏まえて考えないといけないことは、最初にもいったように「大人が小供を視るの態度」という部分なんですね。

彼等も喧嘩をするだらう。煩悶するだらう。泣くだらう。その平生を見れば毫も凡衆と異なる所なく振舞つてゐるかも知れぬ。然し一度び筆を執つて喧嘩する吾、煩悶する吾、泣く吾、を描く時は矢張り大人が小児を視る如き立場から筆を下す。平生の小児を、作家の大人が叙述する。写生文家の筆に依怙の沙汰はない。紙を展べて思を構ふるときは自然とさう云ふ気合になる。此気合が彼等の人生観である。

写生文の場合、自分というものを描くときにも常に「ゆとり」があるから「写すわれと、写さるゝ彼との間に一致する所と同時に離れて居る局部がある」わけです。書く自己と書かれる自己のあいだの問題です。自分のことも他人を描くときと同じように描くというのだから、自分もきちっと対象化するということ。他人だけを突き飛ばしておいて、自分だけはいいように書くということは絶対にしないんだということ。この創作態度で推し進めてゆくと、僕が考えている日本近代文学の基本的な創作方法、散文論になって来るわけです。

前回、二葉亭の『浮雲』のなかで、文三とともに語り手自身も分裂しているということについて話したけれども、語り手の分裂は、最近、よくいわれている「語る私」と「語られる私」という問題にそのまま結びついている。同じ「私」が語っている「私」と語っている「私」について語っている「私」という形に分裂しているということ。語っている「私」について語るということは「私」が語っていると同時に「私」自身からも語られているということですね。この問題は『写生文』のいうところの「写すわれと、写さるゝ彼との間に一致する所と同時に離れて居る局部がある」という箇所とつながると思う。書く「私」とその「私」を書いている「私」というようにつなげてゆけば、これは立派に現代文学の問題になる。この授業ではいつか横光利一の『純粋小説論』をやろうと思っているけれども『浮雲』から『写生文』へとつながる「写すわれと、写さるゝ彼」の問題を日本近代文学の系譜としてつなげてゆけば、宇野浩二の『蔵の中』の語りの問題につながる。横光の『純粋小説論』にもつながる。いわゆる「第四人称」の問題ですが、自意識の問題から第四人称の問題にまでつながってゆく部分があると思うんですよ。漱石の『写生文』を通して『浮雲』を読みなおす。そして、今度は『蔵の中』や『純粋小説論』にまでつなげてゆく。その必要があるわけね。

ただ、僕はいつもいうんだけれども、横光にしても『写生文』のことについては一言も触れていない。二葉亭も読んでいない。二葉亭は「写生文に就いての工夫」という談話を発表しているけれど、肝心の『写生文』を読まずに話している。「写生文に就いての工夫」は明治四〇年三月の「文章世界」に発表されている。『写生文』が発表された二ケ月後に発表されている。「文章世界」の主筆は田山花袋で、いわゆる自然主義文学の牙城であるといってもいい雑誌です。おそらくその人が漱石の『写生文』を読んで、二葉亭の意見を訊きに来たんだと思う。しかも「文章世界」から来たということは、二葉亭に反論をさせようと思ってやって来ているわけですよ。自然主義は漱石にボロクソにやっつけられているからね。だから、何だ、この野郎と漱石に対抗するために二葉亭がかつぎ出されたというわけでしょうな。ところが、肝心の二葉亭が『写生文』を読まずにしゃべっているものだから、何だかトンチンカンな反論になっている。漱石のいっていることとは完全にズレてしまっている。「諸君は、いつも天然ばかりをやつてゐるが、何故人間をやらぬのだらう」とか「三馬の浮世風呂なども現にその一つだが」といっているけれども、まったく関係ないよね。挙句の果てに「私も何か写生文を書きたいと思つてゐるが」なんていっている。肝心の部分を読まずに話しているから、反論にすらなっていない。

一方、漱石自身も二葉亭の作品はほとんど読んでいない。「長谷川君と余」という追悼文のなかで、漱石は「『其面影』を買つて来て読んだ。さうして大いに感服した」なんて書いているけれども、作品についてはほとんど語っていない。実際には部屋でこっそり読んでいたかも知れないけれども、研究のレベルでもいままで二葉亭と漱石を比較するようなことはほとんどなされていないね。漱石を研究している人はほとんど二葉亭を研究して来なかった。その反対もしかり。『浮雲』と『写生文』を読み比べて来なかった。しかし、近代の分裂と楕円を喜劇として描こうとしている点ではどちらもまったく同じなんですね。実際、漱石という人は『明暗』を書いているとき、午後は漢詩を作っていたといわれているでしょう。午前中に『明暗』を書き、午後は漢詩を作る。僕なんかはこれこそ分裂人間の最たるものじゃないかと思うんだけれども、お弟子さんたちは反対に「則天去私」なんていっている。漱石を倫理の方からのみとらえようとしている。これは明らかにおかしい。二葉亭も誤解されたまま来ている。だから『浮雲』に『写生文』というものをつなげて考えてみると、日本近代文学の新しい側面が見えて来るんじゃないかなと思っているわけです。僕の印象では『浮雲』と『写生文』はほとんど重なる。そして『浮雲』と『写生文』は重なり合っているんだという観点から考えてゆかないと『浮雲』という作品はわかりにくいし、漱石も読めない。その後で『浮雲』と『写生文』の系譜をどのような作品とつなげてゆくか、どのような作家とどのように結びつけてゆくのか。そのあたりのことはそれぞれが自分の関心領域でもってアミダクジ式に広げてゆけばいいと思います。その点はまったく自由だね。しかし、入口は『浮雲』と『写生文』。「お帰りはこちらへ」といういい方があるけれども、僕の場合は「入口はこちら。お帰りはご自由に」ということです。

（一九九四年一〇月二八日）

謎の探求、謎の創造

近畿大学文芸学部は、平成元年（一九八九）四月にスタートした。文学科（英米文学専攻、国文学専攻）、芸術学科（演劇・芸能専攻、造形美術専攻）、文化学科の三学科・五専攻から成る複合学部である。そして今春、平成五年（一九九三）三月、第一期卒業生を社会に送り出した。

私立大学にも国公立大学にも、文学部は多い。理科系大学以外は、ほとんどの大学に文学部があるといってもよいだろう。しかし、近畿大学文芸学部がそれらの文学部と異る点は、ただ単に、文学科、芸術学科、文化学科が学部内に共存しているからではない。

文芸学部の理念は第一に、文学科、芸術学科、文化学科のそれぞれが、学科の境界を超えて交流することである。自己の専門に固執する排他性、自閉性を排し、学問と芸術のさまざまなジャンルが交流し、総合される新しい場の創造である。それは二十世紀から二十一世紀へ移行しようとしている変革の時代、転換期における時代的必然であり、多様化し複雑化し続ける現代社会の要請に応える新しいタイプの学部だったといえる。近畿大学の文芸学部は、つまり、「学際的」な学部である。そして「学際性」と「国際性」は、いまや時代の二大キーワードである。しかし、このキーワードは、決して単なる流行語ではない。

わが国の学問、文化の理想は、はじめ「和魂漢才」であった。和魂は日本固有の心・精神であり、漢才は中国渡来の知識・学問である。したがって「和魂漢才」すなわち、日本固有の心・精神を失うことなく、中国の知識・学問を消化活用すべし、ということである。その「和魂漢才」が明治近代によって「和魂洋才」に変った。同じ日本固有の心・精神に今度は「洋才」すなわち西洋の新しい知識・学問が結びついたのである。

「和魂漢才」から「和魂洋才」へ。一言でいえば、これが日本の近代化であるが、「漢才」も「洋才」も、「異文化」である。つまり「和魂漢才」にしても「和魂洋才」にしても、日本文化は「和魂」と「異文化」との結合＝混血ということになる。あるいはこれは、日本文化を特殊化することによって絶対化しようとして来た日本文化純血主義者には、許し難い結論かも知れない。しかし、果して日本の古典は「純血」であろうか？

例えば、『枕草子』の二九九段、〈「少納言よ、香炉峰の雪いかならん」と仰せらるれば、御格子《みかうし》あげさせて、御簾《みす》を高くあげたれば、笑はせたまふ〉の逸話と、白居易の七言律詩『草堂重題』との関係は余りにも有名である。

遺愛寺鐘欹枕聴／香爐峰雪撥簾看（遺愛寺の鐘は枕をそばだてて聴き／香炉峰の雪は簾をかかげて看る）

白居易の『草堂重題』のこの一節は、むしろ『枕草子』の逸話によって日本人によく知られている、といった方がよいくらいだろう。白居易＝白楽天は『長恨歌』『琵琶行』で名高い。彼は中唐の大詩人であったが、同時に、日本の大詩人でもあった。紫式部、清少納言から芭蕉、蕪村まで、日本文学の古典は「白氏文集」なしには考えられない。『枕草子』二九九段は、文学における「和魂漢才」の代表的一例である。これはもはや、白楽天の清少納言への〈影響〉などというレベルの問題ではない。ここでは白楽天が、対等なテキストとして引用され、相対化されている。つまり『枕草子』二九九段は、白楽天の『草堂重題』を自在に織り込んだ、見事なintertextureとなっているのである。

坪内逍遙はシェイクスピア、ミルトン、スペンサーなどを読んで、明治十八年（一八八五）に『小説神髄』を書いた。逍遙はそこで、いわゆる勧善懲悪の戯作を排し、芸術としての近代小説を提唱した。また、明治三十年代から「舞踊劇」に力を入れ、日本の伝統芸能と西洋音楽、西洋演劇、オペラなどとの結合を試みた。その代表作は『和歌の浦』（明治四十二年）であるが、最近たまたま吉田熈生氏の『ある邦楽家の青春——評伝・中島雅楽之都』を読んで、箏曲正派の創始者である中島雅楽之都《なかしまうたしと》が、大正十年に逍遙の『和歌の浦』を作曲したことを知った。またそれが大阪の中座で初演されたことを知った。

吉田熈生氏には『評伝中原中也』があるが、今回の『ある邦楽家の青春』の中で、最も興味深かったのは、坪内逍遙と中島雅楽之都との結びつきである。逍遙は日本の伝統芸能の近代化を試み、中島雅楽之都は箏曲の近代化を試みた。『ある邦楽家の青春』の巻末「資料篇」に付された

「正派邦楽会規則」（大正十年制定）第二条には、こう記されている。

第二条　本会ハ音楽及楽理ヲ研究シ邦楽ノ改良ヲ図リ且ツ斯道ノ品位風紀ヲ高尚ナラシメ邦楽ヲシテ世界的ニ拡張スルヲ目的トス（注1・傍線＝後藤）

傍線を付した「改良」の一つは、箏曲楽譜の発行といえるだろう。また「邦楽ヲシテ世界的ニ拡張スル」というのは、邦楽を特殊化＝絶対化するのではなく、世界の中で、世界音楽の一つとして普遍化＝相対化するということであろう。

二葉亭四迷は、ゴーゴリ、ドストエフスキー、ゴンチャローフなどを読んで、明治二十年（一八八七）に、言文一致小説『浮雲』を書いた。また彼のツルゲーネフの『あひゞき』の翻訳（明治二十一年）は国木田独歩、田山花袋などの日本自然主義文学に、幾つかの点で決定的な影響を与えた。つまり、日本近代文学は、西欧文学を読むことによって書かれた文学である。西洋文学との混血＝分裂である。逍遙、二葉亭はその先駆者であり、この系譜を文学史に再編成しなければならない。この系譜が、日本文学を特殊化＝絶対化するのではなく、世界の中で、世界文学の一つとして普遍化＝相対化する系譜だからである。

「学際的」interdisciplinaryは、英和辞典を引くと、「諸専門分野にわたる」とか、「研究が二つ以上の異なった学問分野にまたがっている」などと出ている。とすれば、すべての文化、芸術は、そもそも「学際的」産物だといえる。疑う者はピラミッドを見よ。スフィンクスを見よ。万里の長城を見よ。レオナルド・ダビンチの『最後の晩餐』を見よ。ミケランジェロの『最後の審判』を見よ。わが法隆寺の五重の塔を見よ、百済観音像を見よ、である。そして文学は、それらの文化、芸術を言語によって横断する超ジャンルである。

つまり人類のあらゆる文化、芸術はすべて「学際的」であり「国際的」であった。「国際性」「学際性」は現代のキーワードであるが決して流行語ではない、と先に書いたのはその意味である。しかし、安心は禁物である。ドストエフスキーは『地下生活者の手記』の中で、地下室の住人にこういわせている。

「ヨーロッパ的な文明の知識教養を身につけたために、ロシアの大地と国民的本質から切り離された人間――それがわがロシアの知識人だ」

ドストエフスキーは、スラブと西欧との混血＝分裂としての近代ロシア及び近代ロシアの知識人の運命を、嘆き悲しんでいるのではない。「露魂洋才」に歪んだ楕円形の肖像は、いわばドストエフスキー自身の、戯画的自画像でもあった。したがって、地下室の住人がいっているのは、文化、文明の二重性である。文化、文明とは、矛盾、分裂、逆説に他ならない、ということである。ロシアとは何か？　ロシア人とは何か？　ロシアの近代とは何か？　ロシアの近代知識人とは何か？　それらの問いに答えた地下室の住人の言葉そのものが、そのまま新しい謎となるのである。

　万里の長城は秦の始皇帝によって、紀元前三世紀に建設された、地上最大の壁である。しかし、司馬遷『史記』の「蒙恬列伝」第二十八によれば、始皇帝の命令によって万里の長城を建設した蒙恬《もうてん》は、皇帝の死後、捕えられた。そして「長城は一万余里。その途中で、地脈を絶ち切らないではすまなかったろう。これこそ、わしの罪だ（注2）」、そういって蒙恬は自ら毒を呑んで自殺した、と書かれている。「地脈を絶ち切る」とは、すなわち自然破壊である。ここにも、文化、文明の矛盾、分裂、逆説がある。

　ところが司馬遷は、蒙恬がそういって自殺したと書いたあと、「太史公曰く」において、万里の長城は「人民の労苦をかえりみない事業であった」と、万里の長城そのものの建設を批判している。つまり、天下統一を果した秦の第一の急務は、戦乱による病人、負傷者、孤児、それらの疲れ果てた人民の救済であった。にもかかわらず蒙恬は、そのことを皇帝に「強諫」せず、逆に皇帝の意におもねって万里の長城建設を強行した。それが蒙恬の罪なのであって、決して自然破壊などではない、というのである。そして、ここで、文化、文明の矛盾、分裂、逆説がもう一度逆転する。

　カフカの『万里の長城』には、始皇帝も蒙恬も、李陵も司馬遷も出て来ない。人間だけでなく、時間も場所も不明である。工夫たちはすべて大陸全土から召集された単身赴任者である。命令はすべて「見えない司令部」から発せられる。彼らは二十人組の東班と西班に分かれ、「工区分割方式」という工法によって、〈形〉〈方向〉〈大きさ〉いずれも不明の、すなわち〈全体〉が不明であるところの万里の長城を築いてゆく。『万里の長城』は、謎、迷宮としての世界＝全体の構造である。カフカはそれを、万里の長城の建設をモデルにして書いた。

カフカの『万里の長城』は、万里の長城の謎の探求である。と同時に、万里の長城の新しい謎を創造した。これは学問と芸術の矛盾、対立の比喩だともいえる。学問は文化、文明の謎を探求する。芸術もまた探求する。しかし芸術は、文化、文明の謎を探求しながら新しい謎を創造する。人類の文化、文明の歴史は、その矛盾、対立の反復であった。それは人類の文化、文明が、学問と芸術との、探究と創造との、混血＝分裂の産物だからである。

近畿大学文芸学部は、今春、第一期卒業生を社会に送り出した。つまり二周目に入った。文芸学部の今年度の二大テーマは、来年度からの新カリキュラムの実施と、大学院の開設である。新カリキュラムは、文学科、芸術学科、文化学科それぞれの学科、専攻の境界を超えた相互交流という、文芸学部そもそもの理念の実現である。また大学院の開設は、その理念のより高度に専門化されたレベルにおける実現である。

文学とは何か？　文化とは何か？　芸術とは何か？　二周目に入った文芸学部は、この原理的な問いから再出発したい。文学とは何か？　文化とは何か？　芸術とは何か？　を考えるためには、それぞれの起源を想起することが必要だろう。「原理的な問い」といったのはその意味である。

文芸学部とは何か？　この問いもまた原理的である。そして、この問いに正解は不要である。

必要なのは一人一人が、原理的な問いを忘れないことである。原理的な問いが学科を超え、専攻を超え、ジャンルを横断する。私が夢想する文芸学部は、そのようなポリフォニックな宇宙である。

文芸学部は学問と芸術の矛盾、対立をおそれない。すなわち文芸学部は、謎を探求し、謎を創造する。

（注1）吉田熈生『ある邦楽家の青春——評伝・中島雅楽之都』（砂子屋書房・一九九三年三月刊）の二七八ページ。

（注2）『史記（中）』（中国古典文学大系11・平凡社・野口定男訳・昭和五十年十二月刊）の三七八ページ。

短　章

二つの書き出し

「千早振《ちはやふ》る神無月《かみなづき》も最早《もはや》跡二日の余波《なごり》となツた廿八日の午後三時頃に、神田見附《かんだみつけ》の内より、塗渡《とわた》る蟻、散る蜘蛛の子とうよ〳〵ぞよ〳〵沸出で、来るのは、孰《いづ》れも顋《おとがい》を気にし給ふ方々」

これは二葉亭『浮雲』（明治二十年）第一回「ア、ラ怪《あや》しの人《ひと》の挙動《ふるまひ》」冒頭の一節。

「千早振神田橋《ちはやふるかんだばし》の賑々《にぎにぎ》しきは、官員退省《くわんゐんひきとり》の時刻《じこく》とやなりけん。頭《かしら》に黒羅紗《くろらしや》の高帽子《たかぼうし》を戴《いただ》き、右手《めて》に八字《じ》做《な》す鬚《ひげ》を捻《ひね》りて、頻《しきり》に手車《てぐるま》を急《いそ》がしたまふは、知《し》らず何《なん》の省《しやう》の鯰爵《ねんしやく》さまぞや」

こちらは逍遙『京わらんべ』（明治十九年）第二回「割烹店《れうりや》の密談《みつだん》」の書き出し。神田仲猿楽町に住んでいた二葉亭が本郷真砂町の逍遙邸を最初に訪問したのは、明治十九年一月であるが、最近この両者の類似を発見しておどろいているところである。

「芋粥」と「蔵の中」と「外套」

芥川龍之介の『芋粥』と宇野浩二の『蔵の中』は、作品自体は文体もテーマも、ぜんぜん似ていない。しかし二作の間にゴーゴリの『外套』を挟むと、『芋粥』—『外套』—『蔵の中』の三角形がぴたりと成立する。芥川がゴーゴリ半身像のテラコッタを宇野に贈ったという『或阿呆の一生』の一節は、三者の結びつきを物語るエピソードとして名高い。宇野は評伝『ゴオゴリ』を書いたゴーゴリアン代表であった。芥川も宇野と同様に英訳でゴーゴリを読んだに違いない。ゴーゴリについては先の一節以外何も書いていないが、『芋粥』の五位某が役所で「興言利口」の練習台にされる場面、最後に彼が「いけぬのう、お身たちは」というところは『外套』にそっくりである。偶然かも知れないが「五位」は帝政ロシアの「九等官」にほぼ相当する。ドストエフスキーの名文句「われわれは皆ゴーゴリの『外套』から出て来た」に倣っていえば、『芋粥』も『蔵の中』も『外套』から出て来たのである。

談　話

軍記物語
——首また首、首狩り族の幻想喜劇

古典に接するとき、習い性としてつねに念頭に置いていることが、二つある。一つは、ファンタジーまたは幻想という要素の有無。いま一つは、喜劇性つまり笑いが含まれているかどうかということだ。

この「作法」は学生時代にロシア文学を専攻して、ゴーゴリやドストエフスキーに親しむことで自分の小説世界を構築して来たことと大いに関係している。もちろん個々人でいろんな読み方があると思うが、私は彼らの作品を読むことを通じ、文学の重要な要素として、この「ファンタジー」と「笑い」を強く意識するようになったからである。

『太平記』『平家物語』をはじめとする、いわゆる「軍記もの」を熱心に読むようになったのは、実をいうとほんの偶然からだった。千葉市にある自宅のベランダから見える首塚をモチーフにした小説（『首塚の上のアドバルーン』＝講談社）を書き始めたころ、「首」をキー・ワードに空想をめぐらしているうち、十年ほど前、京都を歩いていて偶然見かけた新田義貞の首塚のことを思い出したのである。義貞とくればこれはもう『太平記』である。

読み返すうち、『太平記』も、私が長年こだわってきた「ファンタジー」と「笑い」という観点から読み解くことができないか、という〝野心〟が芽生えて来た。専門家の通説からいくと邪道なのかもしれないが、そこは門外漢の強みだ。実際に、そういう視点で読むと、『太平記』の持つ意外な面が浮き上がってき、世界が

グンと広がってくるではないか。『太平記』は歴史的事実に即しながら、同時進行的に記されていったものである。だから、作者の目は多分にジャーナリスティックであり、ひと色ではない多角的な作品に仕上がっていたのである。

『平家物語』もそうだが、『太平記』で異様だなと思うのは首、首がこれでもか、と登場してくるところである。戦いは即ち首を取ったり取られたりの繰り返しとして描かれる。それらのシーンはこれまで、悲劇という観点からのみ読まれてきたように思う。たしかに戦争はつねに悲惨であり、悲劇だ。しかし同時に戦争は、一面でつねに喜劇性を孕んでいないだろうか。人間が人間の首を狩る——。むろんそこにはいろんな意味が含まれているのだろう。が、その場面だけをクローズアップしてみると、グロテスクであり、なんとも喜劇的ではないか。

「ファンタジー」の要素も満載されていた。『太平記』と同時代のおそらく最も有名な文章は、「此頃都ニハヤル物　夜討、強盗、謀綸旨《にせ》」で始まる「二条河原落書」だと思うが、ここに表れる世相は、ニセモノのオンパレードである。なにしろ最高の権威であるはずの綸旨まで謀になるのだ。『太平記』は、ホンモノとニセモノがアッという間に入れ代わる、ホンモノとニセモノがメビウスの輪的につながった時代が育んだ物語だったのではないか。現実即幻想、幻想即現実。『太平記』の時代は、倫理面での好悪はともかく、ファンタジーの時代だったのだ。

想像は進む。ひょっとしたら『太平記』の作者に擬される小島法師は、「二条河原落書」を読まなかったろうか、などと考えてみる。いや、同時代に生きた「ジャーナリスト」が読み落とすわけがない。で、京都の地図を取り出して、小島法師の住んでいたといわれる西陣と二条河原までの距離を計ってみる。たった三・五キロ。

状況はますますリアルになり、私の〝妄想〟は膨らんで、『太平記』と「落書」の筆者は同一人物なのではないか、というところまで行き着く。こんな妄想もジャーナリスティックな作品である「軍記もの」ならではの楽しみ方だと思う。

さて、『太平記』を「攻略」すると『平家物語』という山にも登ってみたくなる。研究者はどうもボーダーをつくりたがる傾向があり、『太平記』の研究者は『太平記』一辺倒、『平家』の研究者もまた然り、ということが多いようだ。この二つの優れた戦記を比較しつつ読めるのは素人の〝特権〟であるかも知れない。文学史的に考えると、『太平記』の作者は『平家物語』を読んでいると考えるのが常識であろう。『平家』と同じようなシーンは『太平記』ではどのように描いているか、などと考えてみるのも面白い。

『平家』は一般には、悲劇とされているが、私流の読み方をすれば、「喜劇」でもある。

たとえば巻第七にある「倶利伽羅落《くりからおとし》」のシーン。平氏の人馬もろとも倶利伽羅谷に落ちて絶命するという悲劇を描いてはいるのだが、文体が何ともヘンなのである。

「親落せば（落ちれば）子も落し、兄が落せば弟も続く。主落せば家子・郎党落しけり。馬には人、人には馬が、落ち重なり落ち重なり、さばかり深き谷一つを平家の勢七万余騎でぞ埋めたりける……」

何か、「親ガメの背中に子ガメを乗せて……」なんていう文句を思い起こさせないだろうか。「馬には人、人には馬」と、名のある武将も馬も同じくひとつのモノであるかのように描いた、突き放した作者の目が面白いのである。

巻第五の「富士川」の、平家潰走のシーンなどはドタバタ喜劇も顔色なしのおかしさだ。巻第九「武蔵守最期」では、維盛の子で十四歳の師盛らの乗った舟が引っ繰り返り、源氏の兵士に熊手でかき集められて首をかかれてしまう。ついこの間までやんごとない存在であっただろう人間も熊手で集められてしまうところに、哀しさを通り越したおかしみが感じられてしようがないのである。

このように読めるのも、『平家』もそして『太平記』も、戦というものから一歩ひいた作者の冷笑的な視線がそこここに感じられるからである。多彩な登場人物を多彩な声、文体で描いているからである。このへんが他のジャンルと違う、戦記ものの魅力といえるかも知れない。

私は「首」をキー・ワードにしたが、それを、たとえば「血」に置き換えて見ることも可能だろう。『平家』の首取りのシーンはすべて、一つひとつの動作は具体的に描いてはいるのに、生々しさがない。これはなぜか？　『平家』の首は血を流さないことと関係があるのかも知れない、と思い至る。それが時代が下がった『太平記』になるとちょこっと出てくる。さらに江戸時代の『仮名手本忠臣蔵』や『里見八犬伝』になるとドバーッと出る。誇張して流れるようになる。これはどうしてなんだろう？　と考える。じゃ、他の本ではどうなっているだろうと興味が湧いてくるではないか。

古典に限らず、読書の楽しみというのは、一冊の本を読んだら、それから想起される別の本を読みたくなる、ということに尽きるように私は思っている。自分の興味をアミダクジ的にでもトンネル的にでもいいから広げる。そして空想や妄想の空間を大きくして行くところに喜びがあるのだ。その（古典）読書遍歴の手はじめとして、多角的に読み解くことができる戦記ものを、お勧めしたいのである。

小説のむずかしさ

小説の候補作四篇はいずれも当選には無理だろう。これが今回の共通意見だった。ではどれを「優秀作」にするか。そこで意見が分れた。私の意見は次の通りである。

『遠い光』は「少年もの」である。少年は小さな村で魚とりをする。女子高校生への性的憧れもある。蟹に足の指を挟まれて水門を出られなくなるのではないか、という「恐怖」が山場である。問題は「少年もの」のジャンルをどう破壊するかだろう。自分のことを「少年」と呼ぶナルシシズムでは破壊は無理である。

『タイムレスピース』は詩とメルヘンである。シャンソンのような比喩の多い文体で、センスも悪くない。ただ後半、自作の詩が出て来て、自画自讃に落ちた。書けば詩のようになる文体かも知れないが、そのまま小説＝散文というわけにはゆかない。

『水のはじまり』は、鳥が語るアニメである。竹刀の教務主任、ナイフの中学生、私服警官、刑事など、さながら最近の現実である。しかしこの文体は小説＝散文の文体ではない。語り手＝鳥はペットである。したがって文体は、鳥＝ペットの口を借りたアニメ・ヒーローのモノローグに過ぎない。「水」もセンチメンタルな「自然」である。

『グリーン・カルテ』は病気小説である。潰瘍性大腸炎。病院では食事が時計である。時計＝食事を必要としない点滴人間は、無時間の沙漠を体験する。排便。蓄便。それらの「病気」がきちんと「写生」されている。しかし入院前後（作品の枠組み）が余りにも「文学」的過ぎる。

その弱点を指摘した上で私はこの作を「優秀作」に推した。しかし誰も賛成しなかった。

評論三篇当選に私は賛成した。『丸山真男論』は諸々の丸山批判をバフチンのポリフォニー理論で払い除け、丸山自身の福沢諭吉論を通して、福沢／丸山批判に至る。ジョイスのエピグラフが結論である。

『文学の位置――森鷗外試論』は、テーマも結論も特に新しくはない。しかし『半日』『朝寝』『魔睡』『金貨』『妄想』『かのように』などを読み直すたのしみがあった。鷗外における「師」と「主」の関係＝対立は文学の原理そのものである。

『物語の外部・構造化の軌跡――武田泰淳論序説』は、これまでまともに論じられなかった『才子佳人』再発見がポイントである。武田泰淳はそこに古典「才子佳人」物語の作者＝史震林を「記録」するものとして登場させることによって、ロマン主義的な「物語」を破壊した。この「記録」は『司馬遷』の歴史＝記録につながる。構造とは他者との対話的分裂＝共存である。

この評論には文学理論、哲学、思想論文の引用がない。批評用語もない。『丸山真男論』の明快さはない。どうなるのか、何度かはらはらする。しかし少々ホメ過ぎを承知でいえば、小説を書くような書き方だといえるかも知れない。

（第四一回群像新人文学賞／一九九八年）

B級ポルノ的、ケイタイ的

磯田光一の晩年の仕事は一通り読んだ。『戦後史の空間』『思想としての東京』『永井荷風』『鹿鳴館の系譜――近代日本文芸史誌』などである。私は一九七九年〜八四年にかけて『壁の中』という長篇を「海」（いまは存在せず）に連載していた。一七〇〇枚の長い小説で第一部は

『濹東綺譚』の作者と《贋地下室》の住人との対話」となっている。《贋地下室》人はドストエフスキーの地下室人のパロディで、彼と『濹東綺譚』の作者＝荷風との架空対話の中に、内村鑑三、正宗白鳥なども出て来る。「日本近代」とは何か？　これまでの日本近代論には、「和魂／洋才」の混血＝分裂人間すなわち近代知識人と、スラブ／西欧の混血＝分裂による「露魂／洋才」すなわちロシア近代知識人との相似と相違を考える視点が欠落している。というのがその架空対話のテーマであって、私は磯田光一晩年の仕事を近代日本論として読んだのであるが、『永井荷風』には不満があった。磯田光一はそこで荷風を「日本の近代の生んだ最初の本質的『個人』」といっている。しかしその「本質的『個人』」が実は「和魂／洋才」の混血＝分裂人間であることを忘れている。「喜劇＝パロディとしての近代」という認識＝視点の欠落である。

これは磯田光一だけの罪ではなく、近代批評の「教祖」以来の問題であるが、だから、もしやという期待を抱いて「転位の宿命――磯田光一私論」を読んだ。しかし私の期待はやはり大き過ぎたようである。「中原中也の『履歴』」は、自分が詩人になったような文体である。この文体で書くなら「履歴」ではなく「小説」の方が面白いのではないか。楠正成・正行親子の忠孝論／御稜威とランボーに分裂した楕円としての中也ならば面白い。荷風の血を引く混血＝分裂の近代詩人である。しかしこの文体では中也の対象化＝パロディ化はできない。この一篇を「優秀作」に推す委員もいた。しかし私は反対し「批評と文芸批評と」との二篇優秀作を主張した。「批評と文芸批評と」の、小林秀雄の「感想」の破綻／中絶というテーマは別に新鮮ではない。またアインシュタイン他、聞いたこともない理論物理学の論文を幾つも読まされるのは迷惑千万である。しかし「中原中也の『履歴』」と合わせて一本くらいの意味で二篇掲載を主張したのである。「距離の思考――村上春樹論」は、ファンのレポートである。

小説にはすべて×印をつけた。候補作の五篇いずれも「小説」のレベルに達していない。B級ポルノ的な話題にクソマジメで幼稚な、つまり通俗的感想を付けたようなものである。五名中三名が二十一歳というのも問題かも知れない。「プラスチック・ケース」「8月、冷蔵庫、その他のこと」はどちらも夢で終る。夢で終ることが悪いのではないが、余りにも稚拙である。他の三篇はどれも一人称になっているが、モノローグ以前の「ケイタイ」的お喋りに過ぎない。ケイタイやパソコンを扱うのはよいが、小説としてのタネも仕掛けもない。

（第四二回群像新人文学賞／一九九九年）

若者たちの日常言語

一位『ネームレス・デイズ』、二位『巷説　田九郎狸囃子』、三位『白い炎』、四位『救われなかった男の物語』。最終候補作四篇を読んで私はそういう順位をつけた。しかし二位以下の順位は余り重要ではない。三篇いずれも、次席とか佳作とかいった形でこの雑誌に発表出来る水準に達していないからである。

『巷説　田九郎狸囃子』は、いわば上方講談である。狸と呼ばれる貧しい屑屋の男が実は西南戦争の残党で、強盗の親分「鬼蜘蛛」との決闘場面など、活動写真的に面白い。タネ本なり伝承なりを語り手が語る文体にすれば現代小説になるかも知れない。『白い炎』はクソマジメ、クソリアリズムの通俗恋愛小説である。『救われなかった男の物語』は自分だけの思い出話の押し売りである。小説には身の上話を押し売りでなくするための方法が必要である。

　その点『ネームレス・デイズ』は心得た文章である。主役の「彼」は読者に倦きられぬよう懸命に喋り続ける。病院の「窓口のおネエさんがメチャクチャきれいでダイナマイトな胸をしていた」式の表現は、いまのコミックとかアニメとかに類似のものがあると思う。それを言葉に変換する。それがこの小説の方法である。リアリズムの描写＝再現の方法ではない。だから新しいという意味とはまた別である。「変質者にご注意を！」という電柱の貼紙や《殺すリスト》一覧表をそのまま視覚的に提出する表現も、ワープロとかテレビの文字放送に共通する。その意味ではこれが「ふつう」になりつつあるということかも知れない。

　しかし「ふつう」は必ずしもマイナスということではない。逆に現代の普遍性だともいえる。実際、「メジャー」「ブス」などに代表されるいまの若者たちの日常語を、巧みに操る文章力、表現力はなかなかのものである。新人賞のレベルとして決して低くない。「織田作之助賞」の肩書き抜きで文芸誌に載っても、誰も怪しまないと思う。「俺は二十三歳で、(……) 世界はクソみたいな専門学校卒のクソみたいな社長とクソみたいな上司の下で働くクソみたいな営業という俺のクソみたいな社会的身分を決定し、」云々という自己紹介もなかなか適確である。それは「彼」の自意識でもある。少なくとも俺は「クソみたい」だという自意識は持っている。「ナニナニなどとは決して言わず」式モノローグはその自意識の表現である。このモノローグが、いまの若者たちの言語レベルでは日常化している。意識の流れのなれの果て＝日常化である。

　自己パロディには、「彼」の自意識＝モノローグをダイアローグ化＝相対化するもう一つの声＝他者が必要である。自己パロディか、それと似て非なるナルシシズムか。若者の日常言語によってこれから小説を書こうとする新人に是非とも知ってもらいたいのは、その差異である。

（第一五回織田作之助賞／一九九九年）

新人作家の条件

質問1　公募新人賞の選考の際に何をもっとも重視されますか。

この小説は「小説とは何か？」という疑問、自己反省を経験しているかどうか、という事。いい換えれば、何を、どのように読んで書かれた小説か、という事。

質問2　現在の応募作品には何が足りないとお考えですか。

〈質問1〉の回答として書いたような意識。いい換えれば、何を模倣しようと志すのか？　何を破壊しようと志すのか？　その志の不足。

質問3　これからの応募作品に何を期待されますか。

〈質問2〉の回答として書いた志。いい換えれば「われわれは皆ゴーゴリの『外套』から出て来た」とドストエフスキーがいったような〈模倣と批評〉の原理。

質問4　新しい小説の条件はどのようなものだとお考えでしょうか。

〈質問1〉〈質問2〉〈質問3〉の回答として書いた事を条件として充たす〈喜劇〉。

質問5 作家をめざす若い人に向けて読んでおくべき作品を五点挙げてください。

これまで多くの作家、批評家、哲学者などによって、さまざまな必読の書や、世界の十大小説や、二十世紀の十大小説などなどが挙げられて来た。それらを総括し仮に「古今東西の百冊」とする。そしてその「古今東西の百冊」をめでたく読破したという前提で、次の五篇を挙げて置きます。マジメな私小説だけが、わが日本近代文学の系譜ではないという事。次の五篇のような、カーニバル的、悪戦苦闘の系譜を忘れてはいけません、という事。

二葉亭四迷『浮雲』
宇野浩二『蔵の中』
牧野信一『西瓜喰ふ人』
横光利一『機械』
太宰治『道化の華』

自筆講義メモより

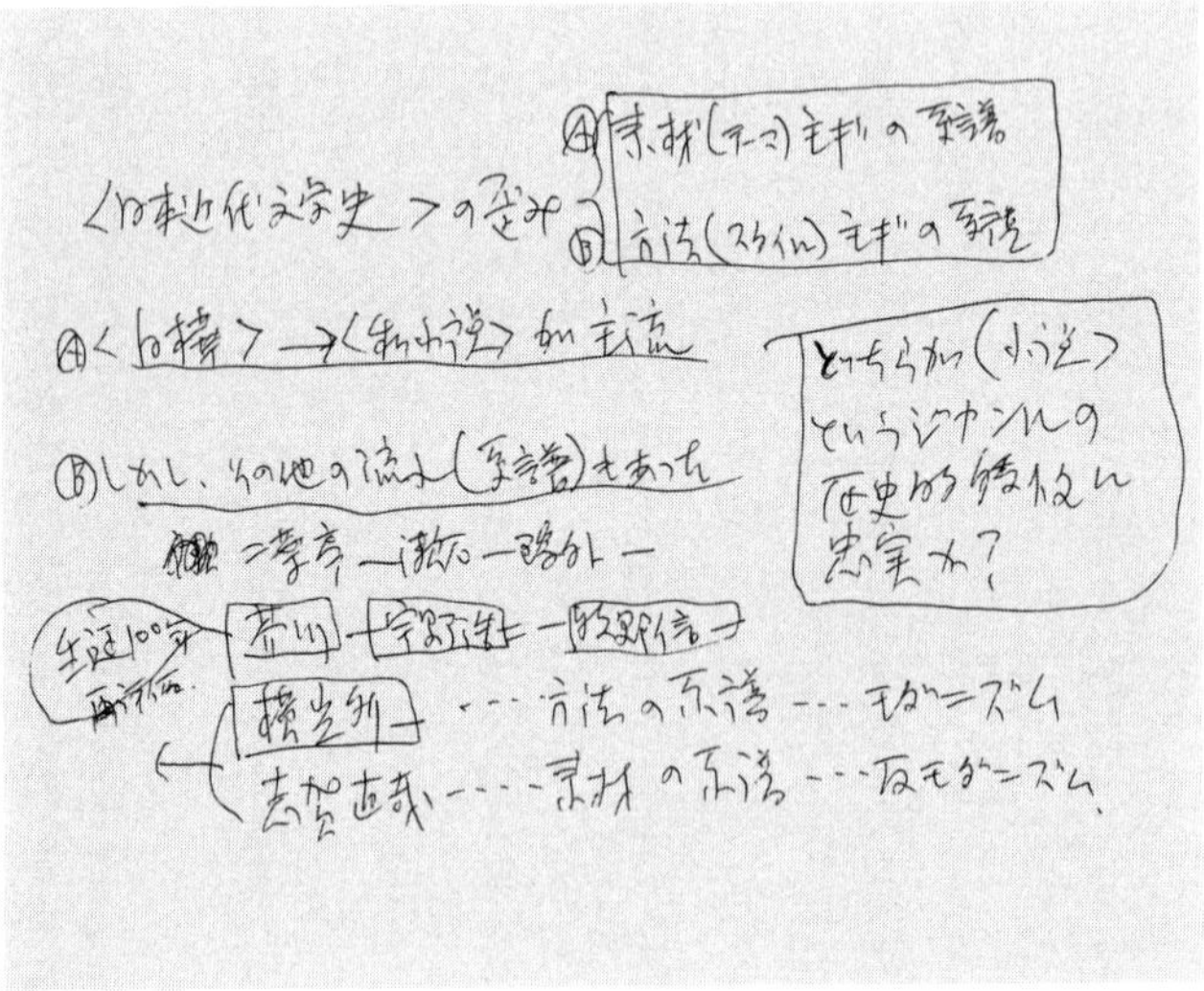

Ⅲ　出会いと伝説

新庄嘉章先生と私

新庄嘉章先生を語るためには、第七次早稲田文学を語らなければならない。私にとって新庄先生と第七次早稲田文学は切り離すことの出来ないものである。新庄先生によって第七次早稲田文学が復刊されたのは、どんな時代だったか。極私的な記憶でまず思い出されるのは出版社づとめを辞めたことである。私は昭和四十三年（一九六八）に、十年ばかりつとめていた出版社を辞めて小説を書きはじめた。三十五歳だったと思う。このことと第七次早稲田文学とは何の関係もない。しかし第七次早稲田文学というと、まずこのことが思い出されるのである。

私は三十歳のときに『関係』という小説を書いた。昭和三十七年である。これは一時休刊していた「文藝」が復刊することになり、それを記念して文藝賞というのが設けられた。その第一回長篇部門の当選作は高橋和巳の『悲の器』である。これはよく知られているが、同じ第一回文藝賞でも中短篇部門の方は、当選者が二人とも途中で小説を書くことを止めてしまったためか、余り知られていない。私の『関係』は、その余り知られていない第一回文藝賞中短篇部門の佳作として「文藝」復刊第一号に掲載された。選考委員は野間宏、埴谷雄高、中村真一郎、福田恆存、寺田透で、これは横光利一の『機械』の方法でジャーナリズムを描いたものだ、と確か野間宏にいわれた。この評は否定的批判であって、その後暫く私は小説を発表しなかった。週刊誌編集部づとめで、時間もなかった。

その後、立原正秋にすすめられて「犀」の同人になった。立原正秋とは「文藝の会」で知り合った。「文藝」復刊前後に暫く続いた会で、丸谷才一、辻邦生、小川国夫、高橋和巳、真継伸彦などが来ていた。「犀」では岡松和夫、加賀乙彦、高井有一などと知り合った。ここでいま手許にある新鋭作家叢書『後藤明生集』（河出書房新社／昭和四十七年）の年譜を見ると、昭和四十二年から四十三年にかけて私の『人間の病気』『S温泉からの報告』『私的生活』が芥川賞の候補になり、先に書いた通り私は会社づとめを辞めている。そして翌昭和四十四年（一九六九）、「二月、『早稲田文学』（第七次）が復刊、編集委員の一人になった。『笑い地獄』（『早稲田文学』復刊号）が第61回芥川賞候補となる」となっている。

第七次早稲田文学の初代編集長は立原正秋であった。編集委員は、巌谷大四、有馬頼義、三浦哲郎、秋山駿、平岡篤頼、高井有一といった顔ぶれであった。いま手許に資料がないので正確な記録は他の誰かに譲るとして、その編集委員の末席に私も加わることになった。この「末席」はいわゆる謙遜ではない。言葉本来の意味での末席である。先の年譜でご覧の通り、当時の私は小説家として駈け出しのペイペイであった。つまり第七次早稲田文学の復刊と私の小説家としての出発はほとんど重なり合っている。

それともう一つ重なるのは「追分」である。これは今しがた先生のご遺族にお電話して確かめたことであるが、新庄先生が信濃追分に山荘を作られたのは昭和二十六年ということである。露文の横田瑞穂先生もやはり追分に山荘を作っておられた。しかし私がはじめて追分に出かけたのは昭和四十三年に出版社づとめを辞めて小説を書きはじめてからで、追分に自分の山荘を作ることなどまったく考えてもいなかった。ただ会社づとめを辞めて暇だけは出来た。それに早稲田文学の編集委員になったこともあったのだと思う。私は追分に出かけて油屋に泊った。二、三泊したと思う。ところがそこでとつぜん、平岡篤頼氏から山荘を譲り受ける話がとび出した。平岡氏はいまの山荘の近くにもう一軒建築中とかで、二軒は不要だからという話だった。そんなわけでヒョウタンからコマ式、まったくの偶然から私は追分に山荘を持つことになったのである。もちろん追分と第七次早稲田文学とは、これまた直接のかかわり合いはない。しかし、新庄先生、追分、第七次早稲田文学は切り離すことの出来ない三角関係である。

私が新庄先生にお会いしたのは、昭和二十年代の終り頃だったと思う。私が露文科に在学したのは昭和二十八年から三十二年であるが、当時の文学部は同人雑誌の坩堝で、例えば「街」に富島健夫あり、「非情」に三浦哲郎あり、「文学奔流」に高井有一あり、「無名派」に水城顕あり、といった具合いだった。水城顕は『地獄は一定すみかぞかし』を残して先頃急逝した石和鷹である。当時の文学部はいまのキャンパスではなく、本部キャンパス内の四号館だった。その文学部の近くに全国の同人雑誌を集めている早稲田文庫茶房という喫茶店があった。主人の冨安龍雄さんはすでに亡くなられ、茶房もなくなったが、私はそこでいろいろな同人雑誌の連中に出会った。また茶房は、文学部の先生方の溜り場でもあった。いわば文学サロンで、井伏鱒二を囲む「竹の会」という会も茶房の座敷で行なわれていたようである。新庄先生、横田先生、小沼丹先生なども会員だったようである。私が新庄先生とはじめてお会いしたのは、あるいはその早稲田文庫茶房だったかも知れない。あるいは別の場所だったかも知れない。茶房の冨安さんには高田馬場や新宿などの酒場によく連れて行ってもらった。いまの高田馬場駅周辺はすっかりポストモダン的風景に変ってしまったが、当時は駅のすぐ近くに「飲ん兵衛大学」なる飲み屋街があった。戦後のバラック建てで、いわば闇市的飲み屋街である。新庄先生にお目にかかったのはあるいはその界隈であったのか。あるいはバー「アルル」だったか。あるいは新宿の樽平だったか。それとも新宿のハーモニカ横丁のどこかであったか。

私が入学した頃「早稲田文学」はまだ存在していた。第何次だったか、よくわからない。雑誌が出ると掲示板に、学生証を持参すれば一割だか二割引きにするという貼紙が出ていたような気がするが、買ったことはない。茶房で見たことはあると思うが、印象は薄いようである。それから間もなく休刊になった。同人雑誌の坩堝状態とそのことは無関係ではないだろう。昭和三十年頃ではないかと思うが、文学部内の同人雑誌の連合団体のようなものを作ろうという動きがあった。主唱者は誰だったのか、どうもはっきりしない。はっきりしないが単なる噂でもなく、これも誰がつけたのかはっきりしないが、「早稲田ペンクラブ」という名称も決ったようである。しかも何人かの先生方から寄附金を頂いた。新庄先生、横田先生、暉峻康隆先生その他だったと思うが結局まとまらず、集まった寄附金で文芸講演会を開いた。大隈講堂で、草野心平、八木義徳、花田清輝、庄野潤三という不思議な組み合わせの講演会であった。

ここで話を第七次早稲田文学に戻すと、新庄先生が最も頭を悩まされたのは会長問題と資金問題だったようである。資金問題のことは私にはよくわからない。これは平岡氏が詳しいと思うが、会長問題は先生からいろいろうかがった。それを要約すると、井伏鱒二はまず可能性なし。しかし尾崎一雄を立てれば丹羽文雄が立たず、丹羽文雄を立てれば石川達三が立たず、ということだったようである。丹羽邸へ先生のお伴で出かけたこともあった。結果として石川達三会長に落ち着いた。新庄先生のお伴をして田村泰次郎を訪問したこともある。新宿のはずれに西北ビルという大きなビルがあり、一階は事務所とか商店街で、上の方は公団住宅になっていたらしい。そのビルと田村泰次郎とどういう関係だったのかはっきりしない。はっきりしないが、そのビルの一室を早稲田文学の編集室に貸してもらえないだろうか、という相談だったようである。実際に部屋も見せてもらった。薄暗い部屋に事務用の椅子や机が積み重なっていた。蜘蛛の巣はどうだったかわからないが、放置されて物置きのようになっていたようである。田村氏はとても好意的なんだよ、と先生はいっておられた。その後どういう曲折があったのかわからない。聞いたのかも知れないが忘れてしまった。そして第七次早稲田文学は四谷の迷路的な路地の中のアパートの一室からはじまった。ボクの家の郵便受けにはね、立原君からの速達が毎日投げ込まれているよ、とあるとき先生はいっておられた。どこかで飲んだときだったと思う。石川会長は編集室にルームクーラーも寄附してくれない、といった内容のこともあるらしかった。一日に二通届くこともあったらしい。追分の油屋で飲んでいるところへ電話がかかって来たこともあった。

追分では毎夏必ずお目にかかった。先生の山荘は追分の東寄り、私の山荘は西寄りで、その中間あたりに横田先生の山荘があった。追分における両先生はまことに対照的で、新庄先生はシャツ、短靴にステッキ、横田先生は浴衣に下駄ばきだった。先生の山荘ではさまざまな酒宴が催された。あるときは早大野球部の石井藤吉郎監督、またあるときは早大ラグビー部OBたちと飲んだこともあった。しかしある日、散歩中にふらりと先生の山荘に立ち寄ると、先生は洗濯物を干しておられた。ボクはね、幼年学校時代から慣れているから、と先生はいっておられた。ときどき家族の方が来て食べる物を作って冷蔵庫に入れて帰られる。あとはほとんどお一人で、朝、昼は自炊。夕食はステッキを突いて坂を下り、旧道の油屋で、というまことに規則正しい生活だった。定年で早稲田を辞められてからも変らなかった。一昨年の夏お訪ねすると、離れの部屋でジッドの『日記』の改訳の仕事をしておられた。テーブルに備え付けの拡大鏡を使っておられた。小沢書店刊の第一巻は私も頂戴した。私はいまこれを追分で書いているので手許に本がないが、ドストエフスキーに関する部分で、何度かお手紙を頂いた。先生に質問されて私は大いに恐縮したが、昨年夏お訪ねすると入口にチェーンがかかっていた。肺炎で軽井沢病院に入院されたあとだった。

私は今年七月二十四日に追分に来た。やりかけの仕事を済ませ、先生の山荘へ出かけてみるとチェーンがかかっていた。八月二十六日夜、ＮＨＫテレビで先生のご逝去を知った。私は翌日、東京のお宅へ電話をした。先生が追分へ行かなかったのは今年だけ、ということだった。昭和二十六年（一九五一）以来、四十数年、先生は一夏も欠かさず追分へ行かれた。それから平岡氏宅へ電話をすると、留守番らしい女性が、パリですという。明日急いで帰国するということだった。文芸年鑑で調べると、先生は明治三十七年（一九〇四）十一月十日生れだった。八月二十九日、私は追分からお通夜に出かけた。この日追分はとつぜん夏日となり、朝から蟬が鳴き出した。焼香のあと別室で平岡氏に会った。これは平岡さん、追分に来られなかった先生から呼ばれたのですよ、と私はいった。合掌。

消えた座談会

　ここ数日、阿部昭のことをずいぶんあれこれ考えた。まだ読んでいなかった『短編小説礼讃』も読み、昨年未亡人から送っていただいた文庫本『大いなる日　司令の休暇』も読んだ。また、そもそも阿部昭と最初に出会ったのはいつだったろう、どこだったろう、など月並みなことも思い出そうとしてみた。しかし、どうも、これが最初だという決定的な記憶、第一印象といったものは思い出せなかった。

　もちろん、色々な場面の阿部昭が思い出された。酒を飲んでいる彼、喋っている彼、怒っている彼、笑っている彼、草野球場の彼、座談会の彼……。しかし、それらの記憶にはどれも「日付け」がない。脈絡がなく、前後関係が不明、何だか古ぼけたアルバムの中をさ迷っているような、奇妙な気分である。それならばいっそ、というわけで小学館の『昭和文学全集30』を開いてみた。そこには阿部昭も私も収録されており、年譜もある。

「昭和三十七年（一九六二）二十八歳／九月、応募していた短編『子供部屋』（八十九枚）が第十五回文學界新人賞に当選、〈文學界〉十一月号に掲載される」

これが阿部昭の分で、同じ三十七年の私の方のは、次の通り。
「三月、『関係』が第一回文藝賞中短篇部門の佳作として〈文藝〉復刊号に掲載された」
年齢は私が二つ上で三十歳であるが、文芸雑誌への登場は同年だった。この偶然の一致には、いまはじめて気がついたが、もう少し阿部年譜を見てみよう。昭和四十年『冬物語』『幼年詩篇』、四十一年『月の光』『手』、四十二年『東京の春』、四十三年『ふくろぐも』『未成年』『おふくろ』、四十四年『大いなる日』『鵠沼西海岸』『孫むすめ』他、四十五年『窓の眺め』『日日の友』『司令の休暇』……。

こうやって写していると、思い出した。つまり、この時代は阿部昭も私も、いわゆる芥川賞候補作家だったわけだ。そして阿部昭も私もついに芥川賞作家という名の作家にはならなかったのであるが、私たちが出会ったのは、この時代だった。「日付け」のない記憶の断片は、この時代のものなのである。

阿部昭との関係に、はっきりした日付けが入るのは、〈文藝〉の座談会からだろう。私の年譜では「昭和四十五年三月、阿部昭、黒井千次、坂上弘、古井由吉と〈文藝〉で座談会『現代作家の条件』」となっている。ただし、同じ巻の坂上弘年譜では、この〈文藝〉座談会が「昭和四十四年」の暮となっている。私としてはどちらでも構わないが、阿部昭年譜ではどちらだろうかと探してみると、四十四年、四十五年、どちらにも見当らない。

何故か？　もちろん阿部昭が不要と考えたからだろう。年譜に残す価値なし、あるいは残したくないもの、として切り捨てたからに違いない。この座談会は、福武書店に移って〈海燕〉を創刊した寺田博氏が〈文藝〉編集長だった時代におこなわれたもので、昭和四十七年までの間に、同じ顔ぶれで何度かおこなわれ、もちろん阿部昭は毎回出席している。そして座談会のあとは、新宿の地下バーMだった。私たちはそこで、かつ飲み、かつ喋り、かつ怒り、かつ笑い、かつ歌い、挙句は新宿西口のガード下で夜明けのラーメンを食って別れたのである。飲めない黒井千次はジュースで徹夜していた。

いま私は地下バーMにおける一場面を思い出した。マイクを持って立ち上った阿部昭が、「安岡さんのシャンソンに挑戦！」と叫んだかと思うと、『枯葉』をフランス語で歌いはじめたのである。これは座談会のあとではなく、私たちの草野球チームと新潮社編集部チームとの対戦後の酒宴だった。「安岡さん」は安岡章太郎氏で、当日はカメラをぶらさげてふらりと球場にあらわれ、やがてわが軍のピンチヒッターとして参加されたのであるが、当時の阿部昭はかくの如く、草野球、酒、歌、いずれも花形だったのである。

その阿部昭年譜から〈文藝〉座談会が消えたのは、いつからだろうか。私は一昨年五月、〈群像〉と〈文學界〉に阿部昭追悼文を書いた。そしてそのどちらかに、すでに十年ほど前から彼とぜんぜん会わなくなっていたことを書いた。心臓がよくないという話も、たまに編集者からきくような状態だった。また、坂上弘、高井有一、古井由吉と私の四人で編集した季刊〈文体〉（昭和五十二年～五十五年に十二冊を発行）に、阿部昭が一度も書かなかったということも書いた。別に彼から絶縁状をもらったわけではなかったが、たまに雑誌で見る彼の近況的な文章が、間接的な絶縁状に見えなくもなかった。しかし、彼のミザントロープは、まったく誰にも会わないというものではなかったようで、湘南地方の人々、旧友、詩人、画家、同人雑誌の作家などは、しばしば彼のエッセイによき隣人として登場していた。

つまり、同世代嫌い、同業者嫌いの常民好き、ということだろうか。心臓病から来た一種の気の弱りだろうか。いずれにせよ、阿部昭と会わなくなって、私が一番おどろいたのは、短歌だった。彼がひそかに短歌を作っていたとは、一大事件ではないか。少なくとも私にとっては、大袈裟でなく、阿部昭の世界、阿部昭像を一変させた事件だった。私はその『挽歌と記録』をまだ見ていない。しかし松本道介氏が文庫本『大いなる日　司令の休暇』の解説に引用した一首、饗庭孝男氏が「月報2」に引用した数首を見て、その余りの素朴さに、二度おどろいたのである。それとも、おどろいたのは私だけだろうか。そうだとすれば、『大いなる日』あたりから見えはじめた、海軍インテリ式文体の当然の到着点が、『挽歌と記録』ということになるのであろうか。

『短編小説礼讃』では、魯迅の話が面白かった。猫嫌いの魯迅の猫のいじめ方について、魯迅の猫はいつ何時、論敵や派閥に変化するかわからないので油断ならない、というところでは、思わず噴き出した。つまり笑いの魅力があった。しかし、ルナール、マンスフィールド、チェーホフの笑い＝悲哀を、すべて「人生論」に結びつけたのはどうだろうか。ここでも『挽歌と記録』のことが、私には少々気になったのである。

一九九一年夏、信濃追分にて。

不思議な発見

〝エトー・ライス〟のことを書いたのは、いつ頃だったろうか。江藤淳氏が慶應義塾英文科の学生時代に喀血、肺結核のため大学院も中退せざるを得なかったことは、この文芸随想集『人と心と言葉』にも、ところどころに出て来る。江藤氏は昭和八年生れ、私とまったくの同世代であるが、私たちの世代にとって肺結核は〝死に至る病〟であった。実際、私の旧制中学時代の同級生は肺結核で二年休学しているうちに、学制が新制に変ったため、新しく出来た新制中学校に学籍を移され、一年後に死亡した。いわゆる戦後の〝食糧難〟時代で、バター、卵、牛乳などは貴重品に属した。そのような状況の中で、江藤氏がいかにして〝死に至る病〟と戦い、それを克服したか。〝エトー・ライス〟は、いわば、その戦いの中で発明工夫された〝栄養食〟の一つなのである。そして私は、軽井沢千ヶ滝の江藤山荘で、江藤氏夫人手作りの〝エトー・ライス〟を、一度ごちそうになったのである。

私は料理にはまったく疎い人間であるが、一言でいえばそれは、みじん切りにしたニンニク入りの炒《いた》めご飯である。もう、かれこれ二十年近く昔ではないかと思うが、私はそれを〝エトー・

ライス〟と勝手に命名して、何かの随筆に書いた。そして今度、この『人と心と言葉』を読みながら、〝エトー・ライス〟をなつかしく思い出した。直接その話が出て来るわけではない。しかし、まったく無関係ともいえない。例えば「漱石ブーム」という一篇の中で江藤氏は、昨今の漱石ブームについての感想を求めた秋山駿氏に対して、「不景気のときの忠臣蔵」みたいなものではないだろうか、と答えている。つまり「忠臣蔵は、歌舞伎の世界では独参湯《どくじんとう》と呼ばれていて、どんな不景気のときでもお客の集まる狂言として知られている。近年の漱石ブームなるものも似たようなもの」ではなかろうか、というわけである。この「漱石＝忠臣蔵＝独参湯」説も面白い。しかし、これは秋山氏との対話の、いわば枕であって、問題はそのあとである。

「……新書判全三十四巻の『漱石全集』が世に出たのは、昭和三十一年（一九五六）五月のことであった。文壇内部でこそ漱石評価はむしろ冷淡だったが、漱石研究の数は夥しく、その中心には小宮豊隆『夏目漱石』が屹立していた。

それなら、その頃慶應義塾英文科の一学生に過ぎなかった私が、結核の病み上がりの身を鞭打って、何故もう一つの漱石論を書かなければならないと思ったのだろうか？」

江藤氏はその理由を、氾濫しているのは「文豪」漱石の像であって、生きた漱石の姿ではないからだ、と書いている。そして昭和三十一年十一月、東京ライフ社から出た『夏目漱石』の「あとがき」に、「……ぼくには、自分の眼に見える漱石の姿を、出来るだけ生き生きと描いてみたいという兇暴な衝動があった。（略）英雄崇拝位不潔なものはない。ぼくは崇拝の対象になっている漱石に我慢がならなかったのだ。（略）」と書いているが、〝エトー・ライス〟は、その「兇暴な衝動」を実現させるためのエネルギー源の一つに数えられてよいのではないかと思う。それから四十年目の現在、江藤氏は『漱石とその時代』第四部を「新潮」に連載中である。

「君はやはり漱石を」は、故・山川方夫氏との運命的な出会いと別れである。初対面は昭和三十年五月某日、江藤氏は慶應義塾英文科三年生、故・山川方夫氏は「三田文学」編集を担当していた新進作家だった。この「運命的」出会いによって江藤氏の『夏目漱石』の「三田文学」連載は決定し、その十年後に作家・山川方夫は三十五歳の若さで交通事故死したのである。また「野口さん、さようなら」では、東工大教授時代の江藤ゼミに留学して徳田秋声を研究中のイエール大学大学院生を、故・野口冨士男氏がいかに立派に指導されたかが書かれており、「わが友よ、優しい巨人よ」では、中上健次の三大傑作として『岬』『枯木灘』『千年の愉楽』が挙げられている。

愛犬家としての江藤淳氏も、すでに有名である。『吾輩は猫である』の作者の研究家が愛犬家というのも面白いが、「歴代の犬」によれば、初代のダーキイは『猫』の「吾輩」同様、昭和三十四年九月、伊勢湾台風の夜に大雨の中をずぶ濡れになって迷い込んで来た名無しの仔犬だったらしい。真黒のコッカー・スパニエルで、以来、江藤家の愛犬は二代目アニイ、三代目パテイ、四代目キテイ、そして現在の五代目メイに至るまで、すべてコッカー・スパニエルの牝である。偶然「牝」が続いたのではない。理由は明快、「牝の方が頭がいいから」というのが江藤氏の愛犬哲学である。

歴代犬の中で最も「いたずらっ子」は五代目メイで、次の二大奇癖を持つ。その一は、某テレビ番組のＣＭがはじまると「ウォーン、ウォーン」と遠吠えすること。その二は、江藤氏が帰宅すると、玄関に揃えてあるスリッパの片方をくわえて脱兎のごとく走り去ることだそうであるが、初代から五代まで共通しているのは、原稿を執筆中の江藤氏に「食事の時間」を知らせに来ることだそうである。

私はこの夏、何年かぶりで千ヶ滝の江藤山荘を訪問した。そして持参した「写ルンです」で、江藤氏夫妻とメイ嬢を撮影した。また江藤氏と私とメイ嬢を、江藤氏夫人が撮影したのであるが、出来上って来た写真を見較べて、私は不思議な発見をした。私が撮ったメイ嬢は、江藤氏夫人の膝の上で、何だか照れ臭そうに舌を半出しにしている。ところが一方、江藤氏夫人が撮ったメイ嬢は、実に堂々と、落ち着いた表情でカメラを正視している。この表情の差異は何だろうか？次の閑談の機会に、是非とも江藤氏にたずねてみたいものである。

中上健次と近畿大学

中上健次にはじめて会ったのは、新宿の地下酒場Mだった。島田雅彦が最近、対談などで文壇史的話題にしている、いわゆる文壇バーの元祖みたいな酒場であるが、誰に紹介されたのか、はっきりしない。誰と飲んでいたのかも思い出せない。その他の前後関係もはっきりしないのであるが、地下酒場Mだったことははっきりしている。そして、もう一つはっきりしているのは、そのとき中上健次が、私の『雨月物語紀行』を読んだといったことである。『雨月物語紀行』が出たのは昭和50年である。したがって私が彼に会ったのはそれ以降である。また私はそのとき、彼が和歌山の新宮出身であることを知った。

『雨月物語紀行』は、いわゆる名作紀行シリーズの一冊で、私は『雨月物語』の各篇ゆかりの地を取材して廻った。もちろん新宮にも出かけた。「蛇性の婬」の豊雄が蛇の化身である真女子《まなご》に出会うのが新宮である。新宮には浮島《うきしま》という不思議な植物園がある。名前の通り、植物園全体が水に浮かぶ島の状態になっている。そして「蛇性の婬」では、豊雄を誘惑した真女子の屋敷が、確かその浮島のあたりに設定されていたと思う。しかし私が出かけたときは、何かの理由で閉鎖されていて浮島を見物することが出来なかった。私はあたりを一廻りしてみたが、極く普通の町並みだった。そこで私は、たぶんその通りに書いたのだと思う。ところが中上健次は、そこのところに文句をつけて来た。詳しい内容は思い出せない。『雨月物語紀行』が手許にあれば、そのあたりを読んでいるうちに見当くらいはつくかと思うが、私はいまこの原稿を信濃追分の山小屋で書いているので、あいにくその本が手許にない。ただ、ぼんやり思い出すのは、その浮島のあたりについて「もう少し詳しく書け」だったか、「何か意見を述べよ」だったか。とにかく、たとえ浮島見物は出来なかったとしても、附近を一廻りしただけで旅館へ帰って寝てしまうのはまずいのではないか。何か、そんな風な文句だったような気がする。

晩年の中上健次は対談魔のようだったが、私が彼との対話で思い出すのは、そのくらいである。対談はもちろん、二人きりで話したこともないが、今回の中上健次全集のパンフレットに都はるみと二人の写真が出ていた。その写真でマイクを手にしている彼を見て、新宿の地下酒場Mで彼から渡哲也の「くちなしの花」を教わったことを思い出した。地下酒場Mではカラオケではなく、半専属的流しのギターを伴奏にしてマイクで歌っていた。そして年末には常連による歌謡曲大会が催されていたらしいが、中上健次は毎年ベスト5くらいに入っていたらしい。私は軍歌専門で、それも日清、日露、日中戦争あたりまでで、歌謡曲はまるでダメだったが、「くちなしの花」はおぼえている。一番だけだが、確かそれは地下酒場Mで中上健次から教わったのである。

私は七年前から、近畿大学に新設された文芸学部の教授をしている。総長の世耕政隆氏との奇妙な因縁からであるが、あるとき中上健次の話が出て、彼を文芸学部に呼ぶとしたら、何を担当させるのがよいだろうか、という話になった。私はいまは文芸学部長ということをやらされているが、当時は唯の教授だった。したがってこの話は、世耕政隆氏と小説家としての私との非公式で私的な閑談の一種だったといえるが、残念ながら私には名案が浮かばなかった。中上健次からは著書は送ってもらっていたが、彼がやっているという熊野大学についても、私はよく知らなかった。ただ文芸学部には文学科（英米文学専攻、国文学専攻）の他に文化学科があり、民俗学、考古学から女性学、マスカルチャー・マスコミ論まで間口をひろげた新しい学科である。したがって中上健次が自由に喋ることの出来る講座を設けることも可能ではなかろうか。実際、彼は世界じゅうを旅していたようだし、修験者姿で熊野詣でをしたり、「サムルノリ」を主催し、祭壇の「豚の頭」に一万円札を貼りつけて礼拝したり、といった具合だった。そしてそのとき私は、世耕政隆氏にそんな風な話をした。

結局、中上健次は近畿大学文芸学部芸術学科演劇芸能専攻の客員教授になった。これは意外でもあったが、なるほど、とも思った。ただ私はまだ学部長でもなかったので、彼が担当する授業の正式な科目名も知らなかった。こっそり聴講に行ってみた、という私のゼミの学生の一人にたずねてみると、学生の一人一人に詳しく自己紹介をさせていたので、途中で抜け出して来ました、ということだった。二週に一度来ていたらしいが、私とは曜日が違っており、ついに大学では一度も顔を合わせなかった。学生たちと大学近くの酒場で飲んでいるらしいという噂を聞いた。

一度盛大に歓迎の酒宴を催しましょうか、とあるとき世耕政隆氏に相談してみた。しかし、実現されなかった。世耕政隆氏は近畿大学総長でもあり、参議院議員でもあり、詩集『樹影』の詩人でもあるが、同時に医師でもある。だから、あるいはそのときすでに中上健次の病状を見抜いていたのかも知れない。そのうち入院の噂を聞いた。同時に、病室で飯を炊いているとか、抜け出して新宿の酒場に出没するらしいという噂も聞いた。まだ大学院が出来る前で、柄谷行人、渡部直己、島田雅彦は近畿大学に来ていなかった。

私は「新潮」の坂本編集長（当時）に電話して、慶応病院の病室番号を教えてもらい、やや長目の見舞い状を送った。八年前に私自身が虎の門病院で受けた食道癌手術の体験談に、「通俗医学書は読まぬこと」「病人に徹すること」など、「先輩」として幾つかの「教訓」をつけ加えた。そしてそれが中上健次への最初で最後の手紙になった。

平成六年一月、『十九歳の地図』が近畿大学文芸学部芸術学科演劇芸能専攻の卒業公演として、同時に中上健次追悼公演として、大阪の近鉄小劇場で上演された。

出会いと伝説

近畿大学文芸学部に来て、ちょうど十年である。最初の二年は東京から新幹線で通った。三年目から大阪でマンション暮しになった。そもそものはじまりは世耕政隆氏との出会いである。詩集『樹影』（一九九三年・紀伊国屋書店）巻末の「略歴」には「せこう　まさたか」とルビがふってある。「大正十二年（一九二三年）生れ。和歌山県新宮市出身。文芸誌『ポリタイア』編集同人」世耕氏と私との因縁は「ポリタイア」がはじまりである。この文芸誌はいまは存在しない。昭和五十一年七月に出た「檀一雄追悼特集号」が最終号である。巻末の「檀一雄年譜」（沖山明徳編）に、「昭和四十三年（一九六八）一月、芳賀檀、林富士馬、真鍋呉夫、世耕政隆、麻生良方ら（のち森敦も参加）と、季刊文芸誌『ポリタイア』を創刊」と出ている。

世耕氏と出会ったのはその後である。私は昭和四十三年三月に十年ばかり勤めていた出版社を辞めて、小説を書きはじめた。三十五歳だった。翌年、作品集『私的生活』が新潮社から、『笑い地獄』が文藝春秋から出た。その頃、新宿の酒場で檀一雄氏に出会い、いつの間にか「ポリタイア」編集同人にされてしまった。私は「ポリタイア」がいかなる雑誌であるのか、まったく知らなかった。由来も知らない。編集同人の顔ぶれも知らない。実際、雑誌を見たこともなかったが、とにかく集って酒を飲んでおればよろしい、ということであった。

　檀一雄邸の酒宴は一つの伝説である。私も何度か参席した。世耕氏とはその席で出会った。しかし、いわゆる初対面の記憶はまったくない。近畿大学総長であることも知らなかった。参議院議員であることも知らなかった。これは世耕氏に限ったことではない。檀邸酒宴の模様は林富士馬氏が、「なにを職業として、身すぎ世すぎをしているのか、はっきりしないような人達が、まるで、文学少年の集まりのように、狂気振ってみたり、天才じみていたり、本気で山師のはなしに熱中して、酒を飲むのである。主人公は、哄笑を続けている。ほとんど隣席の人を紹介されたことはなかったが、」と「ポリタイア」檀一雄追悼特集号に書いている通りである。

「ポリタイア」の由来は『定本佐藤春夫全集』（臨川書店）第六巻月報（一九九八年八月）の世耕氏の「あとさき」という文章に、「佐藤先生が亡くなられてから、誰からともなく淋しいから雑誌発刊をしようと声が出ていた。まず檀一雄、芳賀檀、林富士馬、森敦、真鍋呉夫、谷崎昭男の各氏と小生なども加わって、うつぼつとしている内に、次第に声が嵩まってきた。いずれも〝春の日の会〟のメムバーが主である」と書かれている。この「あとさき」には、佐藤春夫が幼少年期を過ごした新宮市の家と病院が、近畿大学附属短大の分校舎になったいきさつなども書かれている。

　森敦氏との初対面も「ポリタイア」の会だった。場所は東京・四谷の近畿大学出版部である。森敦氏は『月山』で芥川賞を受賞する前で、黒いゴム長をはいておられた。このことは森敦氏の追悼文にも書いたが、何故「ポリタイア」の会合が近畿大学出版部でおこなわれたのか。それは「ポリタイア」の発行所が近畿大学出版部だったからである。そして私はそこではじめて世耕政隆氏と「ポリタイア」と近畿大学との三角関係を知ったのである。しかし檀一雄氏の死後「ポリタイア」も終り、世耕氏のこともずっと忘れていた。

とつぜん電話を頂いたのは、昭和六十一年のある日である。近畿大学に文芸学部を作るから来てくれないかという。私は何年か前に早稲田大学の文芸学科で非常勤講師を一年つとめただけで、大学のことは何も知らなかった。電話のあと新宿の酒場F、銀座の酒場Aで何度かお会いした。私はちょうど『平家物語』『太平記』の首から首へと遍歴する小説『首塚の上のアドバルーン』を「群像」で連作中だった。近畿は『平家』『太平記』の本場です。自由に語って下さい。そういう場を作って下さい。ということであった。その後私は食道癌手術で入院した。退院して一年後、平成元年に近畿大学文芸学部が誕生した。この文芸学部のことは「群像」の対談で、二度話す機会があった。三浦清宏氏との「文学教育の現場から」（'92年6月号）、佐伯彰一氏との「小説の方法意識について」（'97年1月号）である。平成五年に私は世耕氏から大学院づくりを命ぜられた。専攻、コースなど研究科の編成、人選などすべてを一任された。幸い、高橋英夫、高田衛、柄谷行人、島田雅彦、故・渋澤孝輔、山口昌男、鈴木貞美各氏の参加を得て、日本で初の「創作・評論研究コース」を持つ大学院を作ることが出来た。昨年からは渡部直己氏にも加ってもらった。

世耕政隆氏は去る九月二十五日、近畿大学附属病院で急逝された。肺炎。七十五歳。詩集『樹影』の一篇から。

川の名は、ヴルダヴァ。架橋はカレル。（……）／夕刻、この音を求めてか、ひけ時に彼岸から此岸に渡ってくる人々の群がある。ときに火刑に遭った神父ヤン・フスも、リルケ、カフカの顔もいる……。橋は、ひととき川面の隅々にまで全身を籠めうたう合唱隊になる。

「プラハにて／死者の橋」の一節である。

書評

「四十有余年」の転機と感慨
──木村浩『ロシア文学遍歴』

「筆者がロシアの文学芸術を学ぶためにロシア語の手ほどきを受けてから、早くも四十有余年がすぎた」と、木村氏は「あとがき」に書いている。また、「かつてロシアの友人たちから『これまでどんな作品を翻訳したのか』と問われるときには、ある種の自嘲をこめて『《軍記《スローヴォ》》から《一日《アジン・ジェニ》》まで』と答えたものである。これは十二世紀の古典『イーゴリ軍記』からソルジェニーツィンの『イワン・デニーソヴィチの一日』まで、という意味である」とも書いている。

この『ロシア文学遍歴』には、それらのおびただしい翻訳のうち、「ノンフィクション作品に照明を当てた文章」および、ロシア正教の聖地「聖山アトス」訪問記、一九八二年九月に来日したソルジェニーツィンとの旅行記、モスクワの画家・ユーリイ・ワシーリエフ（一九二五年生れ）との交友記など、二十数篇のエッセイが集められている。どれも比較的短い文章で、一貫したテーマを持っているというものではない。しかし、この一冊を読み終えてみると、木村氏のロシア文学研究・翻訳の「四十有余年」には、幾つかの曲り角、転機があったことがわかる。

まず第一の転機は、ソルジェニーツィンとの出会いである。一九六二年、木村氏は来日したソ連作家アリショーノフ（彼は出国中に市民権を剝奪され、ワシントンに滞在していた）から、『イワン・デニーソヴィチの一日』が掲載されている「新世界《ノーヴィ・ミール》」誌十一月号を手渡され、それがきっかけでソルジェニーツィンとのつき合いがはじまり、それは一九七四年、ソルジェニーツィンの国外追放後も続くことになった。『イワン・デニーソヴィチの一日』の翻訳は、新鮮な衝撃であった。エレンブルグの『雪どけ』（一九五四年）は翻訳されていたが、いわゆる社会主義リアリズムのソ連文学に私たちはうんざりしていた。そんなときに『イワン・デニーソヴィチの一日』は、ゴーゴリ、ドストエフスキーにつながるロシア文学を思い出させてくれたのである。

しかし、「雪どけ」の時代も束の間、スターリンを批判したフルシチョフは一九六四年に早くも失脚し、木村氏にも第二の転機が訪れる。モスクワの画家ユーラ（ユーリイ・ワシーリエフの愛称）との出会いであるが、それは次のように書かれている。「一九六五年の日ソ文学シンポジウムの折に、今は亡きトリフォーノフに紹介されて以来、無二の親友となり、当時のソ連美術への幻滅からロシア離れしかかっていた私をロシアにつなぎとめてくれた恩人である」。また、木村氏の『ロシアの心・ロシアの風景』（NHKブックス／昭和59年刊）にも「ユーラとの出会い」の一章があり、そこでは「私はユーラを通じて、今日のロシア・インテリゲンチャと知り合うことができ、ソビエトの現状になかば絶望していた私は、そこから立ち直ることができた」と書かれており、『現代のレダ』『ドン・キホーテ』『砕かれたランプ』『詩のある色彩のハーモニー』など、画家ユーリイ・ワシーリエフの代表的作品数点がカラー写真で紹介されている。

次の転機は、一九七四年、ソルジェニーツィンの『収容所群島』の翻訳および、ソルジェニーツィンの国外追放である。と同時に、翻訳者である木村氏はソ連への入国を拒否されてしまったのであるが、当時のことを氏は、次のように書いている。「これまでのロシア文学との長いつきあいのなかで、その時期が一番苦しかったが、そのときも筆者を支えてくれたのは他ならぬロシアの友人たちであった。ユーラこと画家ワシーリエフを中心とするロシア・インテリゲンチャとの固い友情がなかったならば、筆者は今日まであの国とのきずなを保つことはできなかったにちがいない。（……）『ロシア文学遍歴』という言葉のなかにも、筆者はそうしたもろもろの個人的感慨をこめているのである」。

ソビエトから拒否された木村氏は、「聖なるロシア」へとのめり込んで行き、ついに、ロシア正教の聖地アトス（ロシア語では、アフォン）への旅となった。木村氏がプロテスタントのクリスチャンであることを、私はこの文章を読んで知ったが、「聖山アトス」への旅は、ソビエトから拒否されたロシア文学者・木村氏にとって、「ロシア的なるものとは何か？」を再発見する一大転機となったようである。

聖山アトスの歴史もわかりやすく解説されている。つまりアトスは現在ギリシャ領であること、そこには二十の修道院があり各国から修道僧が集まって来るが、彼らはすべてギリシャ国籍にならなければならないこと。また、革命後ソ連はロシア正教の修道院であるパンテレイモン修道院を見捨てて来たが、十数年前から援助と修道僧の派遣を再開したこと、など、などである。そして木村氏は、パンテレイモン修道院を訪ねて、モスクワ工科大学出身というヴィタリー神父に出会うが、そこで案内された頭蓋骨礼拝堂の場面は、実に印象的であった。礼拝堂には何段もの棚にシャレコウベがびっしり並んでいる。物故した修道僧たちの頭蓋骨だという。木村氏が撮影をためらっていると、ヴィタリー神父は「どうぞ」といって、その一つを手に取り、木村氏の目の前に差し出してみせる。そのとき撮影された頭蓋骨のカラー写真は、先に紹介した『ロシアの心・ロシアの風景』に収められている。

ところで木村氏は、一九七四年以後ソ連への入国を拒否されていたが、一九八〇年の暮れ、「なぜか」ビザが発給されて、レニングラードへ旅行することができたそうだ。その後ふたたび「不給」になったが、一九八七年「再発」されたので、木村氏はモスクワへ出かけた。このあたり、いかにもソビエト的な不思議さ、といえそうであるが、木村氏は、聖山アトスのパンテレイモン修道院で出会ったヴィタリー神父がモスクワに戻っているらしいという話をきいて、ロシア正教会のモスクワ管区事務所を訪ねた。その模様は「雪の修道院とクワスの饗応」の中で、次のように書かれている。

「私の話をきくと、係の神父は方々へ電話をかけてくれたが、控えの間で私が待っていると、若い修道僧がクワスを注いだカットグラスを盆にのせて運んで来、静かに目礼して、テーブルの上においた。温かい室内で飲む冷たいクワスの味は格別であった。私の経験からいって、個人の家庭を別にすれば、わずかな待ち時間に、ソ連の公の機関でこのような饗応にあずかったことはなかった。

ヴィタリー神父には連絡がつかなかったけれども、私はこの饗応にすっかり満足した。それは久しく忘れられていた古きよきロシアのこころを思い出させてくれたからである」

クワスは、ウォトカ、サモワールと共に最もポピュラーなロシア名物の一つといえるだろう。「裸麦粉と麦芽とで作るロシア人愛用のビールに似た清涼飲料の一種」と『広辞苑』に出ている。いまでも最も大衆的な飲物で、ハバロフスクやイルクーツクの街角では、給水車のような車の前にクワス売りのおばさんが立っているのを見かけた。そのクワスの一杯が、「古きよきロシアのこころ」の象徴として、木村氏を感動させたのである。
ペレストロイカの声がきかれはじめてから約一年後の一九八七年秋、「ソ連当局の評価が劇的に変って」、木村氏は二十二年ぶりにソ連作家同盟から正式な招待を受けた。そして、グラスノスチ（情報公開）の流れの中で、ソルジェニーツィン復権という情報もあったらしいが、やはり中止になったようである。

（木村浩著／岩波書店刊）

ある日一冊の詩集が私を一撃した
――長野規『征く』

私は一人の小説家である。もう三十年近く小説を書いている。しかし、いまだかつて詩は一行も書いたことがない。そんな私のところにも、ときどき詩集が送られて来る。

ある日『征く』が届いた。私は読みはじめた。そして「舟木先生のこと」から「東部第十七部隊」まで十五篇を一気に読んだ。こんな経験は、はじめてである。どんな詩人なのか、まったく知らなかった。

「昭和十九年四月から昭和二十年六月まで、つまり一九四四年から一九四五年まで、敗色濃い帝都にいて、入学、動員、罹災、入隊を体験した、凡庸な学生の記録である」と「後記」に書かれていた。

アルト　ドイチェラント
老いた　ドイツよ
ヴィル　ヴェーベン　ダイン　ライヘン
トゥーフ
われわれは　織る　なんじの　経帷子を

（「舟木先生のこと」）

早稲田高等学院で、はじめて聴くハイネの詩。はじめて見るドイツ語の亀の子文字に「ぼくら」は酔い、目がくらむ。しかし「蜜月の授業」は一年と続かない。動員。赤羽の陸軍被服廠で、梱包かつぎ作業。ある日、三百機をこえるB29が襲来し、東京京浜西南部は一夜にして潰滅。「ぼく」の家も消えた。

黒い瞳、ととのった顔、まるい肩、すこし胸がふくらんで、(……)挺身隊の水野さんに、ぼくは心奪われた。

(「愛と断章」)

しかし「貴女が好きだ」という言葉をどうしても口に出せない。ある日、女子挺身隊は豊岡へ移動し、「水野さん」は見えなくなった。

エス・イスト・グート。独逸の詩人ゲーテの断定は、簡明にして難解だ。(……)エス・イスト・グート。それでいいんだ。

(「若き哲学徒の手記」)

霜は軍営に満ちみちて　秋気清しと詠じける／(……)軍歌は、つづいている。(……)消灯ラッパが鳴る。

／(……)東部第十七部隊、陸軍歩兵二等兵、はじめての眠りに、ぼくは入る。

(「東部第十七部隊」)

いかにも単純な青春と感傷である。しかし同時に、それは単なる世代的詠嘆を超えている。詩人の目＝言葉によって、モノローグ的回想を超えている。その青春と感傷が私を一撃した。エス・イスト・グート。

(長野規著／思潮社刊)

アンケート

あなたが「歴史」を考える上で、拠り所となる一冊を教えて下さい

『司馬遷―史記の世界』武田泰淳著／講談社

今は昔、スターリン時代なるものがあった。その頃ゴーゴリ、ドストエフスキー、カフカを読み、大いに悩んだ。やがてスターリン時代は終ったが、しかし万歳！　万歳！　というわけではなかった。もともとスターリン反対のために生きて来たわけでもなかったし、スターリン時代が終っても世界の謎が解けたわけではない。だからゴーゴリ、ドストエフスキー、カフカのような小説は書けないものかと悩んでいたのである。そんなある日、この本に出会い脳天を一撃された。やがて我に返ったとき、目の前の世界は円から楕円に一変していた。二つの中心。他者との関係。この歴史空間論＝世界楕円論は、以来、文学の原理となり今日に至っている。

怪奇小説　この一篇

私にとって「怪奇小説の愉しみ」とは、「文学の愉しみ」とほとんど同じ意味である。私にとって魅力ある小説は、ほとんどすべて怪奇・幻想小説だからであります。例えば「古事記」「日本書紀」にはじまって「今昔物語集」「宇治拾遺物語」「太平記」「説教節」のいろいろ、上田秋成の「雨月物語」「春雨物語」、馬琴の「南総里見八犬伝」、芥川龍之介「鼻」「藪の中」「河童」他、牧野信一「ゼーロン」「鬼涙村」他。

ゴーゴリの「鼻」「狂人日記」「外套」他、ポーの「黒猫」「赤き死の仮面」他、メルヴィル「白鯨」他、ドストエフスキー「分身」「鰐」他、カフカ「変身」「流刑地にて」「審判」他、ボルヘス「汚辱の世界史」他の全作品。アンケートの要求は、一篇を選んでその魅力を語れ、というが右の理由により一篇を選ぶことは不可能に近い。私の「世界文学史」「日本文学史」は、ほとんどすべて怪奇幻想小説によって作られているからであります。

印象に残った本

①**江戸怪談集** 上・中・下（文庫）
高田衛編・校注（岩波書店）

「怪談集」は江戸時代に出現した庶民文芸で、「諸国百物語」「伽婢子」などはよく知られている。この三冊は江戸時代の代表的「怪談集」十一冊から選ばれた、こわい話、神秘的なハナシ、珍しい話のアンソロジーである。

（一九八九年）

①**モスクワ、ペテルブルグ縦横記**
沼野充義著（岩波書店）

②**小説の精神**
ミラン・クンデラ著／金井裕訳
（法政大学出版局）

③**小説愛**
芳川泰久著（三一書房）

①ソ連解体後の生まなましいロシア・レポート。プラカードを掲げたモスクワの乞食の写真はショッキング。②小説家の小説論として本格的。ジャンルとしての小説の可能性を信じている。③ハッタリのない新しい小説研究。

（一九九五年）

①**牡丹燈籠**（文庫） 三遊亭円朝著（岩波書店）
②**病牀六尺**（文庫） 正岡子規著（岩波書店）
③**学問のすゝめ**（文庫） 福沢諭吉著（岩波書店）

①坪内逍遙にすすめられて二葉亭が言文一致の参考にした「であります」調の語りの文体が面白い。俗語＝深川言葉は『浮雲』にも取り入れられている。説教節を怪談にしたような笑いがある。②③も明治の日本語文体に興味。

（一九九八年）

私の推す恋愛小説、この一冊

『貧しき人々』 ドストエフスキー

同じアパート内での往復書簡という形式。ドラマチックでもない、ロマンチックでもない三角関係という反恋愛小説である。

「世界幻想喜劇派短篇集」（自筆メモ）

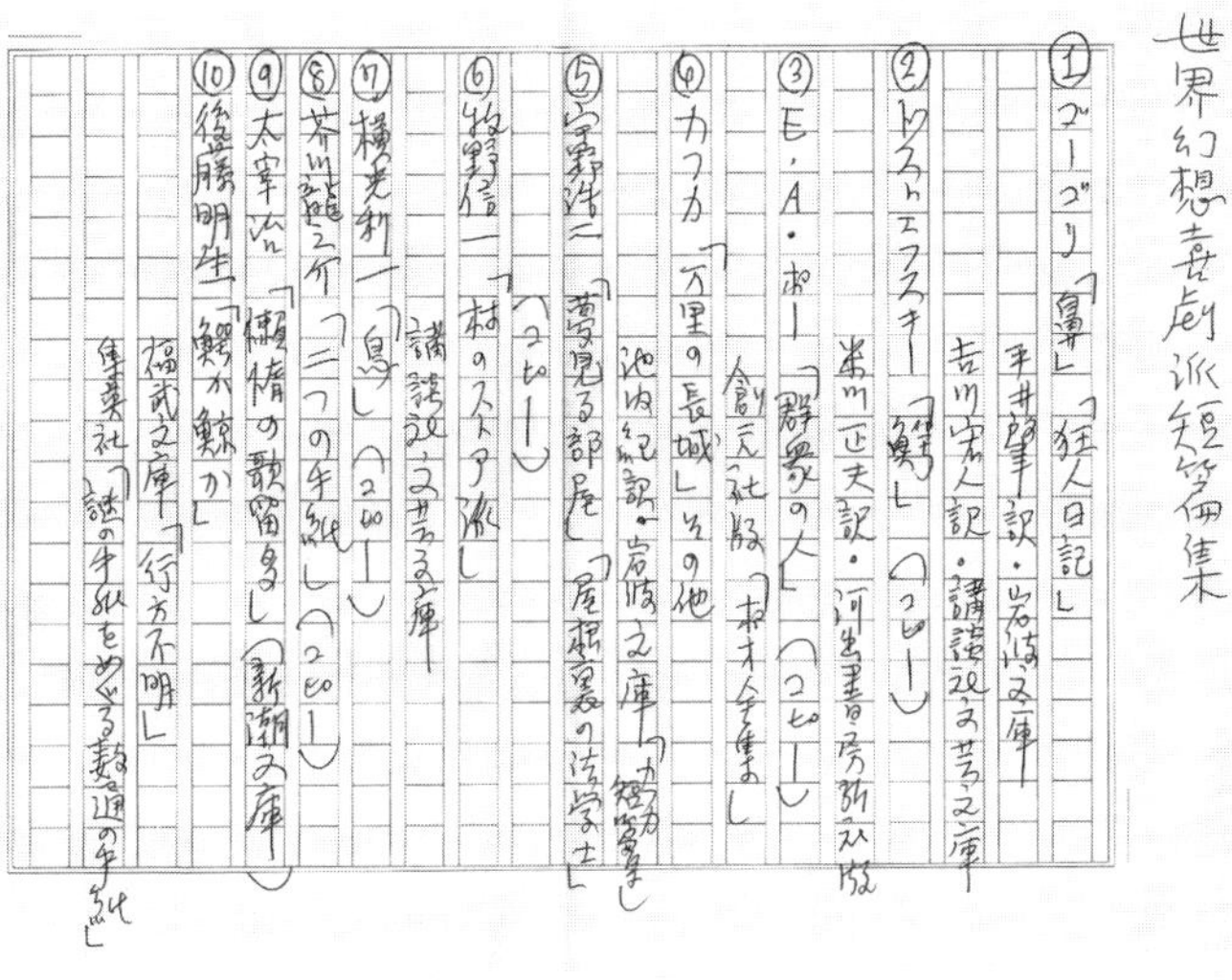

Ⅳ　ふっと思い出す話

私の中の「ふるさと」

朝倉は私にとって幻の故郷である。私は北朝鮮の永興《えいこう》という町で生まれた。李朝の始祖・李成桂が生まれたという古びた町で、私は昭和二十年にその永興の日本人小学校を出て、元山《げんざん》中学に入学した。本当は、本籍地の福岡県立朝倉中学校に入りたかった。朝中は父の出身校であり、三つ年上の兄も永興の小学校から朝中に入った。だから私も当然、朝倉中学に入るものと決めていたのである。

しかし太平洋戦争は、すでに末期的段階に入り、関釜連絡船の往復も危険な状態ということで、朝中入学は断念せざるを得なかった。そして八月十五日、日本敗戦によって朝鮮半島は日本の支配から解放されて独立し、それまで私が「生まれ故郷」だと思い込んでいた永興は、「外国」に変化したのである。

翌昭和二十一年、私は引揚げて来て、朝倉中学一年に転入学した。しかし、住んだのは本籍地の朝倉町（当時は村）ではなくて、甘木市（当時は町）だった。転入してまずおどろいたのは、「バッテン」「ゲナ」「バイ」の朝倉弁である。これには、まったく面喰った。各県出身者が集っている旧植民地では、いわゆる「植民地標準語」が使われていたが、そんな日本語は朝倉では通用しない。私が一言発するごとに、教室じゅうの笑いものとなったのである。

私は必死で朝倉弁の修得にはげんだ。まるで試験の前に英単語を暗記するような調子で、「バッテン」「ゲナ」「バイ」の朝倉弁を丸暗記した。しかし決して苦痛ではなかった。なにしろ、憧れの朝倉中学である。「バッテン」「ゲナ」「バイ」を修得することは、すなわち朝倉と同一化することだった。本物の朝倉人に生まれ変ってゆくことだった。それはまた同時に、外国語を身につけてゆくようなたのしみでもあったのである。

いまでいえば、カルチャー・ショックということになるが、菜の花畑と麦畑も、生まれてはじめて見る日本の風景だった。甘木の丸山公園は桜の名所として知られているが、公園の石段を登りつめたあたりから見下ろした菜の花畑と麦畑、あの黄色と緑のコントラストは忘れられない。現在はあのあたりもずいぶん変ったらしいが、私はいまでも朝倉といえば、昔、母がよく歌っていた歌とともに、あの風景を思い出す。

うらうららと　筑紫の春は
菜の花たんぼで　名高いお国
たんぼうらうら　どこまで続く
菜の花こがねの　菜の花こがねの

御殿へ続く

（近藤思川・作詞「菜の花の国」）

私の母は昨年六月、八十五歳で亡くなったが、機嫌のよいときに出て来る愛唱歌の一つだった。朝倉中学で忘れられないのは、野球である。なぜ野球部員だったのか、いまとなっては私自身にも謎であるが、とにかく私は、全国中等野球から全国高校野球へと変った、その転換期の三年間、正式の野球部員だった。ちょうど福島投手（早大―新日鉄）を擁する小倉中学（現在の小倉高校）が夏の甲子園で二年連続優勝した時代である。ただし、わが野球部にとって甲子園は遥かに遠く、三年とも地区予選の一回戦で負けた。

そしてやがて私の興味は、野球から芥川龍之介へと変化していったのであるが、練習でボロボロになった硬球を持って帰り、二枚の瓢箪形の革を乾かして、赤い糸で縫い合わせた夜なべの記憶は、単なる野球の記憶ではない。そのまま私の、敗戦後の朝倉の思い出なのである。

昭和二十三年に旧制朝倉中学校は、旧制朝倉高女と合併して、男女共学の新制朝倉高校となり、私たちはその併置中学三年生という、何だかややこしい存在となった。しかし、この学制改革のお蔭で私たちは、中学一年から高校卒業まで六年間、ずっとつき合うことが出来た。毎年一月、年賀状が一きりついた頃、「朝高二七会」の案内状が届く。二七会は昭和二十七年朝高卒の同窓会であるが、卒業以来現在まで、毎年二月の第一日曜日に開催されている。私たちは朝倉高校「併置中学」の唯一の卒業生であり、また学制改革によって各市町村に新制中学が発足したため、私たちは中学一年から高校二年になるまでの四年間、ずっと最下級生をつとめて来た。「朝高二七会」が持つ何ともいえない不思議ななつかしさは、そういうお互いの運命共同体的な意識によるものではないかと思う。

ところで私は、いまも本籍地を福岡県朝倉郡朝倉町大字山田一四六番地に置いたままである。私は大学卒業以来ずっと東京暮しだった。三年前からは、参議院議員であり近畿大学総長でもある世耕政隆氏との不思議な因縁で、新設された近畿大文芸学部教授の仕事を引き受けることになり、いまは大阪暮しであるが、いずれにせよ、戸籍などの書類を取り寄せるのに、本籍地が遠いのは不便である。にもかかわらず本籍地を変えたくないのは、朝倉が私の幻の故郷だからである。

秋の田のかりほの庵のとまをあらみ
わがころもでは露にぬれつつ

『百人一首』冒頭のこの歌の歌碑が建っている筑後川のほとり、恵蘇宿《えそのしゅく》=通称ヨソンシュク=が私の本籍地である。急逝した斉明天皇の葬列を、大笠をつけた鬼が朝倉山から見下ろしていたという『日本書紀』の謎めいた記述。女帝の朝倉の皇居に仕える女官に恋をした老人の、エロスとタナトスのドラマ『綾の鼓』。

実は私は甘木・朝倉広域市町村圏事務組合の依頼で『あさくら讃歌』を作詞した。目下、桐朋学園大学々長の三善晃氏が作曲中であるが、私はこの混声合唱組曲に「幻の卑弥呼の国」というサブタイトルをつけたい。ヨソンシュクの木《こ》の丸殿《まるでん》から見下ろす筑後川は、「古代」と「未来」を、天と地を、くるりと反転させるメビウスの帯のような、幻の川に見えるからである。

1994年の極私的総括

大阪暮らし六年目の師走である。最初の年は、そば屋で「たぬき」と「きつね」を間違えて、大カルチャーショックを体験した。つまり「たぬきそば」を注文すると、「きつねそば」が出て来た。私はおどろいたというより、ほとんど反射的に腹を立てた。「たぬきそば」を注文したときから、私の舌は揚げ玉の味を待ち構えていた。そこへ油揚げを載せた「きつねそば」が出て来たのである。私は、注文したのは「たぬきそば」だが、と丼を運んで来た店の女性に抗議した。すると反対に、次のような講義を受けることになった。女性の大阪弁を標準語にすると、油揚げはうどんに載せると「けつね」であるが、そばに載せた場合は「たぬき」となるのである。

こうなったら、いっそ大阪のど真中に住んでやろうと、私は大阪城の見えるマンションに移った。すぐ裏手の難波宮《なにわのみや》跡公園を通り抜けると、大阪城公園まで歩いて約十分である。ところが今年はその大阪城公園梅林の梅見もできなかった。理由は大学院づくりである。六年前、詩人にして医者であり、政治家にして近畿大学総長であるところの世耕政隆氏との奇縁により、近畿大学に来ることになった。学者、研究者、芸術家、作家が集まってそれぞれに探究し創造する、どこにもなかったような文芸学部を新設したいという。確かに現役の芸術家、作家が非常勤ではなく専任教授というケースは、日本では珍しい。そして五年目の昨年、今度は大学院づくりということになり、「文部省詣で」が始まったのである。

三島由紀夫は大蔵省時代、自分の文体がお役所ではまったく通用しなかった体験を『文章読本』に書いていたが、昨年から今年にかけて私の時間とエネルギーは、まさに「文部省文体」との大格闘に費やされた。特にアメリカ式のクリエイティブ・ライティング・コースの要素を取り入れた「創作・評論コース」を「文部省文体」で説明するのに骨が折れた。申請書類は書き直す度に厚さを増した。文部省に書類を持参する。係官から不備な点を指摘される。つまり「指導」を受ける。持ち帰って書類を作り直す。これを大学用語で「作文」というが、この「作文」こそ「文部省文体」との大格闘なのである。そしてそれを繰り返すうちに書類はどんどん厚くなった。それが昨年十二月まで続いた。

書類審査の次は、文部省係官二名と専門委員（他大学の学長）二名による現地視察である。これが今年一月と二月におこなわれ、やれやれ何とか設置許可が下りたのはすでに三月中旬であった。それから院生募集広告を出し、入学試験は四月になった。これではとても梅見などしていられないわけだが、大学院づくりの経緯はずいぶんあちこちからたずねられた。私はいま書いて来たような話をした。すると、ほとんどの人が次のように答えた。「じゃあ、小説のネタはすでに充分仕入れたわけですな」。私は、なるほどこれが他人の目というものか、と思った。そして文部省の廊下で見た大風呂敷の異様な行列を思い出した。大風呂敷には大学名、学部名を書いた荷札（のようなもの）が付けられていた。最初は何だろうと思ったが、中身は各大学から提出された申請書類らしい。実は私と同行した事務担当者も、ほとんど同様の風呂敷包みを持参していたのである。申請書は同時に七、八冊を提出することになっているため、運搬には大風呂敷が一番ということらしいが、それらの書類がいかなる経路を辿って廊下に行列を作るのか。また控室で分厚い書類を前にして、呼び出しの順番を待つ同業者たち。それらはすでにカフカの『審判』の中に書かれた「書類の迷宮」の風景であった。

不況による就職難は大学の大問題となっている。そして不況のときは「忠臣蔵」だという。その忠臣蔵独参湯説によるものかどうか、国立文楽劇場の十一月公演は『通し狂言仮名手本忠臣蔵』で、大学院生二名と見物に出かけた。私は何年か前『首塚の上のアドバルーン』にこの浄瑠璃のことを書いた。『太平記』の「塩冶《えんや》判官讒死《はんがんざんし》の事」に出て来る兼行法師のニセ艶書事件から話がそこへ移り、更にボルヘスの『汚辱の世界史』中の「不作法な式部官・吉良上野介」——これは大石内蔵助が浅野内匠頭の介錯をするという、まことに奇怪な「忠臣蔵」である——へとアミダ式に遍歴した。しかし実演を見るのははじめてである。午前十一時から夜九時過ぎまでの長丁場だったが、大夫の語り、三味線の演奏、人形の演技、すべてがただただ珍しく、堪能した。そして昔、私がまだ子供だった頃、一人で弾き語りしていた祖母の三味線を久しぶりに思い出した。

今年は、小説は『四天王寺ワッソ』『俊徳道』『贋俊徳道名所図会』（「新潮」'95年1月号）の三篇を書いた。三篇目は二篇目『悛徳道』のパロディである。単身赴任者――ヨソ者の目で大阪の日常を幻想空間に異化する短篇シリーズも、六年目でようやく七篇になった。あと一篇書いて、一冊にまとめたいと思っている。

エッセイ集と小説集

七月中旬、夏休み直前に京都白地社からエッセイ集『小説は何処から来たか』を出した。私は近畿大学文芸学部と大学院の創作・評論研究コースで、夏目漱石、芥川龍之介、宇野浩二、永井荷風、横光利一、牧野信一などの作品をテキストに使っている。しかし、それらについて書いた私自身のエッセイを学生たちに読ませるには、違反を承知でコピーをとるしかない。私は十五、六冊のエッセイ集を出しているが、『小説―いかに読み、いかに書くか』（講談社現代新書）を除き、すべて絶版状態である。

『ドストエフスキーのペテルブルグ』（三省堂）『カフカの迷宮』（岩波書店）が出たのは一九八七年で、以後エッセイ集は出していない。したがって未収録エッセイもかなり貯っていた。そこで、それらの未収録エッセイを柱にして、それらと関連の深いエッセイを絶版状態で入手不可能なエッセイ集から、いわば私自身による私自身の引用という形で、テーマ別に再編集したのが『小説は何処から来たか』である。そして、この「再編集」という方法が、「再販制度見直し」に対する著者自身の「自衛策」「再生策」の試みとして、読売新聞（九月十三日・夕刊）で話題になった。

また、日本文芸家協会では、「協会ニュース」八月号と九月号で、「書籍雑誌の流通について」の会員アンケートを特集したが、私は九月号の「自社でいらなくなったものなら、死蔵せずすぐ版権を手放すことを義務づけてもいいと思います」という曾野綾子氏の意見に賛成、是非とも、早急に実現してもらいたいと思う。

大阪に来て、大学教師をやりながら、ぽつりぽつり発表した小説が、やっと一冊になった。十月中旬に出た『しんとく問答』は、表題作の他七篇から成る小説集であるが、この八篇を書くのに五年かかった。小説の語り手「私」は、単身赴任の大学教師である。「私」は地図と「写ルンです」を持って、大阪を歩きまわる。難波宮跡公園——大阪城——生国魂《いくたま》神社——四天王寺——俊徳道……同時に語り手「私」は、謡曲『弱法師』、説教節『信徳丸』、折口信夫『身毒丸』、『摂津名所図会』『河内名所図会』その他のテキストからテキストへ遍歴＝往復する。小説集『しんとく問答』は、そのような定住者でもなく旅行者でもない単身赴任者＝ヨソ者＝他者の目によって、幻想空間化された「大阪」である。

哲学者の昼寝

一九九七年十一月某日。晴。トックリセーターにマフラー、冬ジャンパーに革手袋という重装備で散歩に出かけた。午前十一時十分前である。マンションを出て、いつものように、南側の金網の破れ目から難波宮跡公園に入る。大化改新後に造られた古代宮殿跡で、北側にかなり大きな石の舞台がある。大極殿があった場所らしいが、それ以外には史跡らしいものは何もない。約千メートル四方ののっぺらぼうの草原である。柳やアカシヤがところどころに立っている。私はこの風景が気に入っている。

草原の片隅に小さな石碑がある。碑文に旧歩兵第八連隊の練兵場だったと記されている。いまは犬の運動場である。夕方になると大中小さまざまな犬が走りまわっている。

金網の破れ目から入ると、すぐ左手にフェンスが張りめぐらされていた。年に何度か場所を変えて、史跡の発掘調査がおこなわれている。フェンスにずらりと雀がとまっていた。フェンスの内側に掘り返された土がピラミッド状に盛り上げられていた。その頂上のあたりが揺れ動いている。見ると、それも雀の群だった。土と雀はほとんど同じ色だった。そのため一瞬、ピラミッド全体が雀であるかのように見えた。ちょっと不気味な目の錯覚であった。

大極殿跡の石の舞台の下で、哲学者が昼寝をしていた。ふくらんだ紙袋を枕にしている。枕元に白いビニール傘が拡げられていて、顔は見えない。古代ギリシャの犬儒派哲学者は首にずだ袋をかけ、桶を背負っていたそうである。大阪の哲学者たちは何かがぎっしり詰った紙袋とビニール傘を手にしている。公園の西北の出入口の左手に段ボールを組立てた哲学者の家が、二つ三つ見える。ソクラテスのような髯を生やした哲学者が鳩にパン屑を撒いていることもある。「賞味期限」なるものがある限り、哲学者たちは食物に不自由しないという。コンビニなどが期限切れの食品を大量に捨てるからだという。

公園の西北口を出ると、中央大通りと上町筋との大交叉点である。大阪の車は物凄い勢いで走る。通行人も負けずに、赤信号でも隙を見て横断する。まだ大阪に来たての頃、大阪人某にそのことを質問すると、それは信号無視に非ず、「自主的判断」なり、との返答であった。中央大通りを横断すると、右角がＮＨＫ（ＪＯＢＫ）である。ＮＨＫ沿いの歩道を通り抜け、もう一つ十字路を渡ると大阪城公園である。何という出入口か正式名称は知らないが、大阪府警の警官がいつも立番をしている。そこから入って左へ折れると大手門へ出るコースである。木全体が真黄色に染まった公孫樹並木がある。何人かの人が銀杏拾いをしていた。大手門へ向う坂の下に屋台が出ている。アイスクリーム。太閤焼き。これは回転焼き、すなわち今川焼きである。大阪名物お好み焼き、たこ焼き。隣がイカ焼きで値段は「足二百円、身三百円」。大阪に来たての頃はこの「足」

「身」にも思わず笑わされたものである。

ちょうど「大阪城　菊の祭典」の真最中であった。大阪市と大阪府の共催で毎年おこなわれる。ずっと昔、NHK大河ドラマをテーマにした菊人形展を、千葉の谷津遊園で何度か見た。大阪城のは菊人形展ではないが、大阪城梅林の梅、四月の桜とともに大阪城名物になっているらしい。

大手門を入ると桜並木で、紅葉が去年より早いようである。西の丸公園入口の附近でそう気がついた。同時にモスクワのグリゴーリィ・チハルチシビリ氏を思い出した。氏はロシアの文芸誌「外国文学」の副編集長である。同時に日本文学研究家で、三島由紀夫のロシア語訳もしている。また芥川とゴーゴリを比較した「ゴーゴリ化された目で見れば」や「ロシアへ帰る日本文学」などのエッセイを日本の文芸誌に発表している。昨年のちょうどいま頃、私たちは大阪城近くのレストランで食事をした。東京の仕事を終え、京都へ紅葉を見に行ったが「青葉ばかりでした」と氏はがっかりしていた。ロシア美人のエリカ夫人も一緒だった。昨年はあいにく大阪城も「平成の大改修」中で、工事の櫓に囲まれていた。

大阪城本丸広場は修学旅行その他の団体客で埋まっていた。金ピカに改装された天守閣を背景に記念撮影がおこなわれている。その頭上を鳩の大群が何度も何度も旋回した。本丸広場のベンチでは、見物客たちが弁当やお好み焼きや、みたらし団子などを食べている。鳩たちはその足下に群らがって餌をもらう。食べ過ぎで肥り過ぎて、そのうち飛べなくなるのではないかと思ったことがある。鳩の大群の大旋回は人間たちへのデモンストレーションのようにも見えた。あるいは反対に大サービスだったのかも知れない。

　本丸広場を下り、極楽橋を渡って堀沿いに右折する。堀端には「魚釣り禁止」の立札が立っている。しかし堀には何本も釣糸が垂れている。子供も釣っている。大人も釣っている。私はそれを見物している。

ふっと思い出す話

ここ数年、五月の連休は信濃追分で過ごしている。大阪から長野行きの特急列車が一本だけ出ている。午前八時五十八分大阪発の「しなの15号」である。名古屋から中央線に入り、木曽川沿いに上って行く。藤村が書いた通り、木曽路はすべて山の中である。木曽杉に覆われた山の間を木曽川が流れている。

中津川を出て木曽福島に向う途中、浦島伝説ゆかりの地というものがあって、車掌のアナウンスが聞こえる。浦島太郎が龍宮から帰ったあと余生を送ったところです。中洲の岩の上の祠には浦島が龍宮から持ち帰った弁財天が祀ってあります。太宰治『お伽草紙』の「浦島さん」は、丹後の水江の話である。「何だかひどく荒涼たる海浜らしい」と書かれている。反対に、木曽川の浦島伝説地の眺めは、まさに絶景である。なぜ木曽川に浦島伝説なのか。私は不精をして、いまだにその由来を調べていないが、この「絶景」は「しなの15号」の楽しみの一つである。

もう一つの楽しみは二度目の花見である。浦島伝説地を過ぎたあたりから景色は一変する。一昨年だったか、山には山桜、野には染井吉野が満開で、思いがけない二度目の花見に、あっとおどろいたものだった。大阪での花見の定番は大阪城公園散歩である。マンションを出て難波宮跡公園を斜めに横切る。大化改新後の宮殿跡で、夕方になると大中小さまざまな犬が走りまわっている。柳やアカシヤがぽつんぽつんと立っていて、いわゆる史跡らしくないところがよい。草原の片隅に「歩兵第八連隊跡」の石碑がある。昔、八連隊の練兵場、いま犬の運動場である。公園を横断し、ＮＨＫ大阪の脇を通り抜けると、大阪城公園である。

ふつう満開はセンバツ高校野球準々決勝の頃である。今年は曇天で肌寒かったが、満開の桜の下にはいつもの如く、花見用の青ビニールが敷かれていた。嘘かマコトか、この青ビニール敷きが新入社員の初仕事だという話を聞いたことがある。いつだったかテレビで、某大学のホームレス調査結果を紹介していた。十年前に大阪で彼らに出遇った私は、紙袋をさげビニール傘を担いだ彼らを、桶を背負い、ずだ袋を首からさげた古代ギリシャの犬儒派に見立てて、大阪の哲学者と名づけた。某大学の調査では、最近彼らが公園などに定住する傾向にあるという。大阪城公園には確かにそれらしき青テントが目立って来た。ホームレスのホームとは奇妙な話だが、もう一つ不思議なのは、その青テントが花見用の敷物と同じ青ビニールであることである。

昨年は「しなの15号」沿線の桜はすでに散って二度目の花見は出来なかった。追分の山桜、八重桜も散っていた。五年前、山小屋を改造したとき、私は戯れに麓迷亭《ろくめいてい》と名づけた。浅間山麓と二葉亭四迷のモジリである。そして庭に一本、桜を植えた。紅山桜という種類らしいが、昨年は茶褐色の葉だけになっていた。桜だけでなくレンギョウもすでに散っていた。今年は追分の山桜はちょうど満開だった。わが麓迷亭のレンギョウも満開だったが、紅山桜はやはり葉ばかりであった。まだ幼木で、庭での二度目の花見は、だいぶ先の話になりそうである。

五月の追分はタラの芽の季節である。特に珍らしい山菜でもないが、自分で採って天婦羅にするところがミソである。散歩は「自選浅間五景」を入れた五コースで、どのコースのどこにタラの木があるか、いまではもう頭に入っている。歩きながらステッキの「つ」の字型の握りの部分で刺だらけの幹を引き寄せ、芽をちぎる。問題はタイミングである。つまり、明日あたり天婦羅にと目星をつけて翌日行ってみると、誰かに先を越されている。逆の場合もあった。ステッキで引き寄せ芽をちぎったとたん、「ああっ！」と男の声がした。向い側の山荘の住人らしい。タラの木は山荘内のものではない。脇の道端に生えていた。もちろん自生で誰の所有物でもない。しかし向いの山荘の住人は、明日あたり天婦羅に、と目星をつけていたに違いない。

二階の仕事部屋の正面は、枯木と新緑の風景である。枯木はアカシヤ、栗、クルミ等である。新緑はカラマツ、マユミ等である。枯木と新緑の林の中を鯉のぼりが泳いでいる。泉洞寺《せんとう》の朱塗りの山門の屋根が見える。この屋根が見えるのは枯木のうちだけである。夏になると雑木の藪で見えなくなる。

敗戦後間もなくの頃、中学二年か三年のとき「国語」で正岡子規を習った。柿食へば鐘が鳴るなり法隆寺。俳句が宿題に出されて、生れてはじめて作った。柿食えば烏鳴くなり日暮なり。柿を真似た一句を提出したが、ほめられなかった。以来およそ五十年、私は歌も俳句も作ったことがない。ところが昨年の「麓迷亭雑記」（追分滞在中の落書き帖）に、こんなものが見つかった。追分の枯木の中の鯉のぼり。これを俳句といえるかどうか。アナカシコ。とんだお笑い草の初公開であるが、仕事部屋の正面の景色は今年も昨年と、まったく変わらない。

　連休が終り、私は東京まわりで大阪へ戻った。新幹線に乗り、さて弁当をどうしようかと考えていると、司馬さんの話を思い出した。大阪府主催の山片蟠桃《やまがたばんとう》賞は、外国人による日本文学、日本文化研究に対して与えられる国際的な文化賞で、ドナルド・キーン、サイデンステッカー両氏もこの賞の受賞者である。平成五年から一昨年まで私も審査員の一人をつとめたが、司馬遼太郎氏には、亡くなられるまで毎年その会でお会いしていた。審査が終り、飲みながらの閑談が深夜まで続く。そのとき聞いた司馬さんの話。車内で弁当を買うつもりで新幹線に乗った。電話をかける用事があり、済ませて席に戻ると弁当が置いてあった。司馬さんは食べ始めた。そこへ一人の紳士が現われ、そこは私の席ですが、といった。それから先の話の結末は忘れた。司馬さんは、何かしようと思うと、したつもりになってるんですな、といっておられた。とつぜん、ふっと思い出す話である。

Ⅳ　麓迷亭通信

麓迷亭通信

昼飯のあとベランダの椅子に腰をおろしていると、ぼとん、と音をたてて胡桃の実が落下しました。ぼとん、とはっきり聞こえる音です。頭の天辺に落ちて来たこともあります。胡桃の木は二本並んでおり、根元一面に黄緑色の胡桃の実が転っています。胡桃の右隣は樅の木で、かなりの大木です。『挾み撃ち』『四十歳のオブローモフ』を書いた頃、樅の木はほとんど目立たない小木でした。当時はアカシヤ時代で、わが山小屋の庭はアカシヤに包囲されていましたが、いまは樅の木が山小屋を見おろしています。枝の張り具合いも実に堂々たるもので、ツリーの見本といってもよい形です。「岩波国語辞典」には「もみ〔樅〕山地に自生する、まつ科の常緑高木。葉は線形で密生。材は建築・器具用、また、パルプの原料」と出ています。いま手元にこれしかありません。広辞苑か大辞林を買わなければと思いながら、毎年忘れてしまいます。辞書はバスかJR電車で小諸の書店まで行かないと買えません。毎夏こちらへ来るとき段ボール箱二、三箇分の本を送るのですが、辞書はつい忘れてしまいます。しかし送った本はほとんど読みません。ほとんど読まずに夏が終り、ふたたび同じ段ボール箱に詰め込んで大阪へ送り返すことになります。

大阪から追分に来るようになって、もう何年になりますか。食道癌の手術を受けたのが五十五のときです。「五並びのゾロ目」は危険だといわれておぼえているのですが、いま六十四ですから九年前になります。大阪へ行くことになったのは手術の翌年ですから、八年前ということになります。追分行きは東京からよりも大阪からの方が不便です。距離も違いますが、それでも最初のうちは直行の夜行列車が出ていました。「軽井沢シャレー」とかいう夏の臨時列車で、神戸発だったと思います。全車寝台で通路の両側に二段ベッドが並んでいます。上段の方がいいと思って予約したのですが、細長い梯子の途中で足が止まりました。アナカシコ、アナカシコ、ヤンヌルカナ！　食道癌の手術は癌部を切除し、胃袋を釣り上げてつなぎ合わせるというもので、全身麻酔で九時間かかりました。『首塚の上のアドバルーン』の連作七篇のうちの第三作を書いたあとでした。雪の多い年で十二月の大雪の日に退院、数日後に地震がありました。かなり大きな地震で、幕張のマンションの十一階の仕事部屋の二段重ねにしておいたスチール製ロッカーの上段が滑り落ちて、床の絨毯に突きささっていました。退院後は小型座布団を紙袋に入れて、近くの公園や遊歩道を散歩しました。歩行訓練で、ベンチからベンチへ約五百メートル歩いては一休みするのですが、尻の肉がなくなっているので、公園のベンチにじかに坐れません。小型座布団はそのためです。入浴のときはタオルを四折りにして尻に敷きます。これはいまでも習慣化しております。歩く力はほぼ回復しました。近鉄大阪線の駅から大学まで約一キロ、学生、自転車、小型トラックなどが入り乱れる商店街を鞄をさげて歩きます。九十分授業も立っ放しで平気ですが、どうも階段がいけません。JR、私鉄、地下鉄、登り下りとも、混んでいないときはつい手摺りを使っています。二年前に改造した山小屋の階段にも手摺りをつけました。夜行寝台列車の梯子はほんの数段です。ところが三段目あたりでとつぜん不安になり、車掌に頼んで下段に替えてもらいました。軽井沢直行の夜行寝台列車は琵琶湖の南岸から北陸経由で翌朝早く長野着、軽井沢には朝の八時か九時頃着いたと思います。寝台車でない車輛が一輛ついており、談話室のようになっていて、三三五五、何か食ったり、喋ったり、ビールを飲んだり出来るようになっています。枝豆を食っている男女がいました。キヨスクとか売店で買ったものではなく、手製のようです。大型のビニール袋から紙皿に取り分けて二人で食っていました。男も女もビールは飲んでいなかったようです。年の頃は三十代半ば、リゾートスタイルでもスポーツスタイルでもなく、いわば普段着です。夫婦のようにも見えるし、浮気不倫のようにも見えます。あるいは仕事仲間か、サークル仲間か。仕事仲間かサークル仲間の会合か合宿にこれから参加するのか。会合の枝豆係を二人のうちのどちらかが受持っていたのか。寝台列車のベッドは上段なのか下段なのか。どことなく奇妙な男女でした。この夜行寝台列車は間もなく廃止になりました。二度か三度乗ったでしょうか。赤字だったのかも知れません。その後は名古屋まわりです。大阪―長野の直行便が一本だけあります。「しなの15号」です。寝台列車とは反対に大阪を朝九時ちょっと前に発車、名古屋から中央線に入ります。中津川駅を出て木曽福島へ向う途中、車掌が景色のすばらしさと浦島伝説についてアナウンスします。藤村が書いた通り、木曽路はすべて山の中です。木曽杉に覆われた山の間を木曽川が流れています。山と川の眺めはほとんど変化しませんが、見ていて退屈しません。車掌は眼下の木曽川の中洲に注目するようアナウンスします。中洲に小さな祠があり、そこが浦島伝説発祥の地だということです。なぜ浦島伝説なのか、よくわかりません。一度、天の橋立に行ったとき、あのあたりにも浦島神社があったような気がします。太宰の『お伽草紙』の「浦島さん」は、丹後の国の話です。「浦島太郎という人は、丹後の水江《みずのえ》とかいうところに実在していたようである。丹後といえば、いまの京都府の北部である。あの北海岸の某寒村に、いまもなお、太郎をまつった神社があるとかいう話を聞いた事がある。私はその辺に行ってみた事が無いけれども、人の話に依ると、何だかひどく荒涼たる海浜らしい」。そんな北海岸に果して浦島を龍宮へ案内したような大海亀が出現するだろうか、と太宰は疑って見せます。疑って見せながら太宰は「鰭状の手で悠々と水を掻きわけて」浦島を龍宮へ案内する「赤海亀」を、無理矢理、強引に丹後の水江の海岸に出現させています。木曽の浦島伝説も誰かが書いているかも知れません。車掌のアナウンスは正午前後あたりだったと思いますが、まだ一度も川の中の祠らしきものを見たことがありません。木曽路はすべて絶景です。列車はそれを見おろして走ります。車掌のアナウンスが終り、あっまた見逃したと思っているところへ、次の絶景が現われて、浦島伝説の祠を見逃したことをつい忘れてしまうようです。そこで車掌のアナウンスがもう一度聞こえます。ご乗車の記念にオレンジカードはいかがでしょうか。この機会に便利なオレンジカードをぜひお買い求め下さい。木曽の浦島伝説とはどんな浦島伝説か。すでに五、六回はアナウンスを聞いていますが、いまだにわかりません。つまり、いまだに何も調べておりません。列車はやがて山と川の絶景をあとにし、絶景とともに浦島伝説を忘れてしまうようです。そしてまた翌年の夏、車掌のアナウンスで思い出す。その繰返しです。調子がよいときは、浦島伝説のあたりで弁当を食っています。悪いときは缶ビールを飲んでいます。前夜の酔いを引きずった寝不足状態で大阪を発つと、迎え酒のような形でビールを飲むことになってしまいます。長野着は午後二時ちょっと前、長野から信越線東京行きの「あさま20号」に乗り換え、中軽井沢着は午後三時ちょっと過ぎです。

　樅の木は幹の片側の樹皮が剝ぎ取られています。地上一メートル半くらいあたりまでです。山小屋を改造したとき、ブルドーザーかシャベルカーに擦られた傷痕のようです。樅の木から左へ、もう一本の胡桃、栗の木、栗の木、まゆみ、まゆみと並んでおります。「岩波国語辞典」では「まゆみ〔檀〕山野に自生する、にしきぎ科の落葉低木。五、六月ごろ淡緑の小花が咲く。紅葉が美しい。鑑賞用に栽培もする。材は細工用。昔、弓の材料にした」。確かにまゆみは胡桃、栗より少し背が低いようです。胡桃、栗、まゆみの間には名前のわからない種々の雑木が、割り込むような恰好で挟まっており、雑木には何種類もの蔓草が相争うように絡まっています。その奥は藪で、名前のわからない種々の雑木が折り重なるように繋っています。互いに枝と枝を絡み合わせ、押し合い、突き合いの大格闘を演じているようにも見えます。実際この藪は植物同士の苛烈なる生存闘争の場であったといえます。『笑坂』『吉野大夫』を書いた頃、この藪は一面のすすき原でした。胡桃も栗もまゆみもありません。現在の胡桃、栗、まゆみの場所はアカシヤの場所でした。

つまり山小屋の庭はアカシヤ時代、藪はすすき時代でした。ところが十何年か前の台風でアカシヤは全滅しました。山小屋の屋根に倒れかかったもの、お隣りの屋根に倒れかかってブリキの煙突をへし折ったもの、庭の電線に倒れかかったもの、そして更に一本は草道を斜めに横切って向う側の某会社寮の庭に倒れ込みました。某会社寮の広大な白樺林は全滅状態でした。巨人が踏み倒して通り抜けたような光景でした。アカシヤ全滅のあと、わが山小屋の庭は一変しました。アカシヤ時代、庭は一面の月見草で夕暮方になると庭じゅうぷうんと甘い香りに包まれました。運よく月見草は助かりましたが、台風のあと、月見草の間に挟まるようにして咲いている白い草花に気がつきました。月見草とほとんど一対一の割合いで混っています。それまで気がつかなかったのが不思議なくらいです。昔、国鉄保線区に勤めていたという土地の老人にたずねると、鉄道草というのだそうです。わが国に鉄道が敷かれた頃どこからともなく出現し、鉄道とともに日本全国に蔓延したということですが、土地の人は貧乏草と呼んでいるそうです。この老人は『笑坂』に何度も登場します。『吉野大夫』にも登場しますが、『吉野大夫』が本になる直前、とつぜん亡くなりました。老人はその鉄道草という貧乏草を抜いた方がいいとも抜かない方がいいともいいませんでした。しかし、台風の翌年の夏、アカシヤ全滅でがらんとなった庭を眺めているうちにとつぜん抜きはじめ、一日がかりで一本残らず引き抜きました。やってみると、根本が微妙に絡らみ合っており、間違えて月見草を抜いてしまうことが何度もありましたが、庭は月見草の黄色一色となりました。ところが翌年の夏来てみておどろきました。庭一面だった月見草がどこにも見当りません。嘘のように一本残らず消えてなくなっていました。跡には、よもぎ、おおばこ、あざみ、名前のわからない黄色い花、その他の雑草が雑然と入り乱れ、相争うように共存していました。すすき原も変貌しました。アカシヤ全滅のあと次第に勢力が衰えてゆき、ある夏、気がつくとすすき原は消滅し、藪は雑木の戦国時代になっていました。アカシヤとすすき、月見草と貧乏草の共存と消滅にどのような因果関係があるのかわかりません。台風によるアカシヤ全滅によって、生態系に何か変化が生じたのかも知れません。とにかくアカシヤ＝すすき時代は終りました。アカシヤの場所は胡桃、栗、まゆみの場所となり、樅は大木になっています。アカシヤ時代の次は胡桃時代といえるでしょう。胡桃、栗、まゆみ各二本ずつですが、胡桃が一番早く成長したし、何といっても、ぼとんぼとんと派手に黄緑色の実を落下させております。黄緑色の皮はねばねばしていて、洗ってもなかなか落ちません。胡桃の木には栗鼠が来ますが、地面に落ちた実は拾わないようです。よく見ると黄緑色の皮のどこかに茶褐色の小さな傷があります。虫喰いかも知れません。土に埋めておくと皮がとれて殻になり、殻の中の実は食べられるという話も聞きました。胡桃時代に入って何年目かの夏、根元のあたりに紅天狗茸が真赤な笠を拡げていました。すでに九月に入っていたかも知れません。落下した胡桃の実が土になりそこから生えて来たのではないか。そんな気のする紅天狗茸でしたが、二、三年続いたかと思うと出なくなりました。毎年、紅天狗茸を採集し、干して塩漬けにしているという土地の人がいます。七十前後の女性で、ときどき手作りの胡瓜や茄子を頂きます。息子さんの家族も近くにいるようですが、一人暮しをしています。紅天狗茸の塩漬けは、真冬に紅天狗茸の塩漬けをストーブで焙って酒の肴にするのを何よりのたのしみにしている知人のためだということです。紅天狗茸の塩漬けは、爪楊枝で舌の先をつつきながら食べるのだそうです。舌に感じる痛みによって痺れ具合いをはかるのだそうですが、だんだん痛みがなくなって、痺れて来るあたりが何ともたまらないということです。二、三日前の夕方、山小屋の庭の世話を頼んでいる植木屋氏夫婦が軽トラックでやって来て、いま山から採って来たという茸をどさっと置いて行きました。今年は例年よりもかなり早いということです。いつもは九月に入ってからだが今年は早いという情報が入り、大慌てで出かけて採って来たということです。笠のところはちょっと苦味がありますが、絶対大丈夫ですからと念を押して帰って行きました。名前は忘れてしまいましたが、笠は薄茶色、茎はクリーム色がかったもので、形も大きさも茸の見本みたいな茸です。植木屋氏夫婦が帰ったあと、紅天狗茸の塩漬けを作っている女性が通りかかりました。頂いた茸は、六十過ぎの夫婦だけではとても食べ切れない量です。ちょうどよいので彼女にお裾分けをしようとしたのですが、茸類は食べないということでした。折角でまことに申し訳ないが、親の遺言だということです。紅天狗茸の塩漬けは、あくまで知人への贈り物だということです。頂いた茸は炒めて夕食のおかずにしました。植木屋氏がいった通り、笠に苦味がありました。「絶対大丈夫」の方も植木屋氏のいう通りでした。そして、これも植木屋氏がいった通り、今年は茸が早いようです。いつもは八月も終り近くなり、山荘族がそろそろ引揚げはじめる頃から目につきはじめるのですが、今年は早くも散歩コースに出現しています。

まだ甲子園の高校野球が始ったばかりです。茸の種類は何万とかいわれているようですが、毎年毎年変化しているのではないでしょうか。毎年毎年、変種や新種が出現しているのかも知れません。今年は寿司屋の厚い卵焼きを丸くしたようなもの、亀の甲みたいなものが目立つようです。どちらも丸ごとステーキにしてみたくなるような色、形、大きさです。ステッキの先で突き刺したい衝動、一刀両断したい衝動を抑えながら、ステッキにもたれて眺めています。食道手術後、散歩のときはステッキを用いております。散歩コースはＡＢＣＤＥの五コースありますが、今年は特にＡコースで茸が目立つようです。アライマケの墓の脇から細いやや登りの草道を北へ進み、青山学院寮の前の坂道を千メートル林道へ抜けます。アライマケは旧中仙道追分宿時代に越後方面から移住して来たといわれる荒井一族のことで、一族だけの墓所を作っています。この墓のことは『吉野大夫』にも書きました。隠れキリシタンの廉で斬首されたという伝説の飯盛り女が働いていたといわれる布袋楼《ほていろう》はアライマケの一軒で、飯盛り女のための小さな供養塔がアライマケの墓の片隅に残っております。散歩のＡコースは千メートル林道のもう一本上の道を左折して西に向かい、途中右折してもう一本奥の細い草道を左折します。両側にぽつんぽつんと山荘がありますが、この草道はほとんど陽の射し込まない茸道です。丸ごとステーキにしてみたくなるような珍種に出会うのも、この道です。ステッキで突き刺したくなるのも、一刀両断したくなるのも、この道です。この道を抜け、三石《みついし》方面行きの道路を跨ぐと、右手に不思議な草むらがひろがっていました。草むらには龍の髭が群生しており、草むらの切れ目はこれも不思議な崖になっていました。崖には石炭色の土が露出しており、古い噴火口跡のようにも見えます。崖下は草むらで、その向うは森です。栗、赤松、から松などの大木が重なり合って見える奥深い森です。鴉の大群が棲んでおり、森の上、崖の上、草むらの上で渦を巻いています。ある日の午後、崖一面に鴉がとまっているのを目撃しました。石炭色の崖の全面がほとんど鴉で埋っていました。八月の終り頃だったと思います。何日かあと、同じ時刻にカメラを持って行って見ると、崖は鴉で埋っていました。注意深く、細道を伝って崖に降り、草むらの中を腰をかがめながら崖の方へとにじり寄りました。しかしカメラを向けたとたん、崖一面の鴉は一斉に飛び立ち、大声で啼き交しながら幾手かに分かれて飛び去りました。草むらの中を腰をかがめて近づくところを、どこかの木の上から監視されていたのではないかと思います。Aコースは鴉のための散歩道だったわけではありません。散歩コースABCDEにはいずれも浅間山を眺める場所があります。そこから眺める浅間は、追分の独断浅間五景で、草むらの崖上から眺める浅間もその一つです。追分の浅間は南面の浅間です。左に首をまわすと浅間の西裾がぐうんと延びて剣ケ峰につながっています。つなぎ目の窪みのあたりは天狗の路地とか呼ばれているそうです。浅間は地上が快晴でも見えないことがあり、その反対の場合もあります。色も変りますし、斜面にいろいろな模様が描き出されます。それが斜面に映る雲の影だとわかったのは、だいぶあとになってからです。しかし、とつぜん崖の埋め立てがはじまりました。草むらの入口に工事用の柵が置かれ、錆びたキャタピラーつきの戦車のようなシャベルカーが停っていました。誰もいないので草むらに入って崖をのぞくと、二輪車や車のタイヤなどが転っていました。何度か行って見ましたが、その夏は同じ状態のままでした。山荘族が集る夏休み期間は工事を中断するのかも知れませんが、一夏毎に崖は少しずつ確実に埋め立てられてゆきました。誰が何のために崖を埋めているのか。草むらには何の標示も出されません。出されないまま毎年、崖は少しずつ崖でなくなってゆき、昨年の夏ついに崖は消滅していました。崖下の草むらの向うの鴉の森の鴉も姿を消していました。今年は十日ほど前こちらに着き、早速行ってみると、草むらの入口に金属製の門柱が立てられ、黄色いチェーンが張られていました。鴉の森の鴉はわが山小屋の近くにも移動して来たようです。しきりに啼き声が聞こえます。アライマケの墓の森のようです。啼き方はカアー、カアー、カアー、カアーと、カーオ、カーオ、カーオの二種類です。カアー、カアー、カアーは親鴉、カーオ、カーオ、カーオは子鴉です。鴉の赤ちゃんなぜ泣くの／コケコッコのおばさんに／赤いお帽子欲しいよ／赤いおくつも欲しいよと／カーカー泣くのね。そんな童謡があったような気がします。しかしこの童謡、いつどこで憶えたのかはっきりしません。カアー、カアー、カアーと、カーオ、カーオ、カーオは交互に聞こえて来ます。子鴉の声は変声期の少年の声のようでもあります。カアー、カアー、カアーは語尾が尻上りで明瞭です。カーオ、カーオ、カーオの方は語尾が尻下りで不明瞭です。親鴉と子鴉の発声訓練、啼き方演習は七月から八月にかけて続けられるようです。同時に子鴉の飛行訓練もおこなわれるようです。ちょうど同じ時期に胡桃の実も落ち続けるようです。樅の木の幹の樹皮の剝げた部分には蔓草が絡みついています。土地の人は樅の木はもめるとか、もまれるとかいって嫌っているそうです。棺桶にする木だともいわれているようです。胡桃の実が、ぼとん、と音をたてて落下しました。そして鴉の啼き声です。カアー、カアー、カアー。カーオ、カーオ、カーオ。

栗とスズメ蜂

私がこれから皆さんに披露しようと思うのは、スズメ蜂の話である。今は昔、私は『蜂アカデミーへの報告』という小説を書いた。かれこれ十二、三年前ではないかと思う。ある年の夏、追分でスズメ蜂に刺された男が、蜂アカデミーへの報告書を書くという話であった。しかし私がこれから披露しようと思うスズメ蜂の話は、その小説とはまったく無関係である。栗の話も同様である。

私は昨年の夏も浅間山麓信濃追分の山小屋で過ごした。例年通り七月下旬から九月中旬まで約二ヵ月を過ごした。滞在中私は、今年もまた浅間山麓信濃追分における山小屋暮しにご先祖様のご加護がありますように、と毎日ナムアミダブツを唱えている。毎日必ず風呂の中でナムアミダブツを唱えている。しかしナムアミダブツを唱えても、すべてが無事であるとは限らない。昨年の夏もいろいろな事が起きた。ある日フランスパンを嚙んだとたん、入歯がぽろりと抜け落ちたこともあった。たまたま妻は、東京の娘のところへ用事で出かけて留守だった。かかりつけの歯科医院もない。一時はどうなることかと思われたものである。しかしその事件もここでは省略する。またその他の話もすべて省略して、ここでは信濃追分の山小屋暮しの最後の日の出来事だけを書くことにする。

昨年の九月十何日かのことである。いよいよ大阪へ引揚げる日のことで、私と妻は最後のあと片付けをしていた。この山小屋の引揚げ前のあと片付けはなかなか大変である。なにしろ翌年の五月の連休まで空家にするのである。特に三年前に山小屋を改造してからは、ガス、水道、風呂場などの始末が複雑になった。もちろんガスも水道も風呂場もすべて改造前とは比較にならぬ程便利になった。つまり近代化された。近代化され、便利になったが、それだけ装置も複雑になった。妻はガス、水道、風呂場などの新しい装置のあと始末の手順を、大きな紙に書いてダイニングルームの戸棚の脇に貼りつけていた。手順の説明書には番号が付いており、それを順番に一つ一つ確認しながら始末しなければならない。その確認はすべて妻によっておこなわれた。私はほとんど何もしない。何もしないというより、説明書を見てもほとんどわからない。そのことをここで白状しておく。それは山小屋の近代化と私のズレである。

私はせいぜいベランダの椅子を物置に仕舞う。水撒きホースのリールを物置に仕舞う。これは昔は片手で充分だった。しかし今は両手でも重い。ゴミを焼く。焼いたあと焼却炉のあと始末をする。掻き出した灰を、シャベルで掘った土に埋める。それから焼却炉の煙突に蓋をする。この焼却炉は山小屋を改造したときに買った。改造前は庭でゴミを燃していた。改造後は庭が前後に分断されたためゴミ焼きがむずかしくなった。鋳物製の小型焼却炉で煙突がついている。放って置くと煙突に鳥が巣を作るらしい。それを知らずに翌年ゴミを焼き、鳥の巣を燃やしてしまった。そんな話を妻が聞いて来て、煙突に蓋をすることになった。最初は峠の釜飯の釜をかぶせた。これはちょうどぴったりだった。しかし、ぴったり過ぎて翌年はずすのに骨を折った。結局かぶせたまま釜を金槌で叩き割ってしまった。次の年からはボロ布を詰め込むことにした。ボロ布すなわちボロシャツである。十何年か前の私のボロシャツを丸めて詰め込む。その上にスーパーのビニール袋をかぶせてビニール紐で縛る。書庫用に作った離れの小屋の水道の蛇口にもボロ布をかぶせてビニール紐で縛った。小屋の外燈にはビニール袋をかぶせてビニール紐で縛った。本やノート類は前日段ボール箱に詰める。私にとってこれは大仕事である。段ボール箱は四箱か五箱になる。大阪からこちらへ送ったのとほぼ同じ分量である。内容もほぼ同じである。同じ内容、同じ分量の本やノートを段ボール箱に詰めて大阪から追分に送る。追分から大阪に送り返す。毎年同じ繰返しである。必要なものを両方に揃えればと思うが、なかなか思うようにゆかない。

あとは二階の各部屋のコンセント引き抜きと戸締りである。昔はこの戸締りに一苦労した。一苦労というより大騒動だった。まず木枠のはまった網戸をはずす。はずした網戸を物置に運ぶ。代りに物置から木の雨戸を担ぎ出す。雨戸は一枚ではない。東側、西側、南側の三方に二、三枚ずつある。大きさも大中小があって、一枚一枚それぞれ上下左右が決っている。その通りでなければはまらない。しかしその通りにはめ込むことが容易でない。押したり引いたり持ち上げたり叩いたりしなければならない。腕力だけでは通用せず、ついに金槌を使用しなければならなくなる。改造以前すなわち近代化以前の、引揚げ前の戸締りはまさに雨戸との格闘であった。改造前の山小屋には二階はなかった。改造後は一階も二階も雨戸はすべて金属製になった。網戸も金属サッシに変った。戸袋も金属製である。ガラガラと引き出し、パチンと止める。近代化以前の大格闘とは大違いである。今の私には大格闘の体力はない。無理である。その点、山小屋の近代化と私の老化は一致していた。

私は二階の各部屋のコンセントを引き抜く。そして雨戸を閉める。最後は私の仕事部屋である。コンセントを引き抜く前に本棚をのぞく。本棚はガラガラになっている。その分を毎年送ったり送り返したりしているのである。必ず何冊か気になる本がある。段ボール箱に詰め忘れたのではないか。しかし段ボール箱はすでに宅急便屋にまわっている。宅急便は追分旧道の八百屋で取り扱っていた。引揚げ前日の夕方か、当日の朝、小型トラックで取りに来る。私は仕事部屋のコンセントを引き抜き、雨戸を締めた。そして何冊かの気がかりな本を残してダイニングルームに降りてゆく。階段では必ず手摺りを使うようにしている。

ダイニングルームのテーブルにはウーロン茶の缶が二個置かれていた。すでに冷蔵庫も水道も使えない。使ってはいけないということである。ダイニングルームの時計も取りはずされていた。そのままにしておくと狂うらしい。冬の寒さのためらしいことが何年か前にわかった。それ以来、取りはずして押入れの蒲団の間に仕舞うことにしている。置時計はタオルなどにくるんで戸棚に仕舞っているようである。ダイニングルームのテーブルにはにぎり飯も置いてあった。にぎり飯は使い捨ての紙皿に載っていた。腕時計を見ると二時ちょっと過ぎだった。帰りは東京経由である。中軽井沢から上野、東京。東京から新幹線である。私はにぎり飯を一個つまみ、ウーロン茶を一口飲んだ。そこへ妻が外から入って来た。洗濯物の籠を抱えていた。たぶんそれが最後のあと片付けとなるのであろう。引揚げの日の運不運はその日の天気にかかっていた。お天道様が照るか照らないかで、はっきり明暗が分かれた。妻の機嫌も同様だった。昨年の引揚げ日は幸運の晴れだった。妻はダイニングルームと隣り合った和室で洗濯物を片付けはじめた。私はにぎり飯を一個食い終り、ウーロン茶の缶を持ち上げた。そして飲もうとしたとき、一匹の蜂を発見した。蜂はダイニングルームの天井伝いに飛んでいた。飛ぶというより、天井伝いにどこかつかまる場所を探していた。そういう飛び方に見えた。蜂はスズメ蜂である。色、大きさ、形ですぐにわかった。なにしろ小説『蜂アカデミーへの報告』の作者である。はじめに書いた通り、この話は『蜂アカデミーへの報告』とはまったく無関係である。しかし同時に、あの小説がなければこの話もない。これもまた事実である。私はあの小説を書くためにファーブルの『昆虫記』を岩波文庫で読んだ。十二、三年前の当時、この世界の名著は岩波文庫で絶版状態で、新刊では買えなかった。小説では確か、小諸かどこかの古本屋で見つけて読んだことになっていたと思う。しかしあれは小説であって、実際には編集部に頼んで、古本で全二十巻を揃えてもらったのである。読んでおどろいたのは全二十巻のうち一巻から八巻までが蜂の話だったことである。十五巻と十六巻にも蜂が出て来る。

スズメ蜂が洗濯物を抱えた妻と一緒にまぎれ込んで来たのかどうか、はっきりしない。あるいはその前からどこかにいたのかも知れない。妻は洗濯物の片付けを続けていた。スズメ蜂は相変らず天井伝いに動いていた。ダイニングルームの天井には平たい楕円形の電燈が二個ついていた。玄関は東側で、西側に窓が二ヵ所あった。その間に冷蔵庫と縦長のケースが二つ並んでいた。真中のケースが一番高く、両脇の冷蔵庫とケースは、窓のカーテンレールとほぼ同じくらいの高さである。スズメ蜂は天井から少し移動して、窓のカーテンレールと天井の中間あたりで動いていた。スズメ蜂の巣作りは八月のお盆過ぎ頃までに完了するようである。そして九月になると、はぐれスズメ蜂が現れるようである。『昆虫記』によるとスズメ蜂の巣作りは集団的であり、かつ計画的である。その一貫性は見事であり、おどろきであり、不思議である。ピラミッド建設のようだともいえる。万里の長城建設のようだともいえる。しかしファーブルはその集団性、計画性、一貫性を「知性」ではなく「本能」だといっている。スズメ蜂の巣作りはその「本能」によって遂行され、完成される。「はぐれスズメ蜂」は、私の勝手な命名である。九月になって完成された巣に戻れないスズメ蜂は、巣作りの集団性、計画性、一貫性からはぐれたスズメ蜂に違いない。私は追分のあちこちではぐれスズメ蜂を見かけた。某女子大寮の前のゴミ捨て場のあたりで見たこともあった。登山道から泉洞寺裏の墓地に折れ込む道端の小さな水溜りで見たこともあった。何故はぐれるのかわからない。わからないが、はぐれスズメ蜂はすでに弱っていた。それはゴミ捨て場や小さな水溜りで見て、すぐわかった。あるいは弱ったからはぐれたのかも知れない。集団性、計画性、一貫性における淘汰なのかも知れない。昨年の九月のある日、引揚げ直前のわが山小屋にまぎれ込んで来たはぐれスズメ蜂も弱っているに違いなかった。しかし、このスズメ蜂をどうするか。弱っているとはいえ、スズメ蜂である。スズメ蜂の恐怖は『蜂アカデミーへの報告』に書いた。そのおそるべき一撃はファーブルから引用した。また井伏鱒二『スガレ追ひ』のスガレすなわちジバチの話も引用した。その恐しさである。

私は妻に帰りの汽車の時間をたずねた。中軽井沢発三時四十分の「あさま」だという。電話で予約したタクシーは、三時に泉洞寺の山門前に来るそうである。腕時計を見ると、二時二十分くらいだった。泉洞寺山門前まで草道を下るのに約五、六分かかる。残り時間約三十四、五分である。私は立ち上り、ダイニングルームの物置からハエ叩きと殺虫剤キンチョールを持ち出した。『蜂アカデミーへの報告』に登場して大活躍した、ガムテープだらけの古典的ハエ叩きではない。プラスチック製の赤いハエ叩きである。キンチョールは中型の噴霧式である。妻は洗濯物を片付け終ったようである。スズメ蜂をどうするか。考えられるのは次の二つである。一つはダイニングルームから追い出すことである。もう一つは退治することである。道具はどちらもハエ叩きとキンチョールである。追い出すか、退治するか。私は妻の意見を求めた。どちらも無理でしょう、と妻は答えた。ではどうするか。放って置く他ないでしょう、という意見である。放って置く？　ではもしうまく追い出せなかったらどうなりますか？　もしうまく退治出来なかったらどうなりますか？　椅子から転げ落ちて救急車ということになったらどうなりますか？　三時に迎えに来るタクシーで軽井沢病院行きということになったらどうなりますか？

　私はウーロン茶を一口飲んだ。スズメ蜂はカーテンレールの上の壁から冷蔵庫のほぼ真上あたりに移動していた。冷蔵庫の上には小型の段ボール箱とビニール袋の包みが載せられていた。スズメ蜂はその段ボール箱とビニール袋の上方の壁と天井との境目あたりに、頭を右すなわち南側に向けてとまっていた。どうせここからは出られないわけだし、と妻はいった。食べる物はまったくないわけだし、それにやがて真冬になるわけだし、という意見だった。実際、時計の針も狂ってしまう寒さだった。腕時計を見ると三時二十分前くらいだった。私は大急ぎで電話機の下のメモ用紙を取り出した。そして赤のマジックで「スズメ蜂（冷蔵庫の真上あたり）注意せよ！」と書きつけた。私はそのメモ用紙を冷蔵庫のドアに丸い磁石で貼りつけた。はじめ赤の磁石で貼りつけたが、急いで黒の磁石に取り替えた。それからもう一枚のメモ用紙に同じ赤マジックで同じことを書き、それはテーブルの上に置き中型キンチョールを重しにした。そして更に三枚目のメモ用紙にやはり赤マジックで同じことを書いた。私はそれを玄関の靴箱にセロテープで貼りつけた。最も目につきやすい目の高さに貼りつけた。

　私は靴をはいて表に出た。引揚げ前に山小屋の庭を一周りする習慣だった。私は栗の木の下で立ち止った。この栗の木は二階の仕事部屋の窓の真正面に立っていた。五月の連休のときはまったくの枯木だった。仕事部屋の窓から眺める追分の五月の藪の風景は枯木と新緑の混合である。カラマツ、マユミは新緑である。アカシヤ、クルミ、栗は枯木である。栗の木の根本一面に枯れた栗のイガが散乱していた。土色に枯れた栗のイガはわが山小屋の庭にも散乱していた。いまはそこら一面に雑草が生い繁っていた。私は立ち止って栗の木を見上げた。栗の木は枝も葉も生い繁って、あたりのクルミやアカシヤを圧倒していた。実に堂々たる枝ぶりだった。藪の王者の風格だった。そして枝という枝にいまやこんがりと色づきはじめた栗のイガが鈴生りになっていた。枝もたわわに実っていた。大きくてまるいイガである。しかし私はこの栗の木の栗を、まだ一度も食ったことがなかった。私が追分の栗を拾いはじめたのは、六、七年前からだった。それまでは栗にはまるで無関心だった。仕事部屋の正面の藪の栗の木もまだ王者ではなかった。王者どころか、ひょろひょろした若木に過ぎなかった。確かに栗は信州名物である。栗羊羹、栗かのこ、栗落雁、栗おこわなどは私もよく知っている。しかし、追分の栗には無関心だった。ところが六、七年前、とつぜん拾いはじめた。妻と散歩の途中だったと思う。追分の散歩コースはＡＢＣＤＥの五コースである。私が選んだ独断浅間五景のコースである。ＡＢＣＤＥの記号には特に意味はない。単なる発見順である。五コースのうちＡとＣとＤは、山側すなわち山小屋から登りのコースである。ＢとＥは山小屋から下りのコースである。国道十八号線の南側で吉野坂方面および川方面である。追分の栗を拾いはじめたきっかけは、六、七年前の台風の余波だったかも知れない。あちこちで林檎などの被害が伝えられた。追分は台風の直撃は受けなかった。台風の余波のあと散歩途中の出来事だったと思う。コースはたぶん山側のどれかだったと思う。その散歩の途中、車のタイヤで潰された栗のイガが散乱している場所を通った。散歩コースは出来るだけ車を避けるようにしている。しかしいまではまったく車を避けることは不可能に近い。台風の余波で栗のイガが大量に振り落とされた。そこを車が走った。タイヤで潰された栗のイガが散乱している場所は何ヵ所かあった。立ち止って見上げると栗の木が立っていた。私は散歩用のステッキで潰された栗のイガを突ついてみた。イガもろとも潰れている栗もあった。しかし潰れていない栗もあった。追分の栗に関心を持ちはじめたのはそのときからではないかと思う。やがて妻は散歩にはビニール袋を持参するようになった。ただし栗拾いは九月下旬からだった。山荘族はすでにほとんど引揚げていた。山荘入口にはチェーンが張られていた。あるとき、栗拾いは生れてはじめてであることに気づいた。栗拾いは、木に生っているイガを棹のようなもので叩き落とすものだとばかり思い込んでいた。そして落ちたイガの中の栗を、棒片か何かを使って取り出す。あるいは落ちているイガを見つけて中の栗を取り出す。追分で栗を拾うまでは、そういうものだと思い込んでいた。しかしそうではないことがはじめてわかった。まず第一に、棹で叩き落とさなければならないような栗は、まだ充分に熟していない栗である。第二に、イガのまま自分から落ちた栗は、食べられない栗である。虫喰いか、ぺしゃんこか。いずれも欠陥栗で食べられない。第三に、食べられる栗は栗の木の真下には落ちていない。根本からある距離に散らばっている。つまり熟した栗のイガは勢いよくはじけ落ちる。そのはじける勢いで、熟した栗の実がはじき飛ばされるのである。これは百科事典か何かで調べた知識ではない。追分の栗拾い体験で知ったのである。

追分の栗は小粒だった。ほとんど自生、野生だろう。誰かの山荘内の栗の木でもたぶんそうだろう。小粒はそのせいでもあると思う。しかし小粒は小粒なりに、大中小があった。六、七年前から拾っているうちにそれが分って来た。どの散歩コースのどの木の栗は大、どの木の栗は中、どの木の栗は小ということまで、妻はおぼえたようである。ビニール袋をさげている人に出会うこともあった。わざわざ栗拾いというのではなく、この時期になると土地の人はビニール袋を持ち歩くようである。林の中で山荘らしい家を建てている職人が、大工仕事の合間にビニール袋をさげて栗拾いをしていることもあった。栗は拾いはじめるときりがなかった。つい欲が出た。大だけでは済まず、中も小も拾わずにはいられなくなる。拾い過ぎて腰を痛めたという土地の人の話を、ずっと前に聞いたことがあった。車で鍼治療に通っているということだった。そのときは笑っていたが、今度は笑われることになるのかも知れなかった。拾った栗は一度か二度、栗飯になったようである。おやつ代りにも何度か食ったかも知れない。残った栗はベランダにひろげて干してあったようである。干した栗がどうなったのか、はっきりしない。はっきりしないが栗拾いは追分の夏休みの終りの年中行事になっていた。しかし三年前からそれが出来なくなった。大学の仕事の都合で九月下旬前にどうしても大阪へ帰らなければならなくなった。

私は栗の木を見上げ続けた。この栗の木は私の庭の栗の木ではない。隣の藪の栗の木である。しかしこの栗の木に関していえば、私の庭と隣の藪の境界は極めてあいまいなものだった。栗の木が立っているのは隣の藪の中である。しかし栗のイガは私の山小屋の庭に散乱していた。栗の実も同様であるに違いなかった。六、七年前、栗拾いをはじめた頃、この栗の木はまだひょろひょろの若木だった。イガはついていたが実を拾ったことはなかった。それがいまでは堂々たる藪の王者である。まわりのクルミやアカシヤを圧倒していた。枝という枝にはこんがりと色づきはじめたまるい大きなイガがたわわに実っていた。三年前から、とつぜんそうなったような気がした。九月下旬前に大阪へ帰らなければならなくなった年から、とつぜん藪の王者になったような気がした。

私は庭を一周りしてダイニングルームに戻った。玄関を入るとすぐ左側の靴箱に貼りつけたメモ用紙を見た。「スズメ蜂（冷蔵庫の真上あたり）注意せよ！」私は靴を脱いでダイニングルームに上り、テーブルの上のキンチョールで重しをしたメモ用紙を見た。それから冷蔵庫のドアにまるい黒の磁石で貼りつけられたメモ用紙を見た。「スズメ蜂（冷蔵庫の真上あたり）注意せよ！」スズメ蜂は赤マジックで貼り紙に書かれた通り、冷蔵庫の真上の壁と天井の境目にとまっていた。ただ頭の向きが変っていた。貼り紙をしたときスズメ蜂の頭は、右すなわち南側を向いていた。それが上向きに変っていた。スズメ蜂は頭を天井に向けてとまっていた。

腕時計を見ると三時十分前だった。私はショルダーバッグを右手にさげて、妻と泉洞寺への草道を下った。やがて予約のタクシーが来た。顔見知りの運転手だった。いよいよ引揚げだという と、ああそうかい、と答えた。土地の言葉丸出しだった。顔は陽灼けしている。制帽はかぶっていたりいなかったりである。タクシーは走り出した。妻は運転手と栗拾いの話をはじめた。あと一週間か十日いられればと妻はいった。話は栗拾いから工事中の新幹線の話になった。新幹線の話から峠の釜飯の話になった。ダイニングルームの冷蔵庫の真上で頭を天井に向けてとまっている宙吊りのスズメ蜂の話にはならなかった。ナムアミダブツ、ナムアミダブツ。

後藤明生と『日本近代文学との戦い』——あとがきに代えて

本書は小説・評論・随筆・講演録・談話・文学賞選評およびアンケートなどを収めた小説家・後藤明生の遺稿集である。一九九九年八月二日、後藤明生氏は大阪狭山市の近畿大学附属病院で死去した。享年六七歳。やや遅きに失した感もあるが、没後五年目を迎える本年、ようやく遺稿集を刊行するにいたった次第である。

後藤氏の死因は肺癌である。そもそもの発端は亡くなる前年（一九九八年）の春に罹った風邪が長引き、いつもよりも頻繁に咳が出るという異状が続いたことにはじまる。精密検査の結果、左肺に悪性の腫瘍が発見され、五月二六日、近畿大学附属病院にて手術がおこなわれる。腫瘍を摘出するために左肺の下から三分の一ほどが切除されたが、術後の経過はきわめて良好。七月六日に退院し、九月中旬まで信濃追分の山小屋（麓迷亭）で静養。滞在中はステッキ片手に浅間山麓を散策したり、鹿教湯《かけゆ》温泉へ遠出の療養に出掛ける。自生する茸類の写真撮影に熱中することもしばしばであった。九月下旬には大阪に戻り、教鞭をとる近畿大学にも復帰を果たす。同時に執筆活動も再開するが、年が明けた三月ごろからふたたび咳が止まらず、声も出しにくい状態となる。再検査の結果、大豆粒大の腫瘍が左右両肺にそれぞれ二つずつ発生していることが判明。近畿大学東洋医学研究所で治療をはじめる。四月二九日から五月一〇日まで信濃追分の山小屋に滞在。大阪に戻って来たころから体調不良を訴え、咳に加えて微熱のある状態が日常的に続くようになる。一九八七年の秋におこなわれた食道癌手術以降、後藤氏の体重は四十五キロ前後で落ち着いていたようである。ところが、五月以降は体重が急激に減りはじめ、六月二八日、近畿大学附属病院に再入院したときには三十四キロ代にまで落ち込んでいる。七月一二日、暁子夫人が医師から余命あと三ヶ月であることを告げられる。レントゲン写真で確認すると、四月に発見された大豆粒大の腫瘍が左右の肺全体に無数に転移しているのが見られたという。八月二日の午前零時を過ぎたあたりから容態に変化が見られ、午前八時二八分、同病院で死去した。七月下旬以降は一人で歩くことが困難な状態となったため、病院内の移動にはもっぱら車椅子が使用されていたが、亡くなる前日の午前中、本人のたっての希望で病院内を車椅子で散策する。午後七時ごろから昏睡状態におちいり、ふたたび目を開けることはなかったという。入院生活三十六日目、余命三ヶ月と宣告されてから二十二日目の朝のことである。

八月二日以降のことについては、本書の巻末に付載されている「略年譜」を参照していただきたい。ただし、念のために一点だけ付け加えておくと、みずからの病名が肺癌であること、それが前年の手術の際に摘出したはずの腫瘍が転移した結果であることなどは御本人には一切知らされていない。入院についても、刻々と減り続ける体重と低下している体力を恢復させるための栄養補給が目的であると医師からは説明を受けている。実際、七月九日付の私宛ての私信でも「入院は幾つかの原因による極端な体力低下（栄養障害）で毎日24時間の点滴暮しです。食欲を出すための体力づくりみたいなものです」「4週間（6／28〜）の予定ですが変化あれば又知らせます」と書き記されている。前年におこなわれた肺癌手術の事実を御自身の口より告げられたのは、退院後の八月、信濃追分の山小屋にお見舞いにうかがったときのことである。茸鑑賞を兼ねた散策の途中、「麓迷亭通信」のなかにも登場する「不思議な草むら」に並んで浅間山を眺めていると きのことだったように思う。まわりの人たちに迷惑をかけたくないので、手術を受けたこと、左肺の一部を切除したこと、病名が肺癌であったことなどは内密にしておいてほしい。そう念を押された。正岡子規の『病牀六尺』を例に挙げて、病床にあったときのみずからの様子を「まな板の上の鯉のようなもの」と表現されていたようにも思うが、その後、カッカッカッといささか仰返り気味にいつもの大きな声で笑いながら「まあ、別にもう何ともないんだけどね」と繰り返しつぶやいておられたことをいまでもよく憶えている。退院後は夜更かしをやめ、プロ野球のナイター中継が終わるとさっさと寝床についた。養生に養生を重ねる日々を送っていただけにまさか前年に摘出したはずの癌細胞が転移していようなどとは思いも寄らなかったに違いない。後藤明生の死をとつぜんの出来事として受け止めた人は多い。その原因が病状の秘匿にあったことはいうまでもない。しかし、それはまわりの人たちにのみ限ったことではない。氏自身にとっても、みずからの死は思いがけないとつぜんの出来事であったような気がする。

当時のことを思い返せば、私自身も最後の入院を真正直に「極端な体力低下」と受け止めていた。近畿大学文芸学部教授として、後藤氏が大阪市内のマンションに住居を構えるのは一九九〇年のことである。大阪の夏は蒸し暑い。そのせいもあってか、六月上旬から七月下旬の梅雨明け前後にかけて、毎年、後藤氏の体力は低下する。一九八九年四月から一九九六年三月まで、近畿大学文芸学部および大学院文芸学研究科に学生として在籍していた私は、夏場における体力の低下を抑えるためと称して、氏が酒の席で砂肝と生レバーを注文する光景を何度も目撃している。砂肝と生レバーは、常日頃から貧血状態に悩まされていた後藤氏にとって、大阪の蒸し暑い夏を乗り切るための必要不可欠な栄養源であったようである。病状をその言葉どおり「極端な体力低下」と受け取ったとき、恐らくは当時の光景が頭の片隅にあったものと思われる。「蒸し暑い大阪の夏」「体力低下」「砂肝と生レバー」は、後藤明生の大阪時代を象徴するキーワードとして、いまでも私の頭のなかにインプットされている。

それにしても、夏場の体力的にもっとも厳しい状態にありながら、よくもあれだけの回数の酒宴が開かれたものであるとつくづく感心してしまう。私が学部生だったころ、大学へは確か平均週二回(火曜日と木曜日)ほど出講されていたように思う。四限目の講義が終了するのが午後四時二十分。講義が終了すると、三々五々、研究室に集まって来る学生たちを引き連れて、大学か

松原団地にて（1970年代前半）

ら歩いて七、八分の距離にある居酒屋Kへ向けて出発する。午後五時の開店と同時に店の暖簾をくぐり、まずは生ビールを注文。酒のつまみとして注文した砂肝と生レバーを少しずつ口のなかに放り込むと、あとはひたすら胃袋にアルコール（おもにウィスキーの水割り）を流し込む。酒の席ではやはり日本近代文学が話題の中心を占める。当日、講義のなかで語られたことの復習や補足説明、講義では語り尽くせなかったことや次回以降の予習、その他である。それはさながら本日の講義に対してなされた講師自身による引用であり、解説であり、同時に「注」＝批評をつける作業であったが、学生の側からすれば、酒の席であらためて講義を受けているようなものであり、文字どおり「一粒で二度おいしい」思いを味わったものである。しかし、午後六時過ぎ、派手な音楽とともに店内にプロ野球のナイター中継（ラジオ）が流れはじめると、話題は日本近代文学からプロ野球のペナントレース、大相撲の勝敗予想、ウォッカやバリザムといったロシアの酒から朝鮮半島におけるキリスト教信仰に関する私注、戦時中の回想録へといつしか大きく逸脱してゆく。そして、気がつくと話題はふたたび日本近代文学へ戻っているが、油断をしているとまたまたどこかへ逸脱してゆく。その間、少量の砂肝と生レバーが口に運ばれる以外はひたすらアルコールの摂取が続けられる。時計の針が午前零時をまわったころ、居残った学生たちとともにすぐ近くの沖縄料理店Yへとぞろぞろと移動を開始。「コンバンハー」と何食わぬ顔をして閉店間近の沖縄料理店Yに乗り込むと、店の主人の機嫌をとりながらぎりぎりまで粘る。泡盛を片手にとにかく粘って、粘って、粘り続ける。その後、人通りのまったく途絶えた深夜未明の駅前広場からタクシーに乗り込み、ようやく御帰還と相成る次第である。さらに学生数名を自宅に招き入れ、書斎で朝までアルコールを摂取することもしばしばであった。一九九三年四月、文芸学部

「文体」座談会にて（1977年）

長に就任すると、公務に追われてさすがに学生たちを交えた酒席の回数は減少した。しかし、それでも月に何回かは同じようなことが相変らず繰り返されていたように思う。毎年、夏休み中の二ヶ月間はまるまる信濃追分の山小屋で静養するため、九月下旬、大阪に戻って来られるころには体力はいつもの状態にまで恢復している。夏場の憔悴した姿はまるでウソのようにかき消されている。したがって、講義終了後、学生たちを引き連れ、大学から歩いて七、八分の距離にある居酒屋Ｋへ直行することも変わらない。時計の針が午前零時をまわるころ、沖縄料理店Ｙへと移動を開始することも変わらない。その後、学生数名を自宅に招き入れることも同様である。ただ一点だけ変化があるとすれば、生ビールで喉元を潤した後、夏場に注文していたウィスキーの水割りが焼酎のお湯割りに変わっていることである。ウィスキーの水割りが焼酎のお湯割りに切り替わると、学生一同、季節が夏から秋へと移り変わったことを実感したものである。

今回の入院が「極端な体力低下」によるものであるならば、今夏もしばらく病院で養生し、夏休み中は信濃追分の山小屋で高原の新鮮な空気でも吸っていれば、ふたたび体力も恢復するのではないか。夏休み明けにはいつもの元気な姿で関西に戻って来られるのではないか。迂闊にも私がそのように楽観的に考えていたことは、以上に述べたような氏の行状から推しはかれば、当然の帰結であったといってよいのかも知れない。前年におこなわれた肺癌手術の際、問題の箇所を肺ごと摘出したという話を御本人から直接うかがっていたことも要因の一つとして挙げられるだろう。八月二日の朝、私は不思議なことに後藤氏の現れる夢を見て目をさましている。夢の内容については思い出せない。しかし、後藤氏本人が現れる夢であったという記憶だけははっきりと残っている。目をさまして枕元の時計を見ると、午前八時一〇分。氏が死去したのは午前八時二八分。朝倉中学・高校時代の同級生の方から訃報を受けたのは午前一一時過ぎのことである。心のどこかでやはりその病状を気にかけていたせいもあるのかも知れないが、このときほど「虫の知らせ」というものが実際にあり得ることを実感したことはない。

☆　☆　☆　☆　☆　☆

本書には談話記事・アンケート・選評・短文類をのぞいて、一九九〇年代に発表された後藤明生の単行本未収録作品の大半を収録した。正確に書き記せば、まとまった著作としては未完の大作「この人を見よ」(「海燕」一九九〇年一月号〜一九九三年四月号／全三九回)が未収録分として残されている。しかし、ページ数の関係上、今回の収録は見合わせた。明らかな誤字と脱字については、初出誌紙に照らし合わせて訂正をほどこした。引用文中の誤字脱字等については、おのおのの文献に照らし合わせて適宜修正を加えた。

以下、本書所収の各篇について若干の補足説明を付け加えれば、氏自身がつねづね「評論なのか、小説なのか、何だか良くわからないもの」と述べていた「日本近代文学との戦い」は「新潮」一九九七年一月号より断続的に連載された連作集。当初は二葉亭四迷→夏目漱石→田山花袋→芥川龍之介→宇野浩二→永井荷風→谷崎潤一郎→横光利一→牧野信一→井伏鱒二→太宰治→坂口安吾という順序で、毎回、一人の作家を取りあげて批評する計画であったという。しかし、そこはつねづね「アミダクジ式」をとなえる後藤明生のこと。「二葉亭四迷」と「浮雲」をキーワードにひとたび文字を書きつけると、言葉が言葉を呼び、謎が「アミダクジ式」に自己増殖してゆく。ご覧のとおり、当初の計画からは大きくズレて、最後まで二葉亭四迷論に終始する結果となっている。二葉亭四迷論としてはあと一篇で完結する予定であったという。それは日本近代文学の「起源」に位置する「言文一致小説」＝『浮雲』にまで立ち帰って、二一世紀という現代を表すにふさわしい新たな「文」を探究し、創造する試みでもあったと思われるが、ある日のこと、雑談の折にたまたま「日本近代文学との戦い」に話がおよぶと「二葉亭と漱石を道連れに敵陣に特攻をかけているようなもの。爆弾三勇士だよ、カッカカッ」と笑っておられた。

Ⅱ所収の「三角関係の輻輳──『鍵』の対話的構造」は一九九三年七月二九日におこなわれた日本近代文学館主催「夏の文学教室」（於・読売ホール）の講演「谷崎潤一郎『鍵』」の一部に加筆をほどこした講演録である。「モノローグとダイアローグ──梅崎春生『幻化』と武田泰淳『目まいのする散歩』」は、一九九五年七月二七日、同じく「夏の文学教室」でおこなわれた講演「梅崎春生『幻化』と武田泰淳『目まいのする散歩』」を活字化したもの。「講義録より」は一九九四年一〇月二一日および二八日の近畿大学大学院文芸学研究科日本文学専攻創作・評論研究コース「創作・評論研究Ⅰ」における講義の一部を活字化した未発表草稿である。一九九四年四月の近畿大学大学院文芸学研究科開設以来、後藤氏は大学院におけるみずからの講義を録音テープに記録している。御本人からテープ起こしを頼まれたのは一九九六年のこと。比較的、内容のよくまとまっている何本かのテープを活字化し、草稿には氏自身が目を通したうえで若干の加筆と訂正をほどこしている。ゆくゆくは講義録として一冊の著書にまとめる意向もあったようである。大学院では二葉亭四迷『浮雲』と夏目漱石『写生文』がそれぞれ前期と後期のテキストに選ばれている。講義形式は、毎回、前半二十分くらいを学生の発表に当てる。当日、担当の学生が『浮雲』あるいは『写生文』のなかからそれぞれの関心のあるテーマを選んで口頭発表をおこなう。残り時間は発表者に対する質疑応答と氏自身による総括的な講義に当てられる。本書に収録するに際して、学生による前半の発表部分は割愛した。文責は私にある。

「ふっと思い出す話」は近畿大学附属病院に入院する一月ほどまえに書かれた随筆である。入院中、病室では同年十月に刊行される予定で編集が進められていた『首塚の上のアドバルーン』（講談社文芸文庫）に掲載する自筆年譜が書かれている。自筆年譜は前年の二月に刊行された『挾み撃ち』（講談社文芸文庫）所収の自筆年譜に『挾み撃ち』刊行以後の経歴を十数行ほど書き加えたものである。したがって、まとまった著述としては「ふっと思い出す話」が事実上の絶筆であるといってよい。「麓迷亭通信」では、信濃追分の山小屋をめぐる些細なエピソードの数々が「ぼとん」という胡桃の実の落下した拍子に語りはじめられる。「胡桃、栗、まゆみの間には名前のわからない種々の雑木が、割り込むような恰好で挟まっており、雑木には何種類もの蔓草が相争うように絡まっています。その奥は藪で、名前のわからない種々の雑木が折り重なるように繁っています。互いに枝と枝を絡み合わせ、押し合い、突き合いの大格闘を演じているようにも見えます」という一節からも読み取れるようにさまざまなエピソードが複雑に絡み合い、一カ所をのぞいてまったく改行されることのない奇怪な文章のなかで言葉が互いに連鎖し合いながら果てしなく自己増殖してゆく。「栗とスズメ蜂」では、因縁のライバル＝スズメ蜂との接近と遭遇を描きながらもかつての『蜂アカデミーへの報告』とは異なり、いかなる事件も起こらない。両者はそれぞれ創作特集あるいは短篇小説特集の一篇として「群像」誌上に発表されたものである。

☆　☆　☆　☆　☆　☆

本書を刊行するきっかけは、昨年の三月、二年ぶりに暁子夫人のもとを訪れたことによる。作家の場合、作家本人は亡くなっても、その作品は残るといわれる。そのことに異論をとなえるつもりはない。後藤氏の場合、すでに『挾み撃ち』や『吉野大夫』『首塚の上のアドバルーン』といった代表作は単行本や文庫本の形で残されている。しかし、雑誌や新聞などに発表されたまま取り残されている晩年の単行本未収録作品についてはどうか。後々までも読み継がれるという観点からいえば、作者の死後、その作品のすべてが残るわけではない。どのような作品が読み継がれ、どのような作品が捨てられてゆくのか。その選択は読者自身の判断に委ねられなければならない。読者の選択肢を増やしておくためにも晩年の単行本未収録作品もまた単行本の形にまとめておく必要があるのではないか。その場合、「言文一致」とは何か、日本近代文学とは何か、日本の近代とは何かということを実作上の次元から執拗且つ過激に問い続けた後藤明生の文学的業績を鑑みれば、それらをいわゆる「遺稿集」らしい落ち着いた雰囲気と体裁のもとにまとめるのは氏自身の意志に反することになるのではないか。事実上の遺稿集であるとはいえ、死してなおも日本近代文学を探究し続ける〝現役〟の小説家による作品集という内容と体裁のもとにまとめ上げられるべきではないか。そのような考えのもとに出版社と協議を重ねた結果、今回、本書の刊行に立ちいたった次第である。暁子夫人からは幸いにもこちらの編集方針を快諾していただいた。『日本近代文学との戦い』という「遺稿集」のイメージとはおよそ似つかわしくないタイトルを本書に命名することもお許しいただいた。記して感謝申し上げます。

本書の巻頭に掲げられている後藤明生の写真は成田孝昭氏（元都留文科大学講師）の撮影によるものである。一九九六年七月二八日、信濃追分で撮影されたもので、旧中山道沿いの茶店の軒先に腰をおろして追分馬子唄道中を見物しているときの一枚である。ゆったりと流れる信濃追分の時間のなかで、のんびりとくつろぐ晩年の氏の姿が実に印象的に写し込まれている。いわゆる「遺稿集」の巻頭を飾る遺影としてもピッタリの一枚ではないかと思われる。吉田勇人氏には本書の装幀をお願いした。石橋紀子・幸崎夏子両氏には編集作業のさまざまな段階でそれぞれ御助力を賜った。

本書の出版に関しては、柳原出版の天野敏則氏の御世話になった。思い返せば、打ち合わせと称しては後藤明生の話を肴にお互いに酒ばかり飲んでいたような気がする。そのような暢気な状態であったにもかかわらず、天野氏には時間と労力を惜しむことなく、さまざまな点で御尽力を賜った。氏の御厚意と奮闘努力に御礼申し上げます。

「21世紀とは何か？　間違いなく死ぬことである。『21世紀望見』すなわち、あの世からの眺めである」（「21世紀＝あの世からの眺め」）。かつてそのように書かれた後藤先生、あの世でも相変らず酒を飲んでおられるのだろうか。あの真似をしたくなるような独特のカッカカッカッ笑いをあたりに振り撒きながら、先に逝った文学者たちを相手に相変らず「千円札文学論」を語っておられるのだろうか。あの世でもひたすら「逸脱」する日々を送っておられるのだろうか。本書の編集を終え、そんなことをつらつら考えている今日この頃である。

二〇〇四年一月吉日

乾口達司

略年譜

一九三二年（昭和七年）

四月四日、朝鮮咸鏡南道永興郡永興邑都浪里六十九番地（現在の朝鮮民主主義人民共和国）で生れる。父・規矩次、母・美知恵の次男。本名は明正（あきまさ）。曾祖父は、日韓併合後、福岡県から朝鮮半島に渡った宮大工。父は後藤規矩次商店を経営。予備役の陸軍歩兵中尉だった。

一九三九年（昭和一四年）　七歳

四月、永興尋常高等小学校（日本人小学校）に入学。翌々年から国民学校に改称される。

一九四五年（昭和二〇年）　一三歳

三月、永興国民学校卒業。四月、旧制元山中学校入学。寄宿舎生活をはじめる。同級生のなかに後に韓国で作家となる李洪哲がいた。陸軍士官学校を志望しつつも、八月一五日、敗戦。朝鮮独立、ソ連軍の進駐によって生れ故郷はまたたく間に外国となる。一〇月、日本人収容所を追われ、安辺郡安辺邑花山里の農家・金潤后宅の別棟オンドル間を借りて越冬。一一月、父が死亡。一週間後、祖母が死亡。花山里の山野に埋葬される。

一九四六年（昭和二一年）　一四歳

五月、十日間歩き続けて三八度線を越境。仙崎港（山口県）に上陸後、福岡県に引き揚げる。旧制福岡県立朝倉中学校一年に転入（学制改革により、後に朝倉中学は新制高校となる）。翌年、硬式野球部に入部して福岡県南部予選に二度出場（代打にて）。一日も早く日本に同化したいと思い「ゲナ」「バッテン」「バイ」等の筑前言葉の習得に励む。

一九四九年（昭和二四年）　一七歳

野球部を退部。『芥川龍之介全集』を皮切りに内外の文学全集、戦後文学までを濫読。文芸部に所属して卒業までの間に友人たちとガリ版刷りの機関誌「樹」を刊行。学生歌の作詞なども手掛ける。

一九五二年（昭和二七年）　二〇歳

三月、朝倉高等学校卒業。その後、同期の卒業生たちによって朝倉高校二七会（同窓会）が結成される。二葉亭四迷に憧れ、上京して東京外国語大学露文科を受験するも不合格。英語を勉強するため、四月から半年間ほど慶應義塾外国語学校（英語科）に通う。満二十歳の誕生日を境として煙草を吸いはじめる。『外套』『鼻』『狂人日記』『ネフスキー大通り』などを読み、ゴーゴリ病にかかる。

一九五三年（昭和二八年）　二一歳

四月、早稲田大学第二文学部露西亜文学科入学。いわゆるスターリン主義の時代だったが、いかなる組織にも所属せずゴーゴリのことだけを考えるようにつとめる。通商産業省産業工芸試験所図書室にてアルバイトをはじめる。ボッシュ、クレー、モンドリアン等の絵画を知り、刺戟を受ける。

一九五五年（昭和三〇年）　二三歳

「赤と黒の記憶」が第四回全国学生小説コンクール入選作として「文藝」一一月号に掲載される。この頃、水城顕（元「すばる」編集長／作家・石和鷹）や中村博保（元富士フェニックス短期大学教授）らと同人雑誌「新早稲田文学」を創刊。講演依頼で伊藤整を訪問するが、断られる。続いて小島信夫を訪問。「諷刺と抽象」という演題を用意していったが、やはり断られる。しかし、その後、しばしば訪問するようになる。カフカの『変身』『審判』『城』や上田秋成の『雨月物語』などを耽読。

一九五六年（昭和三一年）　二四歳

「新早稲田文学」にスポンサーがつき、編集担当者として新庚申塚の事務所へ通う。「作家にきく創作方法」という対談を企画して小島信夫、安岡章太郎を訪問するが、間もなくスポンサーが行方不明となる。

一九五七年（昭和三二年）　二五歳

三月、早稲田大学露文科卒業。卒業論文は「ゴーゴリ中期の中篇小説―『アラベスキ』を中心としたゴーゴリ論のための方法論的ひとつの試み」。主査は横田瑞穂教授。卒業式の翌日、帰郷。

「新早稲田文学」第5号（昭和三二年九月一日）

兄の家に寄宿しながら福岡市内の図書館に通って『ドストエフスキー全集』等を読む。武田泰淳『司馬遷』を読み、ショックを受ける。

一九五八年（昭和三三年）　二六歳

三月、一年ぶりに上京。博報堂ラジオ・テレビ企画制作部嘱託となって民放ラジオのＣＭ、ディスクジョッキー、ドラマ番組の企画を担当。「ドストエフスキーではありません。トリスウィスキーです」という会心のＣＭを作ったがボツにされる。

一九五九年（昭和三四年）　二七歳

三月、博報堂退社。平凡出版株式会社（現マガジンハウス）入社。週刊誌編集部員となる。

一九六〇年（昭和三五年）　二八歳

一一月、武蔵野女子高校の英語教師だった佐伯暁子と結婚。

一九六一年（昭和三六年）　二九歳

河出書房新社主催の「文芸の会」に出席。小川

「犀」第4号（昭和四〇年八月一日）

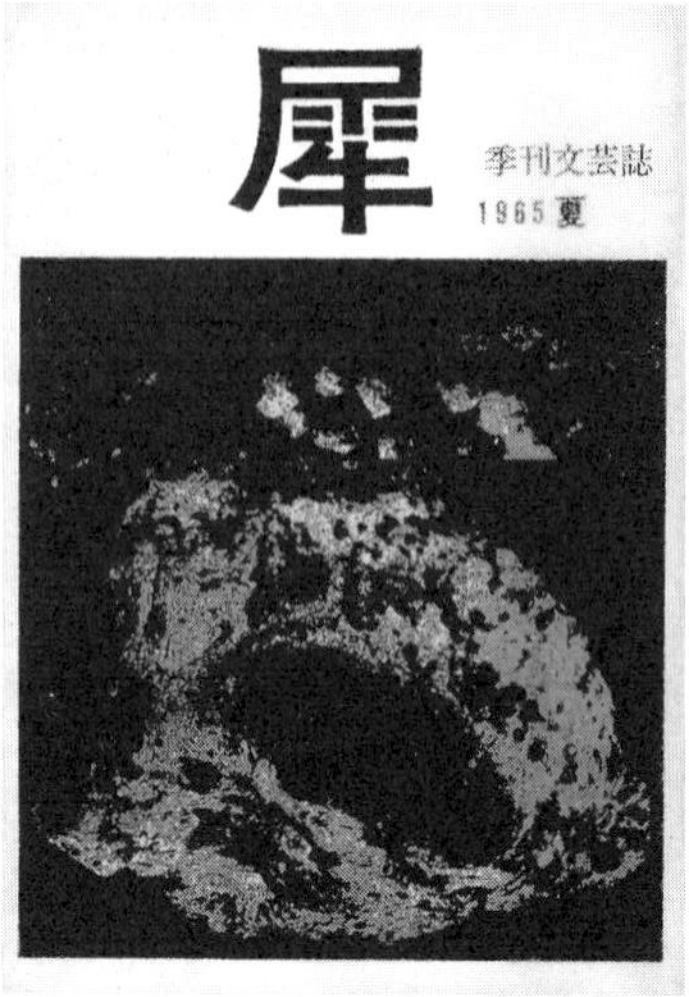

国夫、菅野昭正、立原正秋、辻邦生、丸谷才一らを知る。

一九六二年（昭和三七年）　三〇歳

三月、「関係」が第一回文藝賞中短篇部門の佳作として「文藝」復刊号に掲載される。三月二九日、長男・三十郎誕生。

一九六三年（昭和三八年）　三一歳

一二月、東中野のアパートから埼玉県草加市の松原団地に転居。

一九六五年（昭和四〇年）　三三歳

五月、立原正秋の勧めで「犀」同人となる。このとき、岡松和夫、加賀乙彦、佐江衆一、高井有一らを知る。八月、「犀」第四号に「原因不明の世界―小島信夫は不明晰か？」を発表。

一九六六年（昭和四一年）　三四歳

一月、「犀」第五号に「もうひとつの部屋」を、一〇月、「犀」第七号に「離れざる顔」をそれぞれ発表。一〇月二八日、長女・元子誕生。

一九六七年（昭和四二年）　三五歳

「離れざる顔」が同人雑誌推薦作として「文學界」一月号に転載される。「人間の病気」を「文學界」三月号に発表。第五七回芥川賞候補作となる。七月、胃をこわして信州八ヶ岳山麓の渋温泉に出掛ける。「無名中尉の息子」を「文學界」九月号に発表。この年の冬、「犀」が第一〇号で終刊。

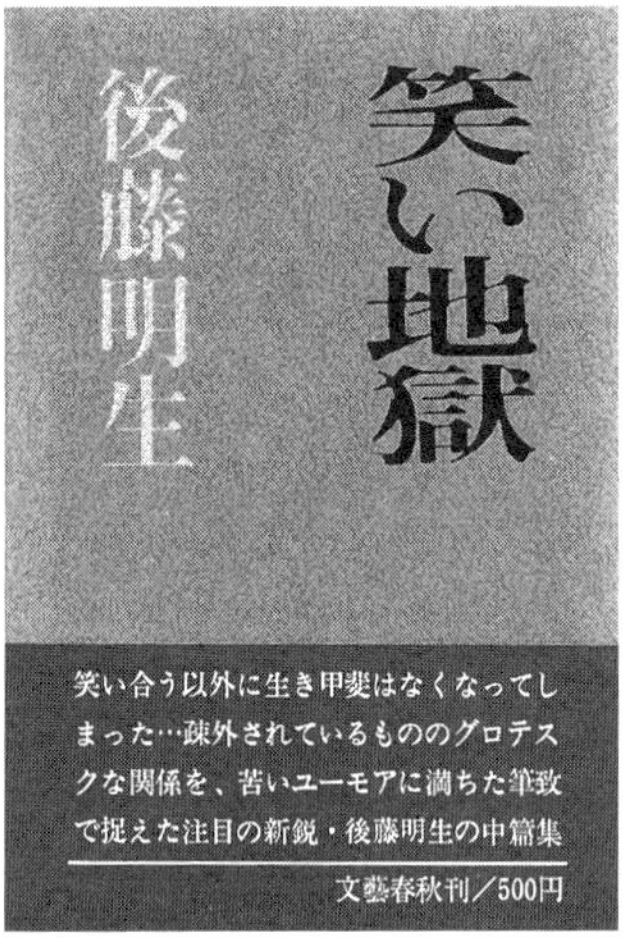

『笑い地獄』（昭和44年9月30日）

『私的生活』（昭和44年9月5日）

一九六八年（昭和四三年）　三六歳

三月、平凡出版を退社。「S温泉からの報告」を「新潮」四月号に発表。第五九回芥川賞候補作となる。「私的生活」を「新潮」九月号に発表。第六〇回芥川賞候補作となる。

一九六九年（昭和四四年）　三七歳

二月、第七次「早稲田文学」が復刊。編集委員となる。「笑い地獄」を「早稲田文学」復刊号、「パンのみに非ず」を「文學界」一月号、「嫉妬」を「新潮」二月号にそれぞれ発表。「笑い地獄」が第六一回芥川賞候補作に選ばれるが、以後、候補にあげられることはなくなる。「ああ胸が痛い」を「文學界」七月号に発表。九月、作品集『私的生活』を新潮社より、『笑い地獄』を文藝春秋よりそれぞれ刊行。この頃、檀一雄の勧めで「ポリタイア」同人となる。

一九七〇年（昭和四五年）　三八歳

阿部昭、黒井千次、坂上弘、古井由吉との座談会

「現代作家の条件」が「文藝」三月号に掲載される。以後、「内向の世代」の作家を中心とした座談会が数回にわたっておこなわれる。三月、「ああ胸が痛い」により第一回埼玉文芸賞を受賞。一一月、『何?』を新潮社より刊行。

一九七一年(昭和四六年)　三九歳

三月、『書かれない報告』を河出書房新社より刊行。平岡篤頼教授(早稲田大学)の紹介で信濃追分の山荘を購入。以後、毎夏を信濃追分で過ごす。九月、森敦の推薦で厚生保健協会主催シベリア・セミナー講師として二週間のシベリア旅行。ハバロフスク、イルクーツク、バイカル湖などを訪問。一〇月、初期作品集『関係』を皆美社より刊行。この年、古井由吉、高井有一、柏原兵三らと小説家中心の野球チーム「キングコングス」を結成。朝倉高校硬式野球部在籍の経験を活かし、選手兼監督をつとめる。

一九七二年(昭和四七年)　四〇歳

五月、『新鋭作家叢書―後藤明生集』を河出書房新社より刊行。五月一日より生れてはじめての新聞連載小説「四十歳」(後に『四十歳のオブローモフ』と改題)を「夕刊フクニチ」に連載開始(八月三一日まで一一七回)。一一月、第一エッセイ集『円と楕円の世界』を河出書房新社より刊行。同月、ソ連作家同盟の招待で原卓也、古山高麗雄とともにソビエト旅行。モスクワ、レニングラード、リガなどを旅する。モスクワでゴーゴリの墓に参る。

一九七三年(昭和四八年)　四一歳

ゴーゴリ論「笑いの方法」を「第三文明」一月号から連載開始(一二月まで一〇回)。二月、『疑問符で終る話』を河出書房新社より刊行。三月以降、生れてはじめての書き下ろし長篇小説『挾み撃ち』執筆のため、単身、信濃追分の山荘にこもる。七月下旬まで自宅と山荘の間を行ったり来たりの生活。八月一九日未明、『挾み撃ち』

を脱稿。同月、『四十歳のオブローモフ』を文藝春秋より刊行する。一〇月、『挟み撃ち』を河出書房新社より刊行。一二月、『ロシアの旅』を北洋社より刊行。浅草・ちん屋にて『挟み撃ち』出版記念会（発起人・阿部昭、加賀乙彦、黒井千次、坂上弘、高井有一、古井由吉、丸山健二、宮原昭夫）がもよおされる。

一九七四年（昭和四九年）　四二歳

一一月、千葉県習志野市の谷津遊園ハイツに転居。『雨月物語紀行』の取材のため、年末にかけて、熊野、吉野、高野山、琵琶湖、京都、播州、吉備路、四国を旅する。一二月、『分別ざかりの無分別』を立風書房より刊行。

一九七五年（昭和五〇年）　四三歳

二月、『思い川』を講談社より、三月、『大いなる矛盾』を小沢書店より、七月、『雨月物語紀行』を平凡社よりそれぞれ刊行。九月、新聞連載小説「めぐり逢い」を「東京新聞」等に連載開始（一二月三一日まで一〇〇回）。一二月、『眠り男の目─追分だより』をインタナル出版社より、『不思議な手招き』を集英社よりそれぞれ刊行。

一九七六年（昭和五一年）　四四歳

三月、『めぐり逢い』を集英社、『夢かたり』を中央公論社よりそれぞれ刊行。五月、第八次「早稲田文学」が講談社発行で復刊。編集委員となる。八月、高校野球観戦のため、真夏の甲子園球場へと出掛け、準々決勝から決勝戦での三日

『夢かたり』(昭和51年3月25日)

「文体」創刊号（一九七七年九月一日）

間、ネット裏に通いつめる。九月、『ゴーゴリ全集』全七巻月報に「ゴーゴリとの二十年」を連載開始（翌年一二月まで七回）。

一九七七年（昭和五二年）　四五歳

季刊同人誌「文体」発刊の旨を表明した「ささやかな志」を「朝日新聞」一月二七日（夕刊）に発表。二月、『夜更けの散歩』を集英社より刊行。三月一一日、「文体」創刊のための新聞記者会見。五月、『笑坂』を筑摩書房より刊行。『夢かたり』により第五回平林たい子賞を受賞。六月、新聞連載小説「夢と夢の間」を「熊本日日新聞」等に連載開始（一二月まで一八一回）。七月、『行き帰り』を中央公論社より刊行。八月、父親の三十三回忌法要のために夏の大阪に出向く。九月、坂上弘、高井有一、古井由吉とともに季刊「文体」を創刊（一九八〇年六月までに全一二巻）。一〇月、島根県にて永興小学校の同級生二人と敗戦以来の再会を果たす。

一九七八年（昭和五三年）　四六歳

二月、『夢と夢の間』を集英社より刊行。三月、『虎島』を実業之日本社より、『酒　猫　人間』を立風書房よりそれぞれ刊行。四月、戦後はじめての永興小学校同窓会が岡山市内で開かれ、出席。五月、学習研究社版『世界文学全集』第三五巻（ゴーゴリ）刊行。「鼻」「外套」を翻訳（「外套」は横田瑞穂との共訳）し、巻頭エッセイ「ゴーゴリと私」を執筆。

一九七九年（昭和五四年）　四七歳

二月、『嘘のような日常』を平凡社より刊行。四月、早稲田大学第一文学部文芸学科の非常勤講師をつとめる（翌年三月まで）。八月、『針の穴から』を集英社より刊行。九月、「吉野大夫」を「文体」第九号より連載開始（翌年六月の第一二号まで四回）。「壁の中」を「海」一一月号より連載開始（一九八四年五月号まで五〇回）。

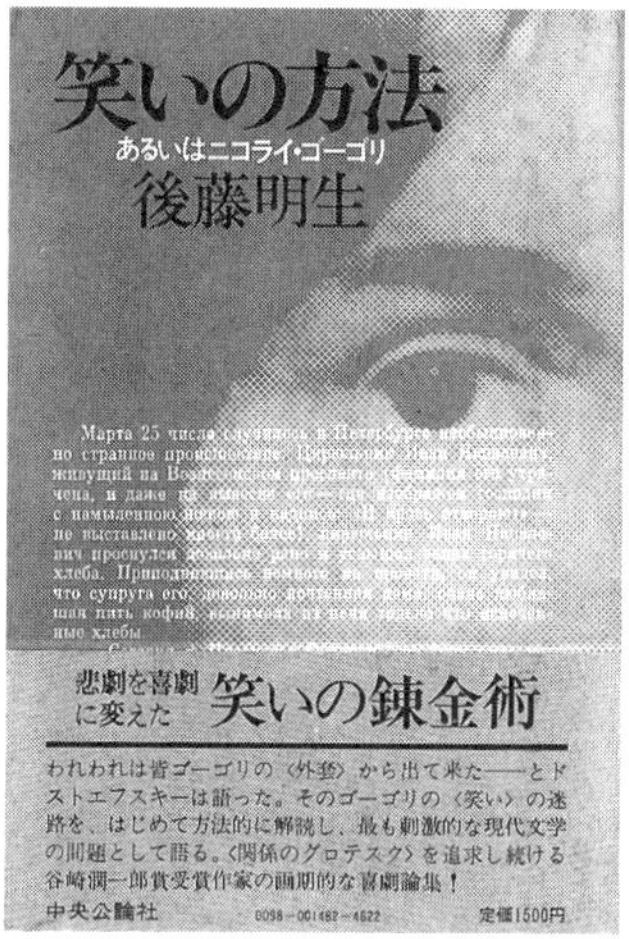

『笑いの方法』（昭和56年10月25日）

一九八〇年（昭和五五年）　四八歳

一月三〇日、十二指腸潰瘍で山川胃腸外科に入院。二月二五日退院。四月、『雨月物語・春雨物語』（現代語訳日本の古典19）を学習研究社より、『八月／愚者の時間』を作品社よりそれぞれ刊行。

一九八一年（昭和五六年）　四九歳

二月七日、渋谷山手教会にて「ドストエフスキー死後百年祭」（主催・ロシア手帖の会）が開かれ「百年後の一小説家として」という演題のもとに講演。同月、『吉野大夫』を平凡社より刊行。六月、『見える世界、見えない世界』を集英社より刊行。九月、『吉野大夫』により第一七回谷崎潤一郎賞を受賞。一〇月、『笑いの方法―あるいはニコライ・ゴーゴリ』を中央公論社より刊行。

一九八二年（昭和五七年）　五〇歳

二月、『笑いの方法―あるいはニコライ・ゴーゴリ』により第一回池田健太郎賞受賞。八月、『女性のための文章教室』を中央公論社より刊行。一二月、第六回すばる文学賞選考委員となる（第一〇回まで）。

一九八三年（昭和五八年）　五一歳

三月、『小説―いかに読み、いかに書くか』を講談社（講談社現代新書）より、『復習の時代』を福武書店よりそれぞれ刊行。五月、中国新聞主催・第一五回新人登壇文学賞選考委員となる（第三〇回まで）。「ドストエフスキーのペテルブルグ」を「ぶっくれっと」九月号より連載開始（一九八六年九月号まで一八回）。一一月、『汝の隣人』を河出書房新社より刊行。

一九八四年（昭和五九年）　五二歳

二月、『謎の手紙をめぐる数通の手紙』を集英社より刊行。とつぜんの「海」の廃刊によって「壁の中」は五月号（連載第五〇回）で中断する。六月、朝日新聞書評委員となる。七月下旬以降、信濃追分の山荘にてスズメ蜂との戦いを開始。

『蜂アカデミーへの報告』（昭和六一年四月二〇日）

九月一一日、スズメ蜂の巣を直接攻撃。反対にスズメ蜂に刺されて、救急車で軽井沢病院に運び込まれる。一〇月、『おもちゃの知、知、知』を冬樹社より刊行。一一月、韓国を旅し、ソウル、慶州、釜山をめぐる。一二月、プラトンをめぐる斎藤忍随との対話『対話はいつ、どこででも―プラトン講義』を朝日出版社より刊行。

一九八五年（昭和六〇年）　五三歳

六月、「壁の中」完結編二百枚を「中央公論文芸特集」夏季号に一挙掲載。「海」連載分とあわせて千七百枚の長篇小説となる。七月、千葉市幕張の幕張ファミールハイツへ転居。九月、『自分のための文章術』を三省堂より刊行。

一九八六年（昭和六一年）　五四歳

三月、『壁の中』を中央公論社より刊行。四月、『使者連作』を集英社、『蜂アカデミーへの報告』を新潮社よりそれぞれ刊行。五月、日本近代文学館理事に就任。

一九八七年（昭和六二年）　五五歳

四月、『ドストエフスキーのペテルブルグ』を三省堂より刊行。五月、『文学が変るとき』を筑摩書房より刊行。「現点」第七号が後藤明生特集を組む。インタビュー「小説の解体・小説の発見」を収録。一〇月、『カフカの迷宮』を岩波書店より刊行。同月二六日、食道癌のため虎の門病院に入院。一一月一三日（金曜日）、生れてはじめての手術。一二月一三日、退院。

一九八八年（昭和六三年）　五六歳

三月、『もう一つの目』を文藝春秋より刊行。五月、『昭和文学全集』第三〇巻（清岡卓行／上田三四二／高橋たか子／竹西寛子／日野啓三／後藤明生／高井有一／坂上弘／阿部昭）を小学館より刊行。

一九八九年（昭和六四／平成一年）　五七歳

二月、『首塚の上のアドバルーン』を講談社より刊行。朝倉高校二七会が母校・福岡県立朝倉高校に後藤明生文庫を設立。三月、船橋市教育委員会主催・第一回船橋市文学賞選考委員となる（第一一回まで）。四月、近畿大学文芸学部教授に就任し、毎週、東京—大阪間を新幹線で往復。二泊三日の単身赴任生活をはじめる。

一九九〇年（平成二年）　五八歳

「この人を見よ」を「海燕」一月号より連載開始（一九九三年四月号まで三九回／未完）。二月、『首塚の上のアドバルーン』により芸術選奨文

『メメント・モリ』(1990年4月20日)

部大臣賞受賞。四月、住居を大阪市生野区に移して単身赴任者から大阪市民となる。『メメント・モリ―私の食道手術体験』を中央公論社より刊行。六月一六日、母・美知恵死去。享年八五歳。八月、『スケープゴート』を日本文芸社より刊行。折込附録にて蓮實重彦と対談「小説のディスクール」。九月、後藤明生編『日本の名随筆95―噂』を作品社より刊行。

一九九一年（平成三年）　五九歳

二月、大阪市中央区法円坂に転居。一〇月、大阪府主催・山片蟠桃賞審査委員となる。

一九九二年（平成四年）　六〇歳

六月、第三五回群像新人文学賞選考委員となる（第四二回まで）。近畿大学文芸学部におけるみずからの文学教育について話した三浦清宏との対談「文学教育の現場から」を「群像」六月号に掲載。一一月、「出版月報」第八号が特集「後藤明生・人と仕事」を組み「遍歴と反復」を執筆。

一九九三年（平成五年）　六一歳

四月、近畿大学文芸学部学部長に就任。大学院文芸学研究科開設のために奔走する。

一九九四年（平成六年）　六二歳

近畿大学大学院文芸学研究科開設をめぐる高田衛、野口武彦、塚本邦雄との座談会「超ジャンルとしての新しい文芸の探究と創造」を「読売新聞」三月二六日（大阪版）に掲載。四月、近畿大学大学院文芸学研究科長に就任。五月、信濃追分の山荘を改造。

一九九五年（平成七年）　六三歳

一月一七日、阪神大震災。執筆途中だった「しんとく問答」の原稿をカバンに詰め込み、その日のうちに大阪を脱出。東京・山の上ホテルにこもって残りの部分を書き上げる。執筆後、帰阪。

七月、『小説は何処から来たか』を白地社より刊行。一〇月、『しんとく問答』を講談社より刊行。

一一月、第一二回織田作之助賞選考委員となる（第一五回まで）。

一九九六年（平成八年）　六四歳

一二月、松浦寿輝編『文学のすすめ』に「小説の快楽──『読むこと』と『書くこと』」を執筆。

一九九七年（平成九年）　六五歳

「私語と格闘」（連作「日本近代文学との戦い」I）を「新潮」一月号、「二葉亭四迷の罠」（連

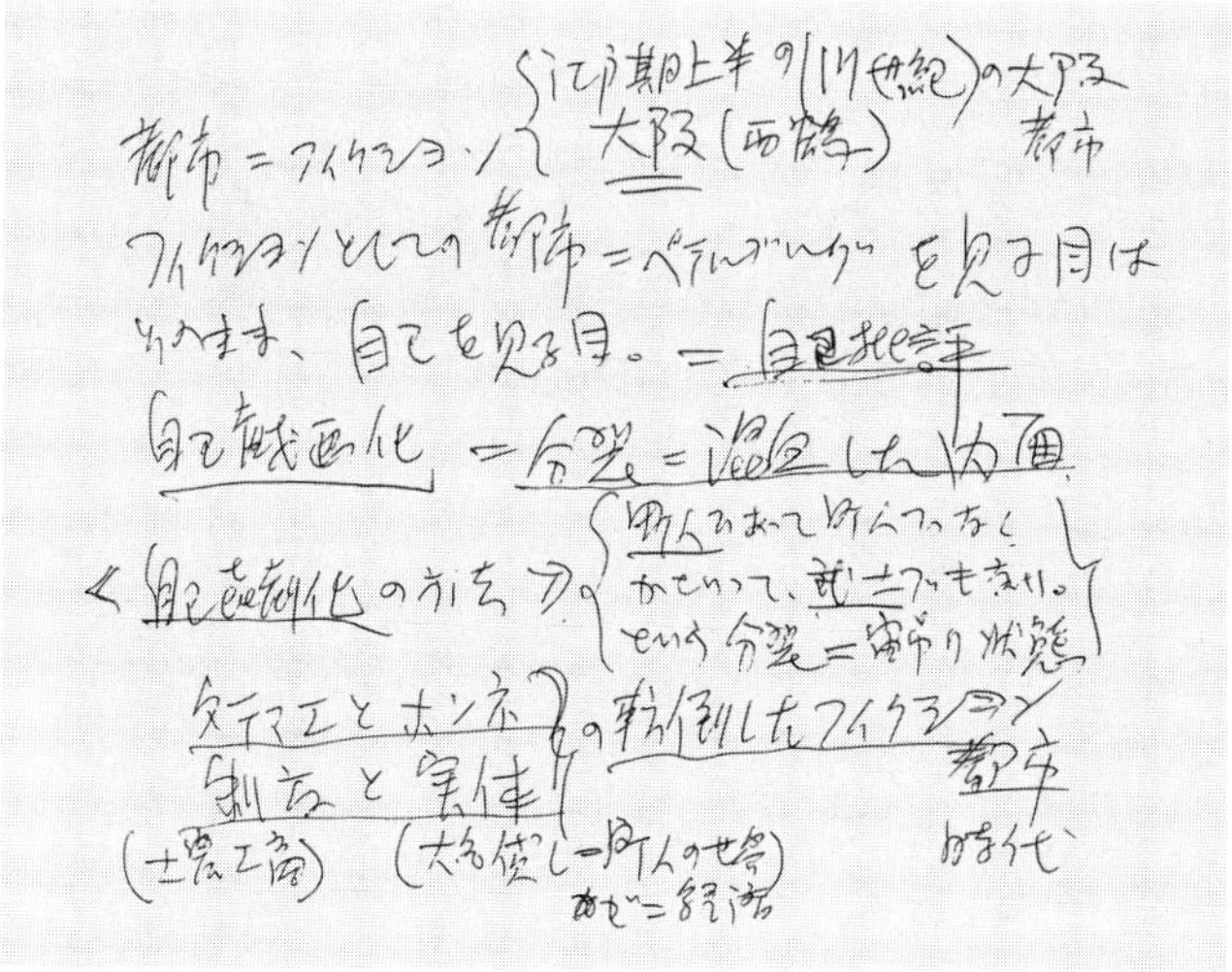

自筆講義メモより

作Ⅱ）を「新潮」七月号にそれぞれ発表。七月、近畿大学理事に就任。「楕円と誤植」（連作Ⅲ）を「新潮」九月号、「栗とスズメ蜂」を「群像」一〇月号にそれぞれ発表。

一九九八年（平成一〇年）　六六歳

「『真似』と『稽古』」（連作Ⅳ）を「新潮」一月号に発表。二月、『小説の快楽』を講談社より刊行。五月二六日、大阪狭山市の近畿大学附属病院にて肺癌手術を受け、左肺の下から三分の一ほどを切除する。七月六日、退院。例年どおり、夏休み期間中は信濃追分の山荘で静養し、九月下旬には大学に復帰を果たす。詩人＝近畿大学総長・世耕政隆追悼文「出会いと伝説」を「群像」一二月号に執筆。

一九九九年（平成一一年）　六七歳

第一五回織田作之助賞選評「若者たちの日常言語」を「文學界」二月号に発表。三月、世耕政隆追悼談話「樹と死そして再生」を「シュンポ

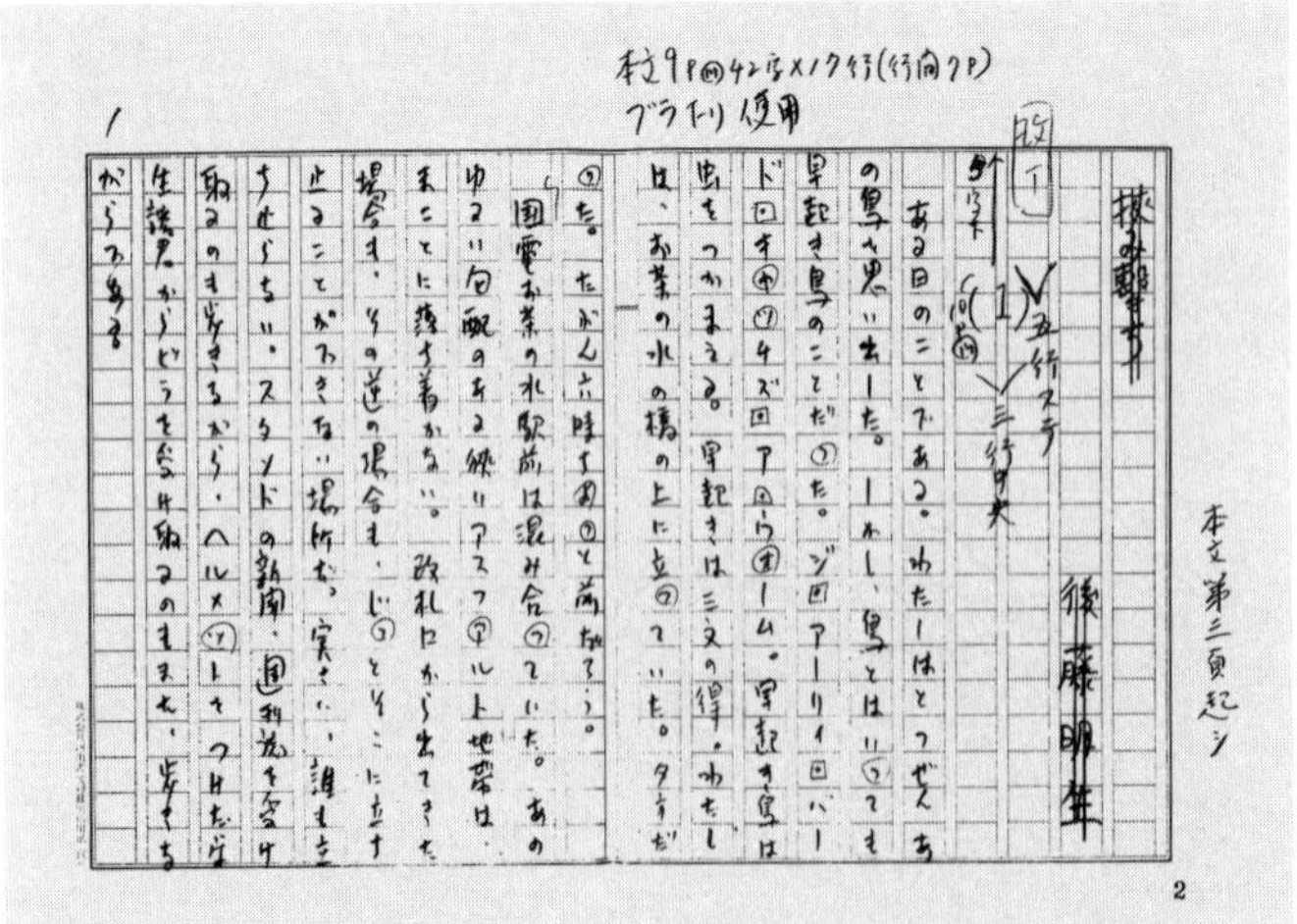

自筆原稿――『挾み撃ち』

シオン」第四号に掲載。「ふっと思い出す話」を「日本経済新聞」六月一三日に発表。肺癌の再発により、同月二八日、大阪狭山市の近畿大学附属病院に再入院する。七月二日、近畿大学文芸学部十周年記念誌「文芸学部の10年」収録用の記念座談会に出席し、翌日からふたたび入院。八月二日午前八時二八分、肺癌のため、近畿大学附属病院にて逝去。享年六七歳。法名・蓮生院釋明慧。五日午後七時より仏教文化会館（大阪市中央区）にて通夜。六日午後一時より告別式。古井由吉、蓮實重彥らが弔辞を読む。午後、大阪市立瓜破斎場（大阪市平野区）にて荼毘に付される。没後、「群像」「新潮」「すばる」「文學界」各一〇月号および新聞各紙にて後藤明生追悼特集が組まれる。一〇月、『首塚の上のアドバルーン』を講談社（講談社文芸文庫）より刊行。一二月、「縦覧」第六号が後藤明生追悼特集を組み「後藤明生著書・著作目録（増補版）」等

自筆原稿――「麓迷亭通信」

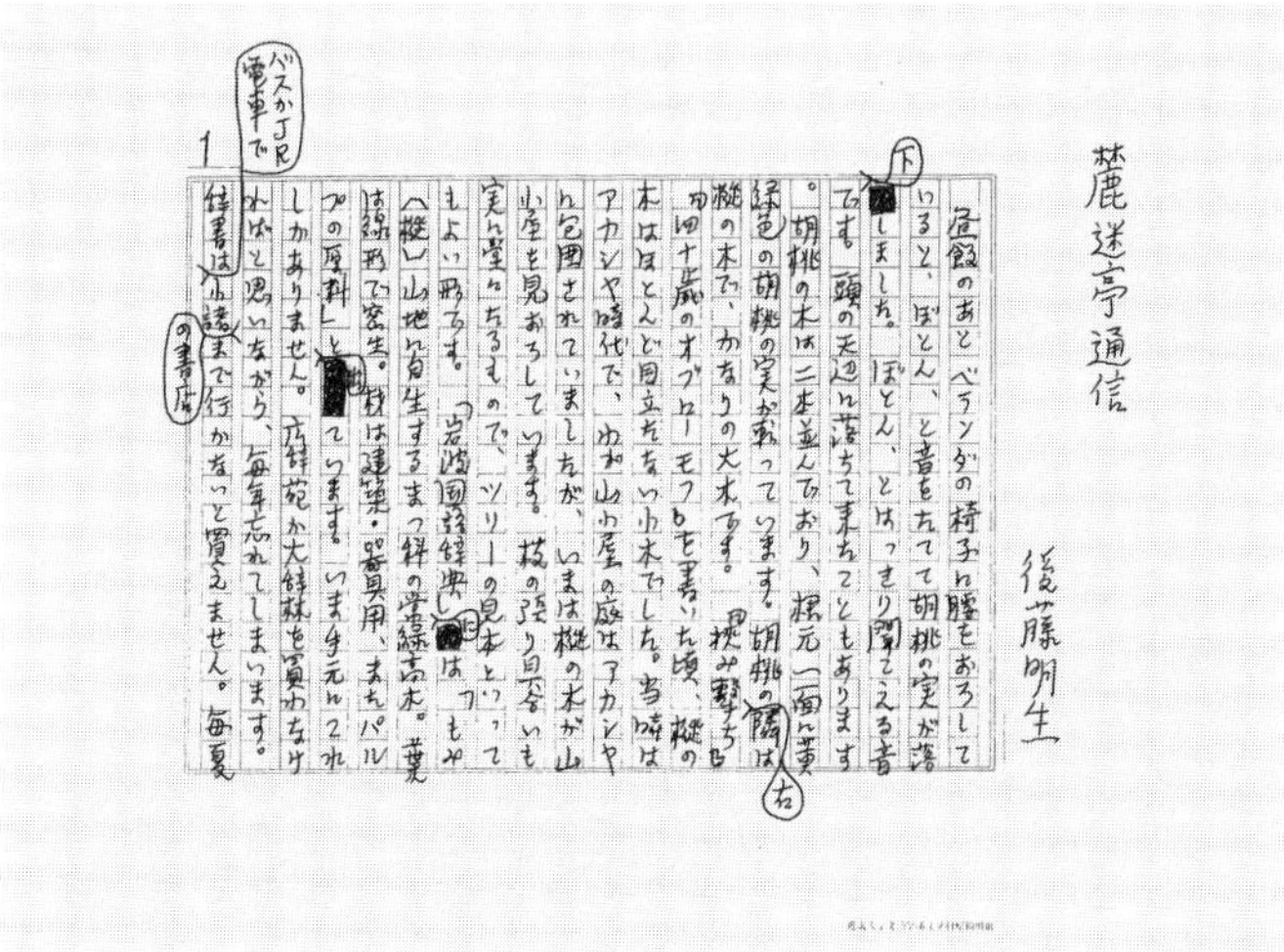

麓迷亭通信

後藤明生

昼飯のあとベランダの椅子に腰をおろしていると、ぽとん、と音をたてて胡桃の実が落[redacted]しました。ぽとん、とはっきり聞こえる音です。頭の天辺に落ちてくることもあります。胡桃の木は二本並んでおり、根元一面に黄緑色の胡桃の実が転がっています。胡桃の隣は櫟の木で、かなりの大木です。四十歳のオブローモフを書いた頃、櫟の木はほとんど目立たない小木でした。当時はアカシヤ時代で、わが山小屋の庭はアカシヤに包囲されていましたが、いまは櫟の木が山小屋を見おろしています。枝の張り具合いも実に堂々たるもので、ツリーの見本といってもよい形です。「岩波国語辞典」[redacted]は「くぬぎ〔櫟〕山地に自生する落葉高木。葉は細形で互生。材は建築・器具用、またパルプの原料」と[redacted]でいます。いま手元にこれしかありません。広辞苑か大辞林を買わなければと思いながら、毎年忘れてしまいます。辞書は小諸まで行かないと買えません。毎夏

を掲載。
二〇〇〇年（平成一二年）
六月二日、東京・飯田橋のホテル・エドモントにて「後藤明生さんを偲ぶ会」がもよおされ、小島信夫、黒井千次、田久保英夫らがスピーチをおこなう。七月、大阪府立中之島図書館にて「後藤明生と『しんとく問答』」と題された小展示がもよおされる（七月一八日から八月三〇日）。「早稲田文学」九月号が特集「再読　後藤明生」を組む。一〇月、静岡県駿東郡小山町大御神の富士霊園内「文学者の墓」に納骨される。一二月、近畿大学文芸学部十周年記念誌「文芸学部の10年」刊行。
二〇〇一年（平成一三年）
六月一七日、福岡県甘木市ピーポート甘木（大ホール）でもよおされた「あさくら讃歌―ふるさと公演」第二部でシンポジウム「後藤明生氏を偲ぶ」が開かれる。

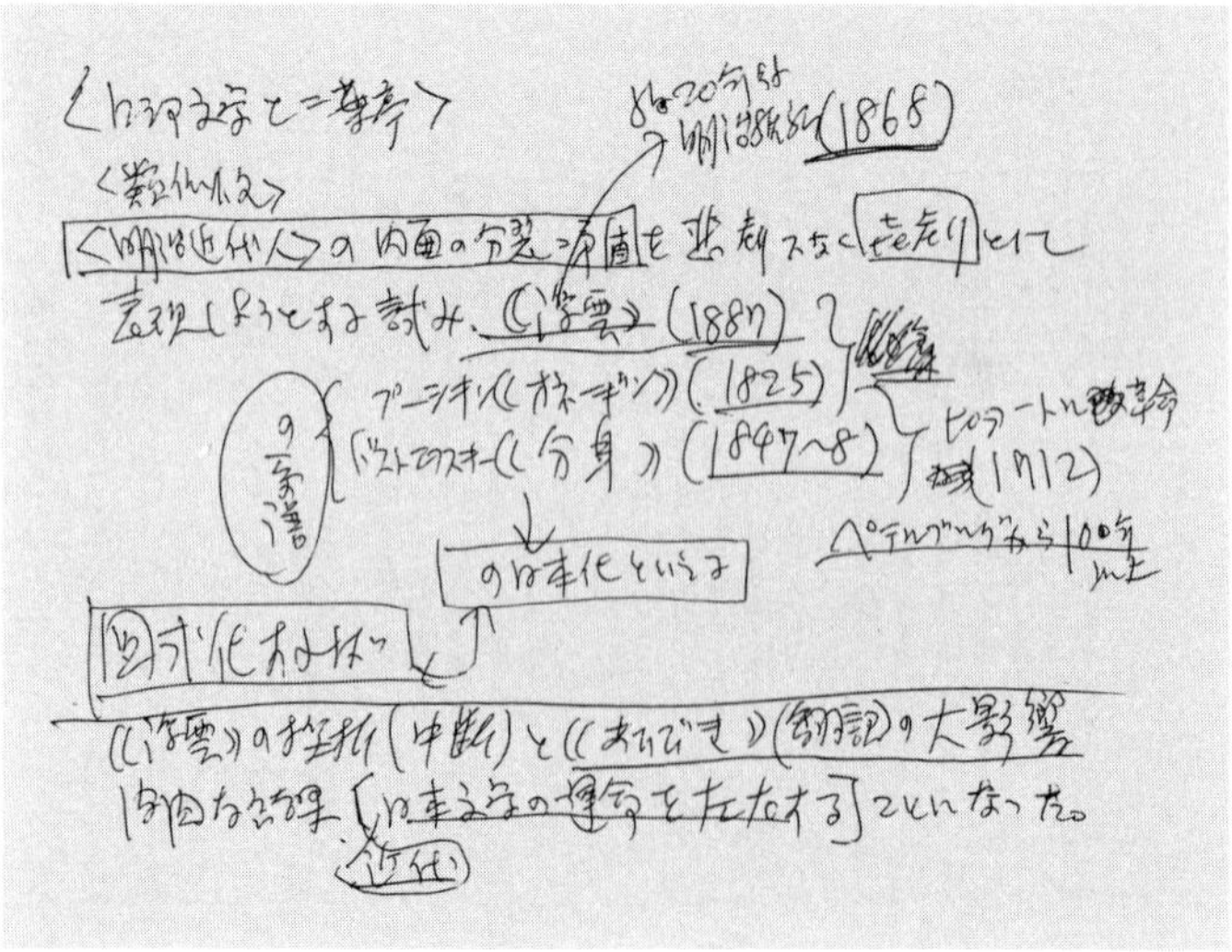

自筆講義メモより

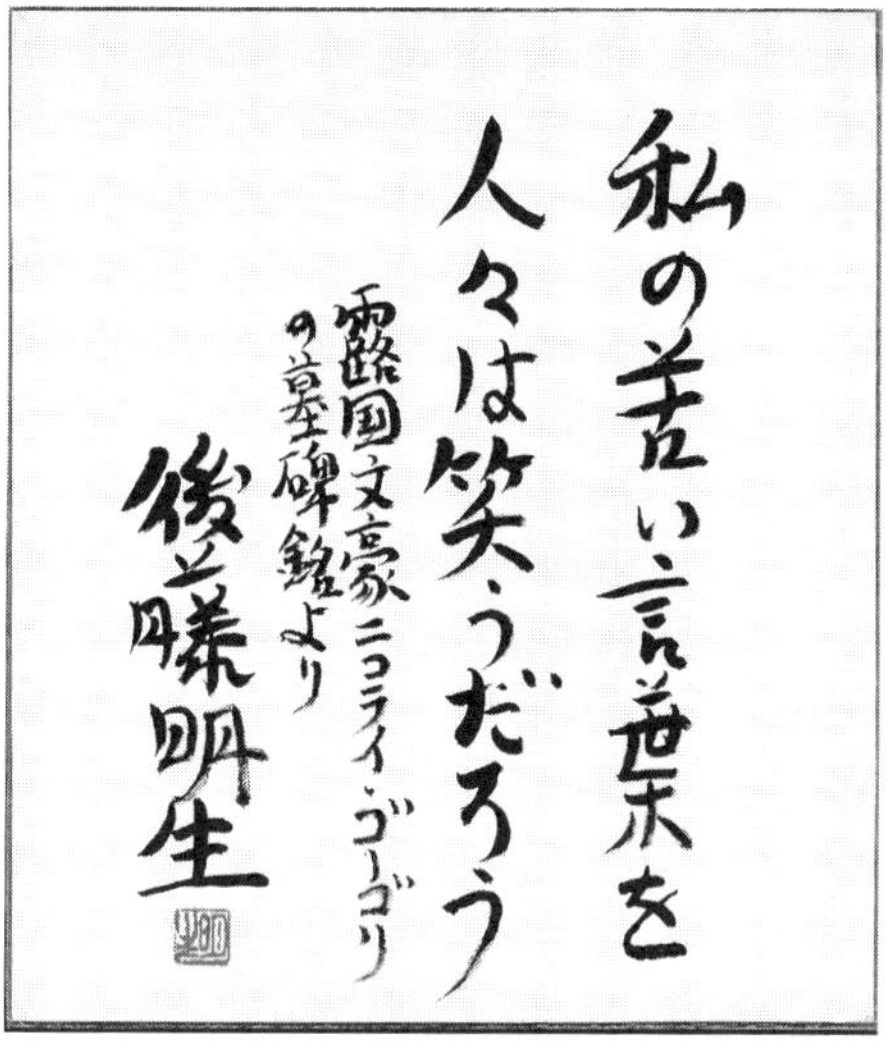
私の苦い言葉を
人々は笑うだろう
露国文豪ニコライ・ゴーゴリの墓碑銘より
後藤明生

色紙「ゴーゴリ墓碑銘より」

【附記】

年譜作成に当っては『筑摩現代文学大系96―古井由吉／黒井千次／李恢成／後藤明生』（筑摩書房）および『首塚の上のアドバルーン』（講談社文芸文庫）所収の後藤明生編「年譜」を参照のうえ、若干の訂正と加筆をほどこした。

（作成＝乾口達司）

著書目録

【単行本】

私的生活　一九六九年九月／新潮社
笑い地獄　一九六九年九月／文藝春秋
何？　一九七〇年一一月／新潮社
書かれない報告　一九七一年三月／河出書房新社
関係　一九七一年一〇月／皆美社
円と楕円の世界　一九七二年一一月／河出書房新社
疑問符で終る話　一九七三年二月／河出書房新社
四十歳のオブローモフ　一九七三年八月／文藝春秋
挾み撃ち　一九七三年一〇月／河出書房新社
ロシアの旅　一九七三年一二月／北洋社
分別ざかりの無分別　一九七四年一二月／立風書房
思い川　一九七五年二月／講談社
大いなる矛盾　一九七五年三月／小沢書店
雨月物語紀行　一九七五年七月／平凡社
眠り男の目—追分だより　一九七五年一二月／インタナル出版社
不思議な手招き　一九七五年一二月／集英社
めぐり逢い　一九七六年三月／集英社
夢かたり　一九七六年三月／中央公論社
夜更けの散歩　一九七七年二月／集英社
笑坂　一九七七年五月／筑摩書房
行き帰り　一九七七年七月／中央公論社
夢と夢の間　一九七八年二月／集英社
虎島　一九七八年三月／実業之日本社
酒　猫　人間　一九七八年三月／立風書房
嘘のような日常　一九七九年二月／平凡社
針の穴から　一九七九年八月／集英社
八月／愚者の時間　一九八〇年四月／作品社
吉野大夫　一九八一年二月／平凡社
見える世界、見えない世界　一九八一年六月／集英社
笑いの方法—あるいはニコライ・ゴーゴリ　一九八一年一〇月／中央公論社
女性のための文章教室　一九八二年八月／中央公論社
小説—いかに読み、いかに書くか〔講談社現代新書〕　一九八三年三月／講談社
復習の時代　一九八三年三月／福武書店
汝の隣人　一九八三年一一月／河出書房新社

謎の手紙をめぐる数通の手紙　一九八四年二月／集英社
おもちゃの知、知、知　一九八四年一〇月／冬樹社
対話はいつ、どこででも―プラトン講義〔斎藤忍随との対話〕　一九八四年一二月／朝日出版社
自分のための文章術　一九八五年九月／三省堂
壁の中　一九八六年三月／中央公論社
使者連作　一九八六年四月／集英社
蜂アカデミーへの報告　一九八六年四月／新潮社
ドストエフスキーのペテルブルグ　一九八七年四月／三省堂
文学が変るとき　一九八七年五月／筑摩書房
カフカの迷宮　一九八七年一〇月／岩波書店
もう一つの目　一九八八年三月／文藝春秋
首塚の上のアドバルーン　一九八九年二月／講談社
メメント・モリ―私の食道手術体験　一九九〇年四月／中央公論社
スケープゴート　一九九〇年八月／日本文芸社
吉野大夫〔ファラオ企画版〕　一九九一年五月／ファラオ企画
小説は何処から来たか　一九九五年七月／白地社
しんとく問答　一九九五年一〇月／講談社
小説の快楽　一九九八年二月／講談社

【全集】

新鋭作家叢書―後藤明生集　一九七二年五月／河出書房新社
現代の文学37　一九七三年五月／講談社
現代日本の名作47　一九七五年九月／旺文社
筑摩現代文学大系96　一九七八年六月／筑摩書房
現代日本のユーモア文学5　一九八一年一月／立風書房
昭和文学全集30　一九八八年五月／小学館
長野県文学全集〔第三期〕1／7　一九九〇年一一月／郷土出版社
ふるさと文学館3〔青森〕　一九九三年一二月／ぎょうせい
ふるさと文学館46〔福岡〕　一九九四年一月／ぎょうせい
福島県文学全集〔第一期〕6　二〇〇一年一〇月／郷土出版社

【文庫】

パンのみに非ず　一九七四年八月／角川文庫
関係　一九七五年六月／旺文社文庫
挾み撃ち　一九七七年一〇月／集英社文庫
思い川　一九七八年五月／講談社文庫
夢かたり　一九七八年七月／中公文庫
笑い地獄　一九七八年八月／集英社文庫
四十歳のオブローモフ　一九七八年一〇月／旺文社文庫
ある戦いの記録　一九七九年一一月／集英社文庫
行き帰り　一九八〇年一月／中公文庫
めぐり逢い　一九八一年四月／集英社文庫
嘘のような日常　一九八二年一〇月／中公文庫
吉野大夫　一九八三年一〇月／中公文庫
笑坂　一九八五年八月／中公文庫
行方不明　一九八九年九月／福武文庫
笑いの方法　一九九〇年一一月／福武文庫
挾み撃ち　一九九一年一〇月／河出文庫
挾み撃ち　一九九八年四月／講談社文芸文庫
首塚の上のアドバルーン　一九九九年一〇月／講談社文芸文庫

【翻訳・現代語訳・楽譜】

世界文学全集35—ゴーゴリ（翻訳）　一九七八年五月／学習研究社
グラフィック版世界の文学20／別巻1（翻訳）　一九七九年／世界文化社
雨月物語・春雨物語—現代語訳日本の古典19（現代語訳）　一九八〇年四月／学習研究社
混声合唱組曲あさくら讃歌—幻の卑弥呼の国は（楽譜）　一九九四年一二月／カワイ出版
世界幻想名作集（河出文庫）（翻訳）　一九九六年一〇月／河出書房新社
雨月物語（学研M文庫）（現代語訳）　二〇〇二年七月／学習研究社

初出一覧

Ⅰ 日本近代文学との戦い

私語と格闘　「新潮」1997年1月号

二葉亭四迷の罠　「新潮」1997年7月号

楕円と誤植　「新潮」1997年9月号

「真似」と「稽古」　「新潮」1998年1月号

Ⅱ 謎の探求、謎の創造

三角関係の輻輳――「鍵」の対話的構造　「國文學」1993年12月号

モノローグとダイアローグ

――梅崎春生『幻化』と武田泰淳『目まいのする散歩』

「シュンポシオン」第3号／1998年3月

講義録より――二葉亭四迷『浮雲』／夏目漱石『写生文』　未発表

謎の探求、謎の創造　「文学・芸術・文化」第5巻1号／1993年6月

☆

・短　章

二つの書き出し

『東京ゆかりの文学者たち―明治』東京都近代文学博物館／1995年4月

「芋粥」と「蔵の中」と「外套」

「日本近代文学館」第161号／1998年1月

・談　話

軍記物語――首また首、首狩り族の幻想喜劇

「月刊 Asahi」1990年8月号

・文学賞選評＆新人作家の条件

小説のむずかしさ　「群像」1998年6月号

B級ポルノ的、ケイタイ的　「群像」1999年6月号

若者たちの日常言語　「文學界」1999年2月号

新人作家の条件　「海燕」1993年4月号

Ⅲ 出会いと伝説

新庄嘉章先生と私　「早稲田文学」1997年11月号

消えた座談会　『阿部昭集』第7巻月報／岩波書店／1991年11月

不思議な発見　「本の話」第4号／1995年10月

中上健次と近畿大学

『中上健次全集』第6巻月報／集英社／1995年11月

出会いと伝説　「群像」1998年12月号

☆

・書評

「文化会議」1990年3月号

「すばる」1998年4月号

・アンケート

「一冊の本」1999年4月号

「文學界」1991年9月号

「新刊ニュース」1990年1月号／1996年1月号／1999年1月号

「三田文學」春季号／1998年5月

Ⅳ ふっと思い出す話

私の中の「ふるさと」

「読売新聞」(西部本社版) 夕刊／1991年8月31日

1994年の極私的総括　「読売新聞」夕刊／1994年12月20日

エッセイ集と小説集　「新刊ニュース」1995年12月号

哲学者の昼寝　「すばる」1998年1月号

ふっと思い出す話　「日本経済新聞」1999年6月13日

Ⅴ 麓迷亭通信

麓迷亭通信　「群像」1996年10月号

栗とスズメ蜂　「群像」1997年10月号

【著者】
後藤明生（ごとう・めいせい）
1932年旧朝鮮咸鏡南道生まれ。早稲田大学在学中に「赤と黒の記憶」が全国学生小説コンクールに入選。1962年「関係」が文藝賞佳作に選ばれる。1977年『夢かたり』で平林たい子賞受賞。1981年『吉野大夫』で谷崎潤一郎賞受賞。1982年『笑いの方法－あるいはニコライ・ゴーゴリ』で池田健太郎賞受賞。1990年『首塚の上のアドバルーン』で芸術選奨文部大臣賞受賞。1989年より近畿大学文芸学部教授。1999年8月2日逝去。その他の代表作に『挾み撃ち』『壁の中』『小説―いかに読み、いかに書くか』等がある。
【編者】
乾口達司（いぬいぐち・たつじ）
1971年奈良県生まれ。1996年近畿大学大学院文芸学研究科修士課程修了。
著書：『花田清輝論－吉本隆明／戦争責任／コミュニズム』（柳原出版）
『横光利一事典』（共著／おうふう）

日本近代文学との戦い
――後藤明生遺稿集
二〇〇四年四月二〇日　初版印刷
二〇〇四年四月三〇日　初版発行
著者　後藤明生
発行者　柳原喜兵衛
発行所　柳原出版株式会社
京都市西京区川島北裏町74　〒615-8107
電話　〇七五（三八一）二三一九
FAX　〇七五（三九三）〇四六九
印刷＝内外印刷　製本＝清水製本所
http://www.yanagiharashoten.co.jp/

ISBN4-8409-4602-7 C0093